As Fontes do Paraíso

ARTHUR C. CLARKE

As Fontes do Paraíso

TRADUÇÃO
Susana L. de Alexandria

ALEPH

AS FONTES DO PARAÍSO

TÍTULO ORIGINAL:
The fountains of paradise

PREPARAÇÃO DE TEXTO:
Opus Editorial

REVISÃO:
Hebe Ester Lucas
Entrelinhas Editorial

COORDENAÇÃO EDITORIAL:
Opus Editorial

CAPA:
Pedro Inoue

PROJETO GRÁFICO E DIAGRAMAÇÃO:
Desenho Editorial

MONTAGEM DE CAPA:
Pedro Barradas Fracchetta

EDITORA ALEPH

Rua Lisboa, 314
05413-000 – São Paulo – SP – Brasil
Tel.: [55 11] 3743-3202
www.editoraaleph.com.br

DADOS INTERNACIONAIS DE CATALOGAÇÃO NA PUBLICAÇÃO (CIP)
(CÂMARA BRASILEIRA DO LIVRO, SP, BRASIL)

Clarke, Arthur C.
As fontes do paraíso / Arthur C. Clarke ;
tradução Susana L. de Alexandria. -- São Paulo :
Aleph, 2014.

Título original: The fountains of paradise.
ISBN 978-85-7657-182-7

1. Ficção científica inglesa I. Título.

14-08197 CDD-823.914

ÍNDICES PARA CATÁLOGO SISTEMÁTICO:
1. Ficção científica : Literatura inglesa
823.914

SUMÁRIO

À memória perene

de

LESLIE EKANAYAKE

(13 de julho de 1947 – 4 de julho de 1977)

único amigo perfeito de uma vida inteira, em quem se combinavam singularmente Lealdade, Inteligência e Compaixão.
Quando seu espírito radiante e terno desapareceu deste mundo, a luz apagou-se em muitas vidas.

NIRVANA PRAPTO BHUYAT

Política e religião estão obsoletas; é chegado o tempo da ciência e da espiritualidade.

Sri Jawaharlal Nehru, à Associação Cingalesa para o Progresso da Ciência. Colombo, 15 de outubro de 1962.

Prefácio

"Do Paraíso à Taprobana são quarenta léguas; dali se pode ouvir o som das Fontes do Paraíso."

Tradicional: relato do Frei Marignolli (1335 d.C.).

O país que chamei de Taprobana a rigor não existe, mas coincide em cerca de 90% com a ilha do Ceilão (hoje Sri Lanka). Embora o *Posfácio* deixe claro quais lugares, eventos e pessoas se baseiam em fatos reais, o leitor não incorrerá em erro ao supor que, quanto mais improvável a história, mais perto está da realidade.

O nome "Taprobane", em inglês, é hoje geralmente falado para rimar com "plain", mas a pronúncia clássica correta é "Tap-ROB-a--nee" – como Milton, claro, bem sabia:

"From India and the golden Chersoness
And utmost Indian Isle Taprobane..."*

(*Paraíso Reconquistado*, Livro IV)

* "Da Índia e o dourado Quersoneso / E a extrema ilha indiana Taprobana...". O autor cita o célebre poeta inglês John Milton, mas, para os falantes do português, talvez a referência mais familiar ao nome Taprobana esteja na primeira estrofe do poema *Os Lusíadas*, de Camões:
"As armas e os barões assinalados / que, da ocidental praia Lusitana, / por mares nunca de antes navegados / passaram ainda além da Taprobana, / em perigos e guerras esforçados, / mais do que prometia a força humana, / e entre gente remota edificaram / novo reino, que tanto sublimaram;". [N. de T.]

AS FONTES DO PARAÍSO

I

O PALÁCIO

1

KALIDASA

A coroa pesava mais e mais a cada ano. Quando o venerável Bodhidharma Mahanayake Thero a colocou em sua cabeça pela primeira vez – com que relutância! –, o Príncipe Kalidasa se surpreendera com sua leveza. Agora, vinte anos depois, o Rei Kalidasa livrava-se alegremente do aro dourado incrustado de pedras preciosas, sempre que a etiqueta da corte permitia.

Quase não havia essa etiqueta ali, no topo da fortaleza rochosa açoitada por ventos; poucos emissários ou requerentes solicitavam audiência naquela altura medonha. Muitos dos que empreendiam a jornada até Yakkagala davam meia-volta diante da subida final, quando já atravessavam as mandíbulas do leão agachado, que sempre parecia prestes a saltar da face do rochedo. Um rei velho jamais poderia sentar-se naquele trono que aspirava ao céu. Um dia, talvez Kalidasa se tornasse débil demais para alcançar o próprio palácio. Mas duvidava que tal dia chegasse; seus muitos inimigos o poupariam das humilhações da velhice.

Esses inimigos se reuniam naquele momento. Lançou os olhos para o norte, como se já pudesse ver os exércitos de seu meio-irmão retornando para reivindicar o trono manchado de sangue da Taprobana. Mas essa ameaça ainda estava longe, além dos mares fustigados pelas monções; embora Kalidasa confiasse mais em seus espiões do que em seus astrólogos, era reconfortante saber que eles concordavam sobre isso.

Malgara tinha esperado quase vinte anos, planejando e conquistando o apoio de reis estrangeiros. Um inimigo ainda mais paciente e sutil estava muito mais próximo, sempre vigilante no céu ao sul. O cone perfeito da Sri Kanda, a Montanha Sagrada, parecia muito perto hoje, elevando-se sobre a planície central. Desde o início dos tempos, ela assombrara o coração de todo homem que a via. Kalidasa nunca se esquecia de sua presença sinistra, e do poder que simbolizava.

E, no entanto, o Mahanayake Thero não possuía exércitos, nem elefantes de guerra estridentes, brandindo presas audazes ao se lançarem em batalha. O Sumo Sacerdote era apenas um velho trajando um manto laranja, cujas únicas posses materiais eram uma vasilha de esmola e uma folha de palmeira para protegê-lo do sol. Enquanto os monges inferiores e acólitos entoavam as escrituras à sua volta, ele simplesmente se sentava em silêncio, com as pernas cruzadas – e, de alguma forma, interferia no destino de reis. Era muito estranho...

O ar estava tão claro naquele dia que Kalidasa conseguia ver o templo, diminuído pela distância a uma pontinha branca de flecha, bem no topo da Sri Kanda. Não se assemelhava a qualquer obra do homem e lembrava ao rei as montanhas ainda mais formidáveis que vislumbrara na juventude, quando fora meio hóspede, meio refém na corte de Mahinda, o Grande. Todos os gigantes que guardavam o império de Mahinda ostentavam aquelas cristas, formadas por uma substância cristalina e deslumbrante, para a qual não existia uma palavra na língua da Taprobana. Os hindus acreditavam que era uma espécie de água, transformada por magia, mas Kalidasa ria de tais superstições.

Aquele brilho de marfim ficava a apenas três dias de marcha – um ao longo da estrada real, pelas florestas e arrozais, e mais dois na escadaria tortuosa que ele jamais poderia subir novamente, pois lá em cima, ao fim do último degrau, encontrava-se o único inimigo que temia, e que jamais poderia conquistar. Às vezes invejava os peregrinos, quando via suas tochas traçando uma tênue linha de fogo ascendente na face da montanha. O mendigo mais humilde podia saudar aquela aurora sagrada e receber as bênçãos dos deuses; o governante de toda aquela terra, não.

Mas ele tinha seus consolos, ainda que por pouco tempo. Ali, guardados por fossos e baluartes, jaziam os espelhos d'água e as fontes e os Jardins dos Prazeres, nos quais esbanjara as riquezas de seu reino. E, quando se cansava dessas coisas, havia as damas do rochedo – as de carne e osso, que ele mandava chamar cada vez com menos frequência – e as duzentas imortais imutáveis com quem às vezes compartilhava suas ideias, pois não havia mais ninguém em quem confiar.

Trovejou no céu, a oeste. Kalidasa desviou os olhos da ameaça agourenta da montanha para a esperança distante de chuva. A monção se atrasara naquela estação; os lagos artificiais que alimentavam o complexo sistema de irrigação da ilha estavam quase vazios. A essa altura do ano, ele deveria ser capaz de ver o brilho da água no maior de todos – que, bem sabia, seus súditos ainda ousavam chamar pelo nome de seu pai: Paravana Samudra, o Mar de Paravana. O lago havia sido concluído há apenas trinta anos, após gerações de trabalho árduo. Em dias mais felizes, o jovem Príncipe Kalidasa postara-se orgulhosamente ao lado do pai, quando as comportas se abriram e as águas vivificantes jorraram pela terra sedenta. Em todo o reino, não havia visão mais bela do que a leve ondulação do espelho daquele imenso lago artificial, quando refletia os domos e pináculos de Ranapura, a Cidade de Ouro – a antiga capital que ele abandonara por seu sonho.

Um trovão retumbou mais uma vez, mas Kalidasa sabia que sua promessa era falsa. Mesmo ali, no topo da Rocha do Demônio, o ar pairava imóvel e sem vida; não havia sinal das rajadas de vento repentinas e aleatórias que anunciavam o início da monção. Antes que as chuvas finalmente chegassem, talvez a fome se acrescentasse a seus problemas.

– Majestade – disse a voz paciente do adigar da corte –, os emissários estão prestes a partir. Desejam apresentar seus cumprimentos.

Ah, sim, aqueles dois pálidos embaixadores vindos do outro lado do oceano ocidental! Lamentaria vê-los partir, pois tinham trazido notícias, em taprobano abominável, de muitas maravilhas, embora nenhuma, admitiam eles, se igualasse a esta fortaleza-palácio no céu.

Kalidasa deu as costas à montanha coroada de neve e à difusa paisagem ressecada e começou a descer os degraus de granito que levavam à sala de audiência. Atrás dele, o camareiro e seus ajudantes portavam presentes de marfim e joias para os homens altos e orgulhosos que aguardavam para dizer adeus. Em breve levariam os tesouros da Taprobana para além do mar, para uma cidade séculos mais jovem do que Ranapura; e talvez distraíssem, por algum tempo, o Imperador Adriano de seus pensamentos funestos.

Com seu manto cor de laranja refulgindo contra o gesso branco das paredes do templo, o Mahanayake Thero caminhou devagar até a balaustrada norte. Lá embaixo, viam-se o tabuleiro quadriculado dos arrozais estendendo-se de um lado ao outro do horizonte, as linhas escuras dos canais de irrigação, a cintilação azul do Paravana Samudra – e, além daquele mar mediterrâneo, os domos sagrados de Ranapura flutuando como bolhas fantasmagóricas, impossivelmente enormes, quando se percebia sua verdadeira distância. Há trinta anos observava aquele panorama em constante mudança, mas sabia que jamais iria apreender todos os detalhes de sua complexidade fugidia, as cores, as fronteiras alteradas a cada estação – na verdade, a cada nuvem que passava. No dia em que ele também passasse, pensou Bodhidharma, ainda veria algo novo.

Apenas uma coisa destoava em toda aquela paisagem primorosamente desenhada. Por menor que aparentasse ser daquela altitude, o penedo cinza da Rocha do Demônio parecia um intruso alienígena. De fato, rezava a lenda que a Yakkagala era um fragmento do pico coberto de ervas do Himalaia, que o deus-macaco Hanuman tinha deixado cair ao, apressadamente, levar tanto o remédio como a montanha aos companheiros feridos, quando as batalhas de *Ramayana* cessaram.

Daquela distância, naturalmente, era impossível enxergar quaisquer detalhes das extravagâncias de Kalidasa, exceto uma linha tênue que sugeria o baluarte externo dos Jardins dos Prazeres. No entanto, uma vez que se passasse pela experiência de visitá-la, era difícil esquecê-la, tal era o impacto da Rocha do Demônio. O Mahanayake Thero conseguia ver na imaginação, tão claro como se estivesse bem ali entre elas, as patas do leão projetando-se da face escarpada do penhasco – enquanto acima assomavam as muralhas sobre as quais, era fácil acreditar, o amaldiçoado Rei ainda caminhava.

Um trovão ressoou lá de cima, e sua força foi aumentando tanto que parecia sacudir a própria montanha. Num estrondo contínuo, atravessou o céu, desaparecendo a leste. Por longos segundos, os ecos rolaram na borda do horizonte. Ninguém tomaria *aquilo* como o prenúncio das chuvas; elas estavam previstas para dali a três semanas, e o Controle das Monções jamais errava em mais de vinte e quatro horas. Quando as reverberações morreram, o Mahanayake voltou-se para o seu companheiro.

– Chega de corredores exclusivos de reentradas – ele disse, com um aborrecimento ligeiramente maior do que um expoente do Dharma deveria se permitir. – Conseguimos uma leitura?

O monge mais jovem falou brevemente no seu microfone de pulso e aguardou a resposta.

– Sim... O pico foi de cento e vinte. Cinco decibéis acima do registro anterior.

– Envie os protestos de sempre ao Controle Kennedy ou ao Controle Gagarin, seja quem for o responsável. Pensando bem, reclame com *os dois*. Não que vá fazer diferença, é claro.

Enquanto seus olhos acompanhavam a trilha de vapor que se dissolvia lentamente no céu, Bodhidharma Mahanayake Thero – o octogésimo quinto do mesmo nome – teve uma fantasia repentina e altamente inadequada a um monge. Kalidasa teria dispensado um tratamento adequado a operadores de linhas espaciais que só pensassem em dólares por quilo em órbita... algo que provavelmente envolveria empalação, elefantes com patas de metal ou óleo fervente.

Mas a vida, naturalmente, havia sido muito mais simples, dois mil anos atrás.

2

O ENGENHEIRO

Seus amigos, que tristemente diminuíam a cada ano, chamavam-no Johan. O mundo, quando se lembrava dele, chamava-o Raja. Seu nome completo resumia quinhentos anos de história: Johan Oliver de Alwis Sri Rajasinghe.

Houve um tempo em que os turistas que visitavam a Rocha corriam atrás dele com câmeras e gravadores, mas agora uma geração inteira nada sabia da época em que ele era o rosto mais conhecido do sistema solar. Ele não se arrependia de sua glória passada, pois lhe havia trazido a gratidão de toda a humanidade. Mas havia trazido também vãos arrependimentos pelos erros que cometera – e tristeza pelas vidas que desperdiçara, quando um pouco mais de previdência e paciência talvez as tivesse poupado. Naturalmente, era fácil agora, na perspectiva da história, perceber o que *deveria* ter sido feito para prevenir a Crise de Auckland, ou reunir os relutantes signatários do Tratado de Samarkand. Culpar-se pelos erros inevitáveis do passado era tolice; no entanto, às vezes sua consciência doía mais do que as pontadas, agora brandas, daquela velha bala da Patagônia.

Ninguém acreditara que sua aposentadoria duraria tanto.

– Você vai voltar em seis meses – dissera-lhe o Presidente Mundial Chu. – O poder vicia.

– Não a *mim* – ele respondera, com sinceridade.

Pois o poder viera até ele; ele nunca o procurara. E sempre fora um tipo de poder muito especial, limitado – consultivo, não executivo. Ele fora Assistente Especial (Embaixador Interino) para Assuntos Políticos, respondendo diretamente ao Presidente e ao Conselho, com uma equipe que nunca passava de dez pessoas – onze, incluindo ARISTÓTELES (seu console ainda tinha acesso direto à memória e aos processadores de Ari, e eles se falavam várias vezes por ano). Mas, no fim, o Conselho passara a aceitar suas recomendações invariavelmente, e o mundo lhe concedera boa parte dos créditos que deveriam ter ido aos burocratas anônimos da Divisão de Paz.

E, assim, o embaixador itinerante Rajasinghe recebera toda a notoriedade, enquanto ia de um local problemático ao outro, massageando egos aqui, desarmando crises ali e manipulando a verdade com extrema habilidade. Nunca realmente mentindo, é claro; isso teria sido fatal. Sem a memória infalível de Ari, jamais poderia ter mantido controle sobre as teias intricadas que às vezes era obrigado a tecer para que a humanidade pudesse viver em paz. Quando começara a gostar do jogo pelo jogo, chegara a hora de parar.

Isso tinha sido há vinte anos, e ele nunca se arrependeu de sua decisão. Os que previram que o tédio teria êxito onde as tentações do poder tinham fracassado não conheciam aquele homem, nem compreendiam suas origens. Ele voltara aos campos e florestas da juventude e vivia a apenas um quilômetro da grande rocha sinistra que dominara a sua infância. Na verdade, sua casa ficava dentro do largo fosso que cercava os Jardins dos Prazeres, e as fontes que o arquiteto de Kalidasa projetara agora jorravam no próprio quintal de Johan, após um silêncio de dois mil anos. A água ainda fluía pelos dutos de pedra originais; nada fora mudado, exceto as cisternas no alto da rocha, que agora eram enchidas por bombas elétricas, não por turnos de escravos suados.

Garantir aquele pedaço de terra banhado de história para a sua aposentadoria dera mais satisfação a Johan do que qualquer coisa em toda a sua carreira, realizando um sonho que ele jamais acreditara ser possível. Tal feito tinha exigido todas as suas habilidades diplomáticas, além de uma chantagem sutil no Departamento de Arqueologia. Mais tarde, fizeram perguntas na Assembleia de Estado; mas, felizmente, ficaram sem resposta.

Estava isolado de todos – exceto dos turistas e estudantes mais determinados – por uma extensão do fosso, e protegido dos olhares por uma espessa muralha de árvores *ashoka*, carregadas de flores o ano inteiro. As árvores também abrigavam várias famílias de macacos, que eram divertidos, mas às vezes invadiam a casa e roubavam qualquer objeto portátil que lhes apetecesse. Então ocorria uma breve guerra entre espécies, com uso de bombinhas e gravações de gritos de perigo que afligiam os humanos pelo menos tanto quanto os símios – os quais rapidamente voltavam, pois há muito tinham aprendido que ninguém realmente os machucava.

Um dos crepúsculos mais extravagantes da Taprobana transfigurava o céu ocidental quando o pequeno eletrotriciclo chegou silenciosamente por entre as árvores e estacionou ao lado das colunas de granito do pórtico (*Chola* genuíno, do final do período de Ranapura – e, portanto, um completo anacronismo ali. Mas apenas o professor Sarath tinha comentado a respeito; e, é claro, ele o fazia invariavelmente).

Por longa e amarga experiência, Rajasinghe aprendera a jamais confiar em primeiras impressões, mas também jamais ignorá-las. Ele esperava que Vannevar Morgan fosse um homem grande e imponente, como seus feitos. O engenheiro, no entanto, tinha estatura bem abaixo da média e, à primeira vista, poderia até ser considerado frágil. Aquele corpo magro, no entanto, era todo resistência, e o cabelo preto como um corvo emoldurava um rosto de aparência consideravelmente mais jovem do que os seus 51 anos. O vídeo no arquivo

BIOG do Ari não lhe fizera justiça; ele poderia ter sido um poeta romântico, ou um pianista clássico – ou talvez um grande ator, hipnotizando milhares de pessoas com sua arte. Rajasinghe reconhecia o poder quando o via, pois poder tinha sido seu trabalho; e era poder que via diante de si agora. Cuidado com homens pequenos, sempre dizia a si mesmo, pois são eles que movem e abalam o mundo.

E com esse pensamento surgiu a primeira centelha de apreensão. Quase toda semana, velhos amigos e velhos inimigos vinham àquele lugar remoto para trocar notícias e reminiscências do passado. Ele apreciava essas visitas, pois davam uma sensação de continuidade à sua vida. No entanto, sempre adivinhava, com alto grau de precisão, qual o propósito da reunião, e que assuntos seriam abordados. Mas, até onde Rajasinghe sabia, ele e Morgan não tinham interesses em comum, além daqueles de qualquer homem nos dias de hoje. Nunca tinham se encontrado, nem mantido qualquer contato; de fato, ele mal reconhecera o nome de Morgan. Ainda mais estranho foi o fato de o engenheiro ter lhe pedido para a reunião ser confidencial.

Rajasinghe concordara, mas com certo ressentimento. Não havia mais necessidade de segredos em sua vida pacífica; a última coisa que queria agora era algum mistério importante impingido à sua existência ordeira. Ele havia se separado da Segurança para sempre; dez anos atrás – ou foi antes? – seus guarda-costas foram removidos, a pedido dele próprio. No entanto, o que mais o incomodava não era o segredo indulgente, mas a sua própria perplexidade. O engenheiro-chefe (Terra) da Corporação de Construção Terráquea não viajaria milhares de quilômetros só para pedir o seu autógrafo, ou para expressar as platitudes usuais dos turistas. Deve ter vindo até ali com um objetivo específico – e, por mais que tentasse, Rajasinghe não conseguia imaginar qual seria.

Mesmo em sua época de servidor público, Rajasinghe nunca tivera a oportunidade de lidar com a CCT; as três divisões da corporação – Terra, Mar, Espaço –, apesar de enormes, talvez fossem os órgãos especializados mais discretos da Federação Mundial. Somente quando ocorria uma falha técnica gritante, ou uma colisão frontal com algum grupo ambientalista ou histórico, a CCT emergia das sombras. O último embate desse tipo envolveu o Oleoduto Antártico – aquele milagre de engenharia do século 21, construído para bombear carvão fluidizado dos vastos depósitos polares até as usinas e fábricas do mundo. Num surto de euforia ambientalista, a CCT propusera demolir o último trecho remanescente do oleoduto e devolver a região aos pinguins. Imediatamente, levantaram-se os protestos dos arqueólogos industriais, ultrajados com tal vandalismo, e dos naturalistas, que salientaram o fato de os pinguins simplesmente adorarem o oleoduto abandonado. Ele servira de abrigo, num padrão jamais usufruído por eles, contribuindo assim para uma explosão da população de pinguins da qual as orcas mal davam conta. Desse modo, a CCT se rendera sem brigar.

Rajasinghe não sabia se Morgan estivera envolvido nessa pequena derrota. Mas pouco importava, já que seu nome agora estava associado ao maior triunfo da CCT...

A Ponte Suprema, era como tinha sido batizada; e talvez com justiça. Rajasinghe assistira, junto com a metade do mundo, à delicada elevação do último trecho em direção ao céu, pelo *Graf Zeppelin* – ele próprio uma das maravilhas da época. Todas as luxuosas instalações da aeronave tinham sido removidas para diminuir o peso; a famosa piscina foi esvaziada, e os reatores bombeavam o calor excedente nas bolsas de gás, o que ajudava a impulsionar a subida. Pela primeira vez, um peso morto de mais de mil toneladas era içado a mais de três quilômetros direto para o céu, e tudo – sem dúvida para a decepção de milhões – correu sem o menor contratempo.

Nenhum navio jamais passou novamente pelos Pilares de Hércules sem saudar a ponte mais poderosa que o homem jamais construíra –

ou, muito provavelmente, jamais construiria. As torres gêmeas na junção entre o Mediterrâneo e o Atlântico eram, elas próprias, as estruturas mais altas do mundo e encaravam-se a uma distância de 15 quilômetros de espaço vazio, exceto pelo inacreditável e delicado arco da Ponte Gibraltar. Seria um privilégio conhecer o homem que havia concebido tal maravilha, apesar de ele estar uma hora atrasado.

– Minhas desculpas, embaixador – disse Morgan, ao descer do triciclo. – Espero que meu atraso não tenha sido um inconveniente para o senhor.

– De modo algum; o meu tempo me pertence. Espero que tenha almoçado.

– Sim. Quando cancelaram minha conexão em Roma, pelo menos me ofereceram um excelente almoço.

– Provavelmente melhor do que o do Hotel Yakkagala. Reservei um quarto por uma noite. Fica só a um quilômetro daqui. Receio que tenhamos de adiar a nossa conversa para o café da manhã.

Morgan pareceu decepcionado, mas deu de ombros, aquiescendo.

– Bem, tenho bastante trabalho para me manter ocupado. Suponho que o hotel tenha todos os serviços executivos... Ou pelo menos um terminal padrão.

Rajasinghe riu.

– Eu não garantiria nada mais sofisticado do que um telefone. Mas tenho uma sugestão melhor. Em menos de meia hora vou levar alguns amigos até a Rocha. Vai haver um espetáculo de luz e som que eu recomendo muito, e será um prazer tê-lo conosco.

Percebeu que Morgan hesitou, como se tentasse pensar numa desculpa educada.

– É muita gentileza sua, mas eu realmente tenho que entrar em contato com o meu escritório...

– Pode usar o meu console. Prometo que vai achar o espetáculo fascinante, e dura só uma hora. Ah, eu tinha me esquecido. O senhor não quer que ninguém saiba que está aqui. Bem, vou apresentá-lo como o dr. Smith, da Universidade da Tasmânia. Tenho certeza de que meus amigos não irão reconhecê-lo.

Rajasinghe não teve intenção alguma de ofender o visitante, mas percebeu um evidente lampejo de irritação em Morgan. Os instintos do ex-diplomata automaticamente entraram em ação; ele registrou a reação para referência futura.

– Tenho certeza de que não vão me reconhecer – disse Morgan, e Rajasinghe notou o inequívoco tom de amargura em sua voz. – Dr. Smith está ótimo. E agora, se eu puder usar o seu console.

Interessante, pensou Rajasinghe, enquanto levava seu convidado para dentro da casa, mas provavelmente não importante. Hipótese provisória: Morgan era um homem frustrado, talvez até decepcionado. Era difícil entender por quê, já que era um dos expoentes de sua profissão. O que mais podia querer? Havia uma resposta óbvia; Rajasinghe conhecia bem os sintomas, muito embora em seu caso a doença tivesse há muito tempo se extinguido.

"*A fama é o estímulo*", recitou no silêncio de seus pensamentos. "*A última enfermidade do espírito nobre... Que faz desdenhar dos prazeres, e viver dias de labor.*"*

Sim, isso poderia explicar o descontentamento que suas antenas ainda sensíveis detectaram. E, subitamente, lembrou-se de que o imenso arco-íris conectando Europa e África era quase invariavelmente chamado de *a* Ponte... às vezes de Ponte Gibraltar... mas nunca de Ponte Morgan.

Bem, Rajasinghe pensou consigo, se está procurando por fama, dr. Morgan, não vai encontrar aqui. Mas então por que, em nome de mil *yakkas*, o senhor veio para a pequena e sossegada Taprobana?

---

* Citação do poema *Lycidas*, de John Milton. [N. de. T.]

3

AS FONTES

Durante dias, elefantes e escravos labutaram sob o sol cruel, carregando as infinitas levas de baldes penhasco acima.

"Já ficou pronto?", o Rei perguntava, a todo instante. "Não, Majestade", respondia o artesão mestre, "o tanque ainda não está cheio. Mas amanhã, talvez..."

O amanhã enfim chegara, e agora a corte inteira estava reunida nos Jardins dos Prazeres, sob tendas de tecido vivamente colorido. O Rei era refrescado por grandes leques, abanados por requerentes que tinham subornado o camareiro pelo arriscado privilégio. Era uma honra que poderia levar a riquezas, ou à morte.

Todos os olhos estavam fixos na Rocha e nas pequeninas criaturas em seu topo. Uma bandeira tremulou; lá embaixo, uma corneta soou brevemente. Na base do penhasco, trabalhadores manejavam freneticamente alavancas, puxadas por cordas. Porém, por um longo tempo, nada aconteceu.

O cenho do Rei começou a fechar-se, e a corte inteira estremeceu. Até o movimento dos leques perdeu o ritmo por alguns segundos, mas ganharam velocidade novamente quando os abanadores se lembraram dos riscos de sua tarefa. Então um grito sonoro veio dos trabalhadores no pé da Yakkagala – um grito de alegria e triunfo, que chegava cada vez mais perto enquanto era repetido pelos caminhos floridos da montanha. E com ele veio outro som, não muito alto, mas que dava a impressão de forças irresistíveis e contidas precipitando-se em direção ao seu destino.

Uma após a outra, brotando da terra como que por mágica, as delgadas colunas de água saltaram em direção ao céu sem nuvens. Com quatro vezes a altura de um homem, explodiram em flores de borrifos. A luz do sol, ao atravessá-las, criou uma névoa da cor do arco-íris que contribuiu para a estranheza e a beleza da cena. Nunca, em toda a história da Taprobana, os olhos humanos tinham testemunhado tamanha maravilha.

O Rei sorriu, e os cortesãos ousaram respirar de novo. *Desta* vez os canos enterrados não tinham se rompido sob o peso da água; ao contrário de seus desafortunados predecessores, os pedreiros que os assentaram tinham uma perspectiva tão boa de atingir a velhice quanto a de qualquer um dos que trabalhavam para Kalidasa.

Quase tão imperceptivelmente quanto o sol poente, os jatos perdiam altura. Logo estavam pouco mais altos do que um homem; os reservatórios arduamente enchidos estavam quase vazios. Mas o Rei estava satisfeito; ergueu a mão, e as fontes desceram e subiram de novo, como numa última mesura diante do trono, e então desabaram em silêncio. Por um instante, ondulações se agitaram pela superfície dos espelhos d'água; depois, mais uma vez tornaram-se espelhos imóveis, emoldurando a imagem da Rocha eterna.

– Os homens trabalharam bem – disse Kalidasa. – Dê-lhes a liberdade.

Quão bem, é claro, jamais saberiam, pois ninguém podia compartilhar as visões solitárias do rei-artista. Ao contemplar os jardins primorosamente bem cuidados que circundavam Yakkagala, Kalidasa sentiu um contentamento que jamais experimentaria.

Ali, ao pé da Rocha, ele concebera e criara o Paraíso. Só restava, em seu topo, construir o Céu.

4

ROCHA DO DEMÔNIO

O *pageant*, habilmente montado, ainda tinha o poder de emocionar Rajasinghe, embora ele o tivesse visto dez vezes e conhecesse cada truque da programação. O espetáculo, sem dúvida, era obrigatório a todo visitante da Rocha, embora críticos como o professor Sarath reclamassem, dizendo que aquilo era tão somente história instantânea para turistas. No entanto, história instantânea era melhor do que história nenhuma e teria de servir, enquanto Sarath e seus colegas ainda discordavam enfaticamente sobre a sequência exata dos eventos ocorridos ali, dois mil anos antes.

O pequeno anfiteatro estava voltado para a muralha oeste de Yakkagala, com seus duzentos assentos cuidadosamente posicionados para que cada espectador olhasse para os projetores de *laser* no ângulo correto. A apresentação sempre começava no mesmo horário, o ano inteiro – 19h00, quando o último clarão do invariável crepúsculo equatorial desvanecia no céu.

Já estava tão escuro que a Rocha se tornara invisível, revelando sua presença apenas como uma sombra enorme e negra eclipsando as primeiras estrelas. Então, da escuridão, veio a lenta batida de um tambor abafado; e logo uma voz calma, desapaixonada:

Esta é a história de um rei que assassinou o pai e foi morto pelo irmão. Na história manchada de sangue da humanidade, não há nada de novo nisso. Mas este rei deixou um monumento perene; e uma lenda que perdura há séculos...

Rajasinghe olhou de relance para Vannevar Morgan, sentado ali na escuridão à sua direita. Embora visse apenas a silhueta das feições do engenheiro, percebeu que o visitante já tinha sido capturado pela magia da narrativa. À sua esquerda os outros dois convidados – velhos amigos dos tempos da diplomacia – também estavam arrebatados. Como assegurara a Morgan, eles não reconheceram o "dr. Smith"; ou, se de fato reconheceram, tinham educadamente aceitado a ficção.

Seu nome era Kalidasa, e ele nasceu cem anos depois de Cristo, em Ranapura, Cidade do Ouro, durante séculos a capital dos reis da Taprobana. Mas uma sombra cruzou o seu nascimento...

A música aumentou, enquanto flautas e cordas uniram-se ao palpitante tambor, traçando uma melodia pungente e altiva no ar da noite. Um ponto de luz começou e brilhar na face da Rocha; então, abruptamente, se expandiu – e de repente uma janela mágica pareceu abrir-se ao passado, revelando um mundo mais vívido e colorido do que a vida real.

A dramatização, pensou Morgan, era excelente; ficou satisfeito por, pelo menos uma vez, ter deixado a cortesia falar mais alto do que o impulso de trabalhar. Viu a alegria de Paravana quando sua concubina favorita lhe apresentou o filho primogênito – e compreendeu como essa alegria aumentou e diminuiu quando, vinte e quatro horas depois, a própria Rainha deu à luz um pretendente melhor ao trono. Embora tivesse nascido primeiro, Kalidasa não era o primeiro em precedência; e, assim, o palco da tragédia estava armado.

Mesmo assim, nos primeiros anos da infância, Kalidasa e seu meio-irmão Malgara eram muito amigos. Cresceram juntos, completamente alheios ao seu destino de rivais e às intrigas venenosas à sua volta. O primeiro motivo para conflito não teve nada a ver com o nascimento acidental; foi apenas um presente inocente e bem-intencionado.

À corte do Rei Paranava chegaram enviados trazendo homenagens de muitas terras: seda do Catai, ouro do Industão, armaduras polidas do Império Romano. E, um dia, um simples caçador da floresta aventurou-se até a grande cidade, trazendo um presente com que ele esperava agradar à Família Real...

À sua volta, Morgan ouviu um coro involuntário de "Ohs" e "Ahs" de seus companheiros invisíveis. Embora nunca tivesse gostado muito de animais, teve de admitir que o macaquinho, branco como a neve, confiantemente aninhado nos braços do Príncipe Kalidasa, era encantador. Daquela carinha enrugada, dois grandes olhos fitavam através dos séculos – e através do abismo misterioso, porém não totalmente intransponível, que separa o homem do animal.

De acordo com as Crônicas, nunca se vira algo semelhante; seus pelos eram brancos como leite, e seus olhos, rosados como rubis. Alguns o consideravam um bom presságio, outros, um mau augúrio, pois o branco é a cor da morte e do luto. E seus temores, infelizmente, eram fundados.

O Príncipe Kalidasa adorava o seu animalzinho de estimação e deu-lhe o nome de Hanuman, em homenagem ao valente deus-macaco do Ramayana. O joalheiro do Rei construiu um pequeno carrinho de ouro, no qual Hanuman sentava solenemente, enquanto era exibido por toda a corte, divertindo e alegrando a todos os que o viam.

Por sua vez, Hanuman adorava Kalidasa e não permitia que mais ninguém o tocasse. Tinha particular ciúme de Malgara, quase como se sentisse a rivalidade por vir. E, então, num dia infeliz, o macaquinho mordeu o herdeiro do trono.

A mordida foi superficial... mas suas consequências, imensas. Alguns dias depois, Hanuman foi envenenado, sem dúvida por ordem da Rainha. Foi o fim da infância de Kalidasa; diz-se que, dali em diante, ele nunca mais amou nem confiou em outro ser humano. E sua amizade por Malgara transformou-se em amarga inimizade.

E esse não foi o único problema que brotou da morte de um pequeno macaco. Por ordem do Rei, um túmulo especial foi construído para Hanuman, no formato do tradicional santuário em forma de sino, ou dágaba. Ora, isso foi algo extraordinário, pois provocou a ira imediata dos monges. Dágabas eram reservadas para as relíquias do Buda, e esse ato pareceu um sacrilégio deliberado.

De fato, pode bem ter sido essa a intenção, pois o Rei Paravana estava sob influência de um swami *hindu e se voltava contra a fé budista. Embora o Príncipe Kalidasa fosse muito jovem para se envolver nesse conflito, o ódio dos monges agora se dirigia contra ele. E assim começou uma rixa que nos anos vindouros iria assolar o reino.*

Como muitos outros contos registrados nas antigas crônicas da Taprobana, por quase dois mil anos não houve comprovação de que a história de Hanuman e o jovem príncipe Kalidasa fosse mais do que uma bela lenda. Então, em 2015, uma equipe de arqueólogos de Harvard descobriu as fundações de um pequeno santuário nos jardins do antigo Palácio de Ranapura. O santuário parecia ter sido deliberadamente destruído, pois toda a alvenaria da estrutura superior havia desaparecido.

A habitual câmara mortuária, localizada nas fundações, estava vazia; sem dúvida, seu conteúdo tinha sido roubado há séculos. Mas os estudantes tinham ferramentas com que os antigos caçadores de tesouros jamais sonharam; a sondagem de neutrinos revelou uma segunda câmara mortuária, muito mais profunda. A de cima era só um chamariz e cumpriu bem a sua finalidade. A câmara mais baixa ainda continha o objeto de amor e ódio que guardara por séculos, e que hoje repousa no Museu de Ranapura.

Morgan sempre se considerara, com razão, um homem prático e impassível, não propenso a arroubos de emoção. No entanto, agora, para seu completo embaraço – e ele esperava que seus companheiros não percebessem –, sentiu os olhos se encherem de lágrimas. Que ridículo, recriminou-se, que uma música açucarada e uma narrativa piegas provoquem tal impacto num homem sensato! Nunca imaginou que a visão de um brinquedo de criança pudesse fazê-lo chorar.

E então compreendeu, num súbito lampejo de memória que trouxe de volta um episódio ocorrido há mais de quarenta anos, por que se comovera tanto. Viu de novo sua adorada pipa, dando voltas no ar acima do parque em Sydney onde ele passara boa parte da infância. Sentiu o calor do sol, o vento suave nas costas nuas... o vento traiçoeiro que falhou de súbito, fazendo a pipa mergulhar em direção ao chão. Enroscou-se nos galhos de um carvalho gigantesco, supostamente mais velho que o próprio país, e ele, num gesto tolo, puxou a linha, tentando libertá-la. Foi sua primeira lição sobre a resistência dos materiais, uma lição que ele jamais esqueceria.

A linha quebrou justo no momento em que ele ia recuperar a pipa, e ela foi embora, rodopiando loucamente no céu de verão, aos poucos perdendo altitude. Ele correu até a beira da água, na esperança de que ela caísse em terra; mas o vento não deu ouvidos às preces de um garotinho.

Por muito tempo ele ficou ali em pé, chorando, enquanto assistia aos fragmentos despedaçados, como um veleiro sem mastro, vagarem pelo grande porto em direção ao mar aberto, até se perderem de vista. Aquela foi a primeira das tragédias triviais que moldam a infância de um homem, quer ele se recorde delas ou não.

Entretanto, o que Morgan perdera era apenas um brinquedo inanimado; suas lágrimas foram de frustração, não de luto. O Príncipe Kalidasa tinha razões muito mais profundas para angústia. Dentro do carrinho de ouro, que parecia ter acabado de sair da oficina de um artesão, havia um punhado de ossinhos brancos.

Morgan perdeu uma parte da história que se seguiu; quando enxugou os olhos, doze anos tinham se passado, uma complexa briga de família estava se desenrolando, e ele não tinha certeza de quem estava matando quem. Quando os exércitos cessaram a batalha e o último punhal caiu, o Príncipe Herdeiro e a Rainha Mãe tinham fugido para a Índia, e Kalidasa tinha se apoderado do trono, encarcerando o pai.

O fato de o usurpador ter poupado a vida de Paravana não se deveu a nenhuma devoção filial, mas à crença de que o velho rei ainda possuía um tesouro secreto, que guardava para Malgara. Enquanto Kalidasa acreditasse nisso, Paravana sabia estar salvo; mas, por fim, cansou-se da farsa.

– Vou lhe mostrar minha verdadeira riqueza – disse ele ao filho. – Dê-me uma carruagem, e eu o levarei a ela.

Porém, em sua última jornada, ao contrário de Hanuman, Paravana viajou num decrépito carro de boi. As Crônicas registram que ele tinha uma roda danificada, que rangeu por todo o caminho – o tipo de detalhe que deve ser verdade, pois nenhum historiador iria se dar ao trabalho de inventá-lo.

Para surpresa de Kalidasa, seu pai ordenou que o carro o levasse até o grande lago artificial que irrigava o reino central, cuja obra ocupara a maior parte de seu reinado. Caminhou ao longo da borda da enorme represa e contemplou a própria estátua, do dobro do tamanho natural, que olhava para a outra margem das águas.

– Adeus, velho amigo – disse, dirigindo-se à imponente figura de pedra que simbolizava seu poder e glória, agora perdidos, e cujas mãos guardavam para sempre o mapa pétreo daquele mar mediterrâneo. – Proteja meu legado.

E, em seguida, observado de perto por Kalidasa e seus guardas, desceu os degraus do desaguadouro, não se detendo nem à margem do lago. Quando a água estava na altura da cintura, pegou um pouco dela nas mãos em concha e jogou-a na própria cabeça. Então, voltou-se para Kalidasa, com orgulho e triunfo.

– *Aqui*, meu filho – exclamou, acenando para as léguas de água pura e vivificante –, aqui, *aqui* está toda a minha riqueza!

– Matem-no! – gritou Kalidasa, com ira louca e decepção.

E os soldados obedeceram.

Assim, Kalidasa tornou-se o mestre da Taprobana, mas a um preço que poucos homens estariam dispostos a pagar. Pois, conforme registram as Crônicas, ele viveu sempre "em temor do outro mundo, e do seu irmão". Cedo ou tarde, Malgara retornaria para exigir seu trono legítimo.

Por alguns anos, como a longa linhagem de reis antes dele, Kalidasa manteve a corte em Ranapura. Então, por razões sobre as quais a história se cala, ele abandonou a capital real pelo monolito de rocha isolado de Yakkagala, 40 quilômetros floresta adentro. Alguns argumentaram que ele procurava uma fortaleza inexpugnável, a salvo da vingança do irmão. No fim, porém, ele negligenciou a proteção da rocha – e, se fosse apenas uma cidadela, por que Yakkagala era circundada pelos imensos Jardins dos Prazeres, cuja construção deve ter exigido tanto trabalho quanto as próprias muralhas e o fosso? Acima de tudo, por que os afrescos?

Quando o narrador fez essa pergunta, toda a face oeste da rocha materializou-se para fora da escuridão – não como era agora, mas como devia ter sido há dois mil anos. Uma faixa que começava a cem metros do chão, e que percorria toda a largura da rocha, tinha sido alisada e coberta de gesso, sobre o qual inúmeras mulheres lindas estavam retratadas – em tamanho natural, da cintura para cima. Algumas apareciam de perfil, outras de frente, e todas seguiam o mesmo padrão básico.

De pele cor de ocre, com seios voluptuosos, trajavam apenas joias, ou as roupas mais transparentes. Algumas usavam penteados imponentes e elaborados – outras, aparentemente, usavam coroas. Muitas carregavam vasos de flores, ou seguravam uma única flor, beliscada com delicadeza entre o indicador e o polegar. Embora cerca da metade delas tivesse a pele mais escura que as demais, e parecessem ser criadas, suas joias e penteados não eram menos elaborados.

No passado, havia mais de duzentas figuras. Mas as chuvas e os ventos de séculos destruíram todas, exceto vinte, que ficaram protegidas sob uma laje de pedra...

As imagens se aproximaram em *zoom*; uma a uma, as últimas sobreviventes do sonho de Kalidasa vieram flutuando da escuridão, ao som da banal, mas apropriada, música da *Dança de Anitra*. Por mais desfiguradas que estivessem por intempéries, desgaste ou mesmo vândalos, não haviam perdido nada de sua beleza ao longo das eras. As cores ainda eram vivas, não desbotadas pela luz de mais de meio milhão de sóis poentes. Deusas ou mulheres, elas mantiveram viva a lenda da Rocha.

Ninguém sabe quem eram, o que representavam e por que foram criadas com tanto trabalho, num local tão inacessível. A teoria mais aceita diz que eram seres celestiais, e que todo o esforço de Kalidasa aqui foi devotado à criação de um paraíso na Terra, com seu séquito de deusas. Talvez ele acreditasse ser, ele próprio, um deus-rei, como os faraós do Egito; talvez seja por isso que tomou emprestado dos egípcios a imagem de uma esfinge, que guarda a entrada do seu palácio.

Então a cena passou para uma visão distante da Rocha, refletida num pequeno lago de sua base. A água tremeu, e os contornos de Yakkagala ondularam e se dissolveram. Quando se recompuseram, a Rocha estava coroada de muralhas, ameias e torres, agarrando-se em toda a sua superfície superior. Era impossível vê-las com nitidez; permaneciam torturantemente desfocadas, como as imagens de um sonho. Ninguém jamais soube como era *de fato* o palácio elevado de Kalidasa, antes de ele ser destruído por aqueles que desejavam extirpar até mesmo o seu nome.

E aqui ele viveu por quase vinte anos, aguardando a ruína que sabia ser inevitável. Seus espiões devem ter-lhe avisado que, com a ajuda dos reis do sul do Industão, Malgara estava pacientemente reunindo seus exércitos.

E, enfim, Malgara chegou. Do topo da Rocha, Kalidasa viu os invasores marchando do norte. Talvez se considerasse inexpugnável; mas não pôs isso à prova, pois deixou a segurança de sua fortaleza e cavalgou ao encontro de seu irmão, na zona neutra entre os dois exércitos. Muitos dariam tudo para saber que palavras eles disseram naquele último encontro. Alguns dizem que se abraçaram antes de se separarem; pode ser verdade.

Em seguida, os exércitos se encontraram, como as ondas do mar. Kalidasa lutava em seu próprio território, com homens que conheciam a terra, e, no início, a vitória pareceu-lhe certa. Mas então ocorreu mais um daqueles acidentes que determinam o destino de nações.

O grande elefante de guerra de Kalidasa, aparelhado com os estandartes reais, virou-se para o lado, a fim de evitar um trecho de solo pantanoso. Os defensores pensaram que ele batia em retirada. Seu moral baixou de imediato; dispersaram-se, segundo o registro das Crônicas, como joio saindo da joeira.

Kalidasa foi encontrado no campo de batalha, morto pelas próprias mãos. Malgara tornou-se rei. E Yakkagala foi abandonada na floresta, só sendo redescoberta mil e setecentos anos depois.

5

PELO TELESCÓPIO

“Meu vício secreto”, Rajasinghe o chamava, com humor zombeteiro, mas também com tristeza. Fazia anos que não subia até o topo de Yakkagala e, embora pudesse voar até lá quando desejasse, isso não trazia a mesma sensação de conquista. Ir até lá do modo mais fácil significava perder os detalhes arquitetônicos mais fascinantes da escalada; ninguém poderia esperar entender a mente de Kalidasa sem seguir seus passos por todo o caminho entre os Jardins dos Prazeres até o Palácio aéreo.

Mas havia um substituto capaz de proporcionar satisfação considerável a um homem a caminho da velhice. Anos atrás ele tinha adquirido um potente e compacto telescópio de 20 centímetros; através dele, perambulava por toda a face oeste da Rocha, retrilhando o caminho até o topo, percorrido tantas vezes no passado. Quando olhava pelo equipamento binocular, podia facilmente imaginar que estava suspenso no ar, perto o suficiente da parede de granito para esticar o braço e tocá-la.

No final da tarde, quando os raios do sol poente atingiam a parte de baixo da saliência rochosa que os protegia, Rajasinghe visitava os afrescos e prestava homenagem às damas da corte. Embora amasse todas, tinha as suas favoritas; às vezes conversava com elas em silêncio, usando as palavras e frases mais arcaicas que conhecia – consciente de que o seu taprobano mais antigo estava a mil anos no futuro *delas*.

Era divertido também observar os vivos e estudar as suas reações enquanto se esforçavam para escalar a Rocha, tiravam fotos uns dos outros no topo e admiravam os afrescos. Não faziam a menor ideia de que eram acompanhados por um espectador invisível – e invejoso – movendo-se sem esforço ao seu lado, como um fantasma silencioso, e tão próximo que conseguia ver cada expressão de seus rostos, cada detalhe de sua roupa. Pois era tal a potência do telescópio que, se Rajasinghe soubesse ler lábios, poderia bisbilhotar a conversa dos turistas.

Se isso era voyerismo, era bastante inofensivo – e esse pequeno "vício" não era nada secreto, pois ele fazia questão de compartilhá-lo com as visitas. O telescópio fornecia uma das melhores apresentações à montanha de Yakkagala e, com frequência, servia a outros propósitos úteis. Rajasinghe várias vezes alertara os guardas sobre a tentativa de coleta de suvenires, e mais de um turista surpreso tinha sido flagrado gravando as iniciais na face da Rocha.

Rajasinghe raramente utilizava o telescópio pela manhã, pois o sol a essa hora estava do outro lado de Yakkagala, e pouco se podia ver na obscurecida face oeste. E, até onde se lembrava, nunca o utilizara logo após a alvorada, enquanto ainda usufruía o delicioso costume local do "chá na cama", introduzido pelos fazendeiros europeus três séculos atrás. No entanto, agora, quando olhou de relance pelo janelão que lhe permitia uma vista completa da Yakkagala, surpreendeu-se ao ver uma pequena figura movendo-se na crista da Rocha, parcialmente sombreada contra o céu. Os visitantes nunca subiam até o topo tão cedo, logo após a alvorada – o guarda só iria abrir o elevador para os afrescos dali a uma hora. Preguiçosamente, Rajasinghe imaginou quem seria aquele pássaro madrugador.

Rolou para fora da cama, vestiu seu sarongue de batique e saiu, com o torso nu, para a varanda e, dali, até o sólido pilar de concreto onde se apoiava o telescópio. Anotando mentalmente, pela quinquagésima vez, que precisava arranjar uma capa nova para o instrumento, girou o tubo curto e grosso em direção à Rocha.

– Eu devia ter adivinhado! – exclamou a si mesmo, com considerável prazer, enquanto acionava a alta potência. Então o espetáculo da noite anterior tinha impressionado Morgan, como já era de se esperar. O engenheiro estava vendo com os próprios olhos, no pouco tempo disponível, como os arquitetos de Kalidasa tinham resolvido o desafio que lhes fora imposto.

Então Rajasinghe percebeu algo alarmante. Morgan caminhava com rapidez pela beirada do platô, a poucos centímetros do paredão vertical do qual poucos turistas ousavam se aproximar. Poucos sequer tinham a coragem de se sentar no Trono do Elefante, com seus pés balançando sobre o abismo; mas agora o engenheiro estava na verdade se ajoelhando ao lado dele, segurando-se casualmente na rocha talhada com um dos braços – e inclinando-se sobre o nada, enquanto examinava a encosta abaixo. Rajasinghe, que nunca apreciara muito grandes alturas, mesmo a de lugares conhecidos como Yakkagala, mal pôde olhar aquilo.

Após alguns minutos de observação incrédula, chegou à conclusão de que Morgan devia ser uma daquelas raras pessoas completamente imperturbáveis diante de alturas. A memória de Rajasinghe, que ainda era excelente, mas adorava pregar-lhe peças, tentava chamar sua atenção para alguma coisa. Não tinha havido um francês que desceu as Cataratas do Niágara amarrado numa corda, até parando no meio para fazer uma refeição? Se as provas documentais não tivessem sido avassaladoras, ele jamais teria acreditado nessa história.

E havia mais uma coisa relevante ali... um incidente que envolvia o próprio Morgan. O que poderia ser? Morgan... Morgan... não sabia nada sobre ele até uma semana atrás.

Sim, era *isso*. Tinha havido uma breve controvérsia que divertira o noticiário por um dia ou dois, e deve ter sido a primeira vez que ouviu o nome de Morgan.

O Projetista-Chefe da futura Ponte Gibraltar havia anunciado uma inovação espantosa. Como todos os veículos eram dirigidos no automático, não fazia sentido algum instalar parapeitos ou grades protetoras nas margens da ponte; eliminá-los pouparia milhares de toneladas. É claro que todo mundo achou essa ideia horrível; o que aconteceria, exigiu o público, se a direção automática de algum carro falhasse e o veículo se precipitasse para a margem? O Projetista-Chefe tinha as respostas; infelizmente, tinha respostas demais.

Se a direção falhasse, todo mundo sabia que os freios seriam acionados automaticamente, e o veículo pararia em menos de cem metros. Somente nas pistas externas havia a possibilidade de um carro despencar lá de cima; isso exigiria uma falha total na direção, nos sensores e nos freios, e talvez acontecesse uma vez a cada vinte anos.

Até aí, tudo bem. Mas então Morgan, o Engenheiro-Chefe, acrescentou uma *ressalva*. Talvez não tivesse a intenção de que viesse a público; era possível que fosse brincadeira. Mas ele afirmou que, se tal acidente de fato ocorresse, quanto mais rápido o carro caísse sem danificar sua linda ponte, mais feliz ele ficaria.

Desnecessário dizer que, no fim, a Ponte foi construída com cabos defletores ao longo das pistas externas e, até onde Rajasinghe sabia, ninguém ainda tinha mergulhado no Mediterrâneo. Ali em Yakkagala, entretanto, Morgan parecia um suicida decidido a sacrificar-se à gravidade; de outro modo, seria difícil explicar suas ações.

E *agora*, o que ele estava fazendo? Estava ajoelhado ao lado do Trono do Elefante e segurava uma caixinha retangular, mais ou menos do tamanho e formato de um antigo livro. Rajasinghe só conseguia ver vislumbres do objeto, e a maneira como o engenheiro o utilizava não fazia nenhum sentido. Possivelmente era algum tipo de dispositivo de análise, embora não entendesse por que Morgan estaria interessado na composição de Yakkagala.

Estaria planejando construir alguma coisa ali? Não que fosse permitido, é claro, e Rajasinghe não conseguia imaginar qualquer atrativo concebível naquele local; reis megalomaníacos, felizmente, eram raros agora. De qualquer modo, tinha certeza absoluta, a julgar pelas reações do engenheiro na noite anterior, de que Morgan nunca ouvira falar de Yakkagala antes de vir à Taprobana.

E então Rajasinghe, que sempre se orgulhara de seu autocontrole, mesmo nas situações mais dramáticas e inesperadas, soltou um involuntário grito de horror. Com toda a naturalidade do mundo, Vannevar Morgan, que estava de costas para o precipício, tinha dado um passo para trás, caindo no espaço vazio.

6

O ARTISTA

– Traga-me o persa – ordenou Kalidasa, assim que recuperou o fôlego. A escalada desde os afrescos até o Trono do Elefante não fora difícil e era perfeitamente segura, agora que a escadaria na face da Rocha escarpada tinha sido cercada por muros. Mas era cansativa; por quantos anos mais, imaginou Kalidasa, seria capaz de fazer esse percurso sem ajuda? Embora houvesse escravos para carregá-lo, isso não condizia com a dignidade de um rei. E era intolerável que quaisquer outros olhos, exceto os seus, contemplassem as cem deusas e suas cem criadas, igualmente belas, que formavam o séquito da corte celestial.

Por isso, doravante, dia e noite, sempre haveria um guarda a postos na entrada da escadaria – o único modo de descer do Palácio até o paraíso particular que Kalidasa criara. Após dez anos de trabalho árduo, seu sonho estava completo. Por mais que os monges invejosos em seus pináculos alegassem o contrário, finalmente ele era um deus.

A despeito dos anos passados sob o sol da Taprobana, Firdaz ainda tinha a pele tão clara quanto de um romano; hoje, quando se prostrou diante do rei, pareceu ainda mais pálido, e pouco à vontade. Kalidasa olhou-o com atenção e, em seguida, deu um de seus raros sorrisos de aprovação.

– Você trabalhou bem, persa – ele disse. – Existe algum artista no mundo que pudesse fazer melhor?

Era óbvia a luta entre o orgulho e a cautela antes que Firdaz desse a sua resposta hesitante.

– Não que eu saiba, Majestade.

– E eu lhe paguei bem?

– Estou muito satisfeito.

Essa resposta, pensou Kalidasa, não era de modo algum exata; foram constantes os pedidos de mais dinheiro, mais assistentes e materiais caros que só se obtinham em terras distantes. Mas não podia esperar que artistas entendessem de economia, ou como o tesouro real tinha sido dilapidado pelo custo exorbitante do palácio e seus arredores.

– E, agora que seu trabalho aqui terminou, o que você deseja?

– Gostaria da permissão de Vossa Majestade para retornar a Isfahan, para que eu possa rever meu povo.

Era a resposta que Kalidasa esperava, e ele lamentava sinceramente a decisão que tinha de tomar. Mas havia muitos outros governantes no longo caminho até a Pérsia que não deixariam o artista-mestre de Yakkagala escapar por entre seus dedos gananciosos. E as deusas pintadas na parede oeste tinham de permanecer para sempre inigualáveis.

– Há um problema – ele disse, categoricamente. E Firdaz ficou ainda mais pálido, os ombros desabando diante das palavras. Um rei não tinha de explicar nada, mas ali se tratava de uma conversa de artista para artista. – Você ajudou a me tornar um deus. Essa notícia já chegou a muitas terras. Se deixar minha proteção, outros lhe farão pedidos semelhantes.

Por um momento, o artista manteve silêncio; o único som era o lamento do vento, que raramente cessava de se queixar quando encontrava aquele obstáculo inesperado em sua jornada. Em seguida, Firdaz disse, tão baixo que Kalidasa mal o ouviu.

– Então estou proibido de partir?

– Você pode ir, e com riqueza suficiente para o resto da vida. Mas apenas sob a condição de que jamais trabalhará para qualquer outro príncipe.

– Estou disposto a fazer essa promessa – respondeu Firdaz, com pressa quase indecorosa.

Com tristeza, Kalidasa balançou a cabeça.

– Aprendi a não confiar na palavra de um artista – ele disse –, especialmente quando ele não está mais sob o meu poder. Assim, terei de impor o cumprimento dessa promessa.

Para surpresa de Kalidasa, Firdaz não mais pareceu tão inseguro; era como se tivesse tomado uma grande decisão e estivesse, por fim, à vontade.

– Compreendo – ele disse, pondo-se de pé. Então, deliberadamente deu as costas ao rei, como se a majestade real não mais existisse, e olhou diretamente para o sol resplandecente.

Kalidasa sabia que o Sol era o deus dos persas, e aquelas palavras que Firdaz murmurava deviam ser uma prece em sua língua. Havia deuses piores para adorar, e o artista estava olhando para aquele disco cegante, como se soubesse ser a última coisa que jamais veria.

– Segurem-no! – gritou o rei.

Os guardas correram, mas era tarde demais. Por mais cego que pudesse estar, Firdaz moveu-se com precisão. Em três passos alcançou o parapeito e se jogou. Não emitiu nenhum som no longo arco que descreveu até os jardins que havia planejado por tantos anos, nem houve eco quando o arquiteto de Yakkagala bateu nas fundações de sua obra-prima.

Kalidasa ficou de luto por vários dias, mas o luto transformou-se em ira quando a última carta do persa para Isfahan foi interceptada. Alguém alertara Firdaz de que ele seria cegado quando terminasse seu trabalho; e isso era uma falsidade abominável. Ele nunca descobriu a fonte do boato, embora muitos homens tenham morrido lentamente antes de provarem sua inocência. Entristecia-o que o persa tivesse acreditado em tal mentira; sem dúvida, deveria saber que um camarada artista jamais o privaria do dom da visão.

Pois Kalidasa não era um homem cruel, nem ingrato. Teria coberto Firdaz de ouro, ou pelo menos prata – e o deixaria partir com criados para cuidar dele para o resto da vida. Ele não precisaria mais usar as mãos; e, após algum tempo, nem sentiria falta delas.

7

O PALÁCIO DO DEUS-REI

Vannevar Morgan não tinha dormido bem, e isso era muito incomum. Sempre se orgulhara de seu autoconhecimento e da percepção dos próprios impulsos e emoções. Se não conseguiu dormir, queria saber por quê.

Devagar, enquanto observava a luz fraca da pré-alvorada no teto do seu quarto de hotel e ouvia o canto de pássaros estrangeiros, semelhante ao som de sinos, começou a pôr os pensamentos em ordem. Jamais teria se tornado um engenheiro de alto escalão da Construção Terráquea se não tivesse planejado a vida para evitar surpresas. Embora nenhum homem estivesse imune a acidentes do acaso e do destino, ele tomara todas as providências para salvaguardar sua carreira – e, acima de tudo, sua reputação. No que dependesse dele, seu futuro era o mais seguro possível; mesmo se morresse de repente, os programas armazenados em seu computador protegeriam seu estimado sonho além da sepultura.

Até ontem, nunca tinha ouvido falar em Yakkagala; de fato, até algumas semanas atrás, tinha apenas um vago conhecimento da Taprobana em si, até que a lógica de sua pesquisa o direcionou inexoravelmente para a ilha. A essa altura, ele já deveria ter partido, quando, na verdade, sua missão ainda nem começara. Não lhe importava o ligeiro atraso em seu cronograma; o que o perturbava era a impressão de estar sendo induzido por forças além de sua compreensão. Contudo, a sensação de assombro tinha uma ressonância familiar. Ele a experimentara uma vez, quando, ainda criança, empinara sua pipa perdida no Parque Kiribilli, ao lado dos monólitos de granito que um dia tinham sustentado a Ponte do Porto de Sydney, há muito demolida.

Aquelas montanhas gêmeas tinham dominado sua infância e controlado seu destino. Talvez tivesse se tornado engenheiro de qualquer modo; mas o acidente de seu local de nascimento determinou que ele seria um construtor de pontes. E, assim, tornou-se o primeiro homem a caminhar do Marrocos à Espanha, com as águas revoltas do Mediterrâneo três quilômetros abaixo – jamais sonhando, naquele momento de triunfo, com o desafio muito mais estupendo que estava por vir.

Se tivesse êxito na tarefa que o desafiava, ele seria famoso nos próximos séculos. Sua mente, força e vontade já estavam sendo testadas ao extremo, e ele não tinha tempo para distrações fúteis. No entanto, ficara fascinado pelos feitos de um engenheiro-arquiteto morto há dois mil anos, pertencente a uma cultura estrangeira. E havia o mistério de Kalidasa: qual o seu objetivo em construir Yakkagala? O rei podia ter sido um monstro, mas havia algo nesse personagem que tocava algum ponto sensível e recôndito no coração do próprio Morgan.

O sol nasceria em trinta minutos; só dali a duas horas tomaria café da manhã com o embaixador Rajasinghe. Daria tempo – e talvez não tivesse outra oportunidade.

Morgan não era homem de perder tempo. Vestiu calça e blusa em menos de um minuto, mas a atenção com o calçado tomou muito mais tempo. Embora há anos não fizesse grandes escaladas, sempre carregava um par de botas robustas e leves; em sua profissão, muitas vezes essas botas eram essenciais. Já tinha fechado a porta do quarto quando se lembrou de algo.

Por um tempo, hesitou no corredor; então sorriu e encolheu os ombros. Não faria mal a ninguém, e nunca se sabe...

De volta ao quarto, Morgan destrancou a mala e pegou uma caixinha plana, mais ou menos do tamanho e formato de uma calculadora de bolso. Verificou a carga da bateria, testou o acionamento manual e, em seguida, prendeu a caixa na fivela de aço de seu cinto de material sintético. Agora, sim, estava pronto para entrar no reino assombrado de Kalidasa e enfrentar quaisquer demônios que lá habitassem.

O sol nasceu, derramando um calor agradável nas costas de Morgan, enquanto ele passava pela fenda do enorme baluarte que formava as defesas externas da fortaleza. Diante dele, atravessadas por uma estreita ponte de pedra, as águas serenas do grande fosso estendiam-se meio quilômetro para cada lado, numa linha perfeitamente reta. Uma pequena flotilha de cisnes deslizou esperançosamente na sua direção, em meio aos lírios, e então se dispersou com as penas eriçadas quando ficou claro que ele não tinha comida. Na outra extremidade da ponte, ele chegou a uma segunda muralha, menor, e subiu a estreita escada talhada nela; e ali, diante dele, estavam os Jardins dos Prazeres e, assomando para além deles, a face escarpada da Rocha.

As fontes ao longo do eixo dos jardins subiam e desciam num ritmo lânguido, como se respirassem devagar, em uníssono. Não havia outro ser humano à vista; ele tinha toda a extensão da Yakkagala só para si. A cidade-fortaleza dificilmente estivera mais solitária, mesmo nos mil e setecentos anos em que a selva a engoliu, entre a morte de Kalidasa e sua redescoberta por arqueólogos do século 19.

Morgan passou pela fileira de fontes, sentindo os respingos na pele, e parou uma vez para admirar as canaletas, belamente esculpidas na pedra – sem dúvida originais –, que transportavam a água. Imaginou como os antigos engenheiros hidráulicos tinham subido com a água que impulsionava as fontes, e que diferenças de pressão elas aguentavam; esses jatos verticais ascendentes devem ter sido realmente espantosos para aquelas primeiras pessoas a testemunhá-los.

E então, à frente, havia um íngreme lance de escada de granito, os degraus tão desconfortavelmente estreitos que mal acomodavam as botas de Morgan. Será que as pessoas que construíram este lugar extraordinário tinham pés tão pequenos?, perguntou-se. Ou foi um ardil esperto do arquiteto, para desencorajar visitantes hostis? Com certeza seria difícil soldados efetuarem um ataque subindo aquela rampa de sessenta degraus, tão estreitos que pareciam ter sido feitos para anões.

Uma pequena plataforma, depois um lance de escada idêntico e Morgan se viu numa longa galeria, que ascendia lentamente, talhada nos flancos inferiores da Rocha. Ele estava agora a mais de 50 metros acima na planície ao redor, mas a vista era toda bloqueada por um paredão alto, coberto com gesso liso e amarelo. A rocha acima pendia tanto que ele quase atravessava um túnel, pois apenas uma estreita faixa de céu era visível.

O gesso da parede parecia totalmente novo e sem desgaste; era quase impossível acreditar que os pedreiros tinham acabado o serviço há dois mil anos. Aqui e ali, entretanto, a superfície plana e espelhada estava marcada com mensagens rabiscadas, onde visitantes tinham feito a habitual tentativa de alcançar a imortalidade. Pouquíssimas inscrições usavam um alfabeto que Morgan reconhecesse, e a data mais recente que percebeu foi 1931; dali em diante, presumivelmente, o Departamento de Arqueologia interviera para evitar tal vandalismo. A maioria dos grafites estava na caligrafia fluente e arredondada do taprobano; Morgan lembrou, segundo informações do entretenimento na noite anterior, que muitos eram poemas, datando dos séculos 1 e 2. Durante algum tempo após a morte de Kalidasa, Yakkagala conhecera seu primeiro período como atração turística, graças às lendas que ainda persistiam sobre o rei amaldiçoado.

A meio caminho da galeria de pedra, Morgan chegou ao pequeno elevador, agora trancado, que levava aos famosos afrescos, 20 metros logo acima. Esticou o pescoço para vê-los, mas estavam obscurecidos pela plataforma da gaiola de onde os visitantes os observavam, agarrada como um ninho metálico à superfície inclinada da rocha. Rajasinghe lhe contara que alguns turistas davam uma rápida olhada no vertiginoso local dos afrescos e decidiam satisfazer-se com fotografias.

Agora, pela primeira vez, Morgan pôde apreciar um dos maiores mistérios de Yakkagala. A questão não era *como* os afrescos foram pintados – um andaime de bambus pode ter resolvido o problema –, mas *por quê*. Uma vez concluídos, ninguém podia vê-los de maneira apropriada; da galeria logo abaixo, ficavam irremediavelmente achatados – e, da base da Rocha, não seriam mais do que pequenas e irreconhecíveis manchas coloridas. Talvez, como alguns tinham sugerido, tivessem significado puramente religioso ou mágico – como aquelas pinturas da Idade da Pedra encontradas nas profundezas de cavernas quase inacessíveis.

Os afrescos teriam de esperar até o atendente chegar e abrir o elevador. Havia muitas outras coisas para ver; ele estava ainda a um terço do caminho até o topo, e a galeria ainda subia lentamente, agarrada à face da Rocha.

O paredão amarelo de gesso deu lugar a um parapeito baixo, e Morgan pôde mais uma vez ver a paisagem campestre em volta. Lá embaixo, viam-se os Jardins dos Prazeres em toda a sua extensão e, pela primeira vez, pôde apreciar não apenas sua enorme escala (será que Versalhes era maior?), mas também seu habilidoso planejamento, e o modo como o fosso e os baluartes externos os protegiam da floresta além.

Ninguém sabia quais árvores, arbustos e flores eram cultivados ali nos tempos de Kalidasa, mas o desenho dos lagos artificiais, dos canais, dos caminhos e das fontes ainda era exatamente o mesmo que ele deixara. Enquanto observava aqueles jatos dançantes de água, Morgan subitamente se lembrou de uma passagem da explicação da noite anterior:

"Da Taprobana ao Paraíso são quarenta léguas; dali se pode ouvir o som das fontes do paraíso".

Morgan saboreou a frase na mente; as Fontes do Paraíso. Será que Kalidasa estava tentando criar, aqui na Terra, um jardim apropriado aos deuses, a fim de estabelecer sua pretensão à divindade? Se foi esse o caso, não surpreende que os sacerdotes o tenham acusado de blasfêmia e amaldiçoado toda a sua obra.

Finalmente a longa galeria, que tinha margeado toda a face oeste da Rocha, terminou numa escadaria íngreme – embora, desta vez, os degraus fossem muito mais generosos em tamanho. Mas o palácio ainda estava muito acima, pois a escada terminou num grande platô, claramente artificial. Ali estava tudo o que restara do gigantesco monstro leonino que no passado dominava a paisagem e causava terror aos corações de todos que o contemplavam. Pois, projetando-se da superfície da rocha, lá estavam as patas de uma gigantesca fera agachada; só as garras tinham a metade da altura de um homem.

Nada mais restou, exceto mais uma escada de granito subindo por entre pilhas de escombros que devem um dia ter formado a cabeça da criatura. Mesmo em ruínas, o conceito era assombroso: todo aquele que ousasse se aproximar do último bastião do rei tinha antes de passar pela boca escancarada de uma fera.

A subida final na face escarpada – de fato, ligeiramente abaulada – do penhasco deu-se numa série de escadas de metal, com corrimãos, para tranquilizar os escaladores mais apreensivos. Mas Morgan tinha sido alertado de que o perigo real ali não era a vertigem. Enxames de vespas normalmente plácidas ocupavam pequenas grutas na rocha, e visitantes que faziam muito barulho algumas vezes as perturbaram, com resultados fatais.

Dois mil anos atrás, aquela face norte de Yakkagala fora coberta de muralhas e ameias, que forneciam um ambiente adequado para a esfinge taprobana e, atrás dessas muralhas, decerto havia escadarias que davam fácil acesso ao topo. Agora o tempo, as intempéries e a mão vingativa do homem tinham varrido tudo dali. Havia apenas a rocha nua, sulcada com miríades de ranhuras horizontais e lajes estreitas que um dia deram suporte às fundações da alvenaria desaparecida.

Abruptamente, a escalada terminou. Morgan viu-se de pé numa ilhota flutuando 200 metros acima de uma paisagem de árvores e campos, plana em todas as direções, exceto o sul, onde as montanhas centrais dividiam o horizonte. Estava completamente isolado do resto do mundo; porém, sentia-se senhor de tudo o que contemplava. Desde o dia em que se postara entre as nuvens, com um pé na Europa e o outro na África, não experimentara um momento assim, de tamanho êxtase aéreo. Aquela era de fato a residência de um Deus-Rei, e as ruínas do palácio se espalhavam por toda parte.

Um labirinto desconcertante de paredes – nenhuma passando da altura da cintura –, pilhas de tijolos gastos pelo tempo e caminhos pavimentados de granito cobriam toda a superfície do platô, até a beira do precipício. Morgan também viu uma grande cisterna cavada profundamente na rocha sólida – um tanque para armazenamento de água, podia-se presumir. Desde que houvesse suprimentos disponíveis, um punhado de homens determinados poderia ter protegido aquele lugar para sempre; mas, se a intenção era fazer de Yakkagala uma fortaleza, suas defesas jamais foram postas à prova. O último encontro fatídico de Kalidasa com seu irmão ocorrera muito além dos baluartes.

Quase se esquecendo do tempo, Morgan perambulou pelas fundações do palácio, que, no passado, coroava a Rocha. Tentou entrar na mente do arquiteto, a partir do que sobrevivera de sua obra. Por que havia um caminho *ali*? Esse lance truncado de escada levava a um piso superior? Se esse rebaixo em forma de caixão na pedra era uma banheira, de onde vinha a água, e como era drenada? Sua pesquisa era tão fascinante que ele ignorou completamente o calor crescente do sol, ardendo num céu sem nuvens.

Lá embaixo, a paisagem verde-esmeralda despertava. Como besouros coloridos, um enxame de pequenos tratores robôs corria em direção aos arrozais. Por mais improvável que parecesse, um elefante ajudava a virar um ônibus tombado e devolvê-lo à estrada, da qual ele obviamente saíra quando fez a curva em velocidade muito alta; Morgan até conseguia ouvir a voz estridente do condutor do elefante, empoleirado logo atrás das enormes orelhas do animal. E uma torrente de turistas fluía como um exército de formigas pelos Jardins dos Prazeres, vindos da direção do Hotel Yakkagala; ele não desfrutaria de sua solidão por muito tempo.

No entanto, virtualmente completara sua exploração das ruínas – embora fosse possível, sem dúvida, passar uma vida inteira as investigando em detalhes. Apreciou descansar por um tempo, num banco de granito belamente talhado, bem na beira do precipício de 200 metros, com vista para o todo o céu do sul.

Morgan deixou os olhos percorrerem a distante cordilheira, em parte encoberta pela névoa azul que o sol da manhã ainda não dispersara. Enquanto a examinava preguiçosamente, percebeu, de súbito, que aquilo que ele supunha ser parte da paisagem de nuvens não era nada do tipo. Aquele cone enevoado não era uma construção efêmera de vento e vapor; não havia como confundir sua perfeita simetria, enquanto assomava acima de suas companheiras menores.

Por um momento, o choque do reconhecimento esvaziou sua mente de tudo, exceto assombro e uma reverência quase supersticiosa. Não tinha se dado conta de que era possível ver a Montanha Sagrada tão claramente do topo de Yakkagala. Mas lá estava ela, lentamente emergindo das sombras da noite, preparando-se para encarar um novo dia; e, se ele tivesse êxito, um novo futuro.

Morgan conhecia suas dimensões e toda a sua geologia; ele a mapeara através de fotografias estereográficas e a esquadrinhara usando satélites. Mas vê-la pela primeira vez, com os próprios olhos, fez com que subitamente se tornasse real; até agora, tudo não passava de teoria. E, às vezes, nem isso; mais de uma vez, nas horas cinzentas antes da alvorada, Morgan acordara de pesadelos em que todo o seu projeto aparecia como uma fantasia absurda, que, longe de trazer-lhe fama, o tornaria motivo de piada para o mundo. "A Loucura de Morgan", alguns de seus pares tinham apelidado a Ponte; como chamariam seu mais novo sonho?

Obstáculos feitos pelo homem, porém, nunca o detiveram antes. A natureza era o seu real antagonista – o inimigo amistoso que jamais trapaceava e sempre jogava limpo, mas nunca falhava em aproveitar cada pequeno deslize ou omissão. E, para ele, todas as forças da Natureza se concentravam agora naquele distante cone azul que ele conhecia tão bem, mas que ainda não sentira sob os pés.

Como Kalidasa fizera tantas vezes exatamente do mesmo ponto, Morgan fitou o outro lado da planície verde e fértil, mensurando o desafio e pensando na estratégia. Para Kalidasa, a Sri Kanda representava tanto o poder dos sacerdotes quanto o poder dos deuses, conspirando juntos contra ele. Eles representavam algo que Morgan não compreendia e, portanto, seria tratado com respeito temeroso.

Era hora de descer; não deveria se atrasar de novo, especialmente por seu próprio erro de cálculo. Quando se levantou da pedra na qual estava sentado, um pensamento que o vinha preocupando há vários minutos finalmente elevou-se ao nível de sua consciência. Era estranho terem colocado um banco tão ornamentado, com seus elefantes de suporte belamente esculpidos, bem na beira do precipício.

Morgan jamais resistiria a tamanho desafio intelectual. Inclinando-se para fora, sobre o abismo, ele mais uma vez tentou sintonizar sua mente de engenheiro à do colega morto há dois mil anos.

8

MALGARA

Nem mesmo os companheiros mais próximos do Príncipe Malgara conseguiram interpretar a expressão em seu rosto quando, pela última vez, olhou para o irmão com quem compartilhara a infância. O campo de batalha estava calmo agora; até os gritos dos feridos tinham sido silenciados, por ervas curativas ou por espadas mais potentes.

Após um longo tempo, o príncipe voltou-se para a figura de manto amarelo em pé ao seu lado.

– O senhor o coroou, Venerável Bodhidharma. Agora pode prestar-lhe outro serviço. Providencie para que receba as honras de um rei.

Por um instante, o prelado não respondeu. Então disse, gentilmente:

– Ele destruiu nossos templos e dispersou nossos sacerdotes. Se ele adorava algum deus, era Shiva.

Malgara mostrou os dentes no sorriso raivoso que o Mahanayake viria a conhecer muito bem nos anos que ainda lhe restavam.

– Reverência – disse o príncipe, numa voz que destilava veneno –, ele era o primogênito de Paranava, o Grande, sentou-se no trono da Taprobana e o mal que causou morre com ele. Quando o corpo for cremado, o senhor vai providenciar uma tumba apropriada para os restos mortais, antes que ouse pisar de novo na Sri Kanda.

O Mahanayake Thero curvou-se, muito ligeiramente.

– Será feito... de acordo com vosso desejo.

– E mais uma coisa – disse Malgara, falando agora com seus auxiliares. – A fama das fontes de Kalidasa chegou a nós até no Industão. Vamos visitá-las uma vez, antes de marcharmos para Ranapura...

Do coração dos Jardins dos Prazeres, que tanto o deleitaram, a fumaça da pira funerária de Kalidasa subiu ao céu sem nuvens, perturbando as aves de rapina que tinham se reunido em todo o redor. Severamente satisfeito, embora às vezes assombrado por súbitas lembranças, Malgara observou o símbolo de seu triunfo espiralando, anunciando a todos daquela terra que um novo reinado havia começado.

Como numa continuação da velha rivalidade, a água das fontes desafiava o fogo, saltando em direção ao céu antes de tornar a cair, estilhaçando a superfície do espelho d'água. Mas logo, muito antes de as chamas terminarem seu trabalho, os reservatórios começaram a falhar, e os jatos desfaleceram em queda aquosa. Antes de subirem de novo nos jardins de Kalidasa, a Roma imperial já teria acabado, os exércitos do Islã teriam marchado pela África, Copérnico teria destronado a Terra do centro do universo, a Declaração de Independência teria sido assinada e o homem teria andado na Lua...

Malgara esperou até a pira desintegrar-se numa breve lufada de faíscas. Quando a última fumaça flutuou contra a face imponente de Yakkagala, elevou os olhos em direção ao palácio no topo e o fitou por longos instantes, em avaliação silenciosa.

– Nenhum homem deve desafiar os deuses – ele disse, enfim. – Que o palácio seja destruído.

9

FILAMENTO

– O senhor quase me provocou um ataque cardíaco – disse Rajasinghe, acusando-o, enquanto servia o café da manhã. – Primeiro achei que tivesse algum dispositivo antigravidade... mas até eu sei que isso é impossível. Como o senhor fez?

– Minhas desculpas – Morgan respondeu com um sorriso. – Se eu soubesse que o senhor estaria observando, eu o teria avisado... Embora o exercício todo não tenha sido planejado. Minha única intenção era dar um passeio pela Rocha, mas aí fiquei intrigado com aquele banco de pedra. Fiquei imaginando por que ele estava bem na beira do penhasco e comecei a explorar.

– Não há mistério algum. Há muito tempo havia um tablado, provavelmente de madeira, que se estendia para fora, e um lance de escada que ia lá do topo até os afrescos. Ainda dá para ver os sulcos onde ela era encaixada na rocha.

– Foi o que descobri – disse Morgan, com certo pesar. – Eu deveria ter imaginado que alguém já tivesse descoberto antes.

Duzentos e cinquenta anos atrás, pensou Rajasinghe. Aquele inglês maluco e vigoroso, Arnold Lethbridge, primeiro Diretor de Arqueologia da Taprobana. Ele próprio tinha descido pela Rocha, exatamente como o senhor fez. Bem, não *exatamente*...

Morgan agora exibia a caixa metálica que lhe permitira operar o milagre. Seus únicos recursos eram alguns botões e um pequeno painel de leitura; parecia um simples aparelho de comunicação.

– É isso aqui – ele disse, com orgulho. – Já que o senhor me viu descer cem metros na vertical, deve ter uma boa ideia de como funciona.

– O bom senso me deu uma resposta, mas nem o meu potente telescópio conseguiu confirmá-la. Eu poderia jurar que não havia absolutamente nada sustentando o senhor.

– Aquela não era a demonstração que eu tinha em mente, mas deve ter sido eficaz. Agora, a minha típica conversa de vendedor: por favor, enganche seu dedo nesta argola.

Rajasinghe hesitou; Morgan segurava o pequeno toroide de metal – cerca de duas vezes o tamanho de uma aliança de casamento – quase como se estivesse eletrificado.

– Vai dar choque? – perguntou.

– Choque, não... mas talvez uma surpresa. Tente puxá-la de mim.

Um tanto cauteloso, Rajasinghe segurou a argola – e então quase a largou, pois parecia viva. Ela forçava na direção de Morgan – ou, mais precisamente, na direção da caixa que o engenheiro tinha na mão. Então a caixa emitiu um ligeiro zumbido, e Rajasinghe sentiu o dedo ser arrastado por alguma força misteriosa. Magnetismo?, perguntou a si mesmo. Claro que não; nenhum ímã se comportaria assim. Sua teoria provisória, mas improvável, estava correta; de fato, não havia outra explicação. Eles estavam empenhados num cabo de guerra bastante óbvio – *mas com uma corda invisível.*

Por mais que forçasse a vista, Rajasinghe não via sinal algum de fio ou cabo conectando a argola em que seu dedo estava enganchado e a caixa que Morgan operava, como um pescador puxando o peixe por um molinete. Estendeu a outra mão para explorar o espaço aparentemente vazio, mas o engenheiro logo o impediu.

– Desculpe! – ele disse. – Todo mundo tenta fazer isso quando percebe o que está acontecendo. O senhor poderia se cortar gravemente.

– Então existe mesmo um fio invisível. Engenhoso... mas para que serve, além do truque de mágica?

Morgan abriu um largo sorriso.

– Não o culpo por essa conclusão precipitada; é a reação de sempre. Mas completamente equivocada; o senhor não enxerga esse fio porque ele só tem alguns mícrons de espessura. Muito mais fino que teia de aranha.

Desta vez, pensou Rajasinghe, um adjetivo banalizado era plenamente justificado. – Isso é... incrível. Mas *o que* é?

– O resultado de cerca de duzentos anos de física de estado sólido. Colocando em termos simples... é um cristal de diamante pseudounidimensional contínuo... embora não seja carbono puro. Há vários microelementos, em quantidades cuidadosamente controladas. Só pode ser produzido em massa nas fábricas em órbita, onde não há gravidade para interferir no processo de incremento.

– Fascinante – murmurou Rajasinghe, quase para si mesmo. Deu pequenos puxões na argola enroscada em seu dedo, para testar se a tensão ainda estava ali e que ele não estava alucinando. – Reconheço que isso deve ter todo tipo de aplicações técnicas. Daria um esplêndido cortador de queijo...

Morgan riu.

– Um homem pode derrubar uma árvore com isso, em dois minutos. Mas o manuseio é delicado... até perigoso. Tivemos de projetar dispositivos especiais para enrolar e desenrolar o filamento. Nós os chamamos de "fiandeiras". Este aqui funciona com bateria, feito para demonstrações. O motor consegue levantar cerca de 200 quilos, e eu estou sempre achando novos usos para ele. A pequena exploração de hoje não foi o primeiro, de modo algum.

Quase com relutância, Rajasinghe desenganchou o dedo da argola. Ela começou a cair, então começou a pendular para a frente e para trás sem um meio visível de sustentação, até Morgan apertar um botão e a fiandeira o recolher com um zumbido suave.

– O senhor não veio de tão longe dr. Morgan, só para me impressionar com a última maravilha da ciência... embora eu *esteja* impressionado. Quero saber o que isso tem a ver comigo.

– Tem muito a ver, senhor embaixador – respondeu o engenheiro, de repente igualmente sério e formal. – O senhor tem toda a razão em pensar que este material terá muitas aplicações, algumas das quais estamos apenas começando a antever. E uma delas, para o bem ou para o mal, vai transformar a sua pequena e tranquila ilha no centro do mundo. Não... não apenas do mundo. De todo o sistema solar. Graças a este filamento, a Taprobana será o ponto de partida para todos os planetas. E um dia, talvez... para as estrelas.

10

A PONTE SUPREMA

Paul e Maxine eram dois de seus melhores e mais antigos amigos, mas, até o momento, nunca haviam se encontrado, nem, até onde Rajasinghe sabia, sequer se comunicado. Não havia motivo para isso; ninguém fora da Taprobana já ouvira falar no professor Sarath, mas todo o sistema solar reconheceria imediatamente o rosto ou a voz de Maxine Duval.

Seus dois convidados estavam reclinados nas cadeiras confortáveis da biblioteca, enquanto Rajasinghe sentava-se ao console principal da casa. Olhavam para a quarta figura, que estava de pé e imóvel.

Imóvel *demais*. Um visitante do passado, que nada soubesse dos milagres eletrônicos desta época, poderia pensar, após alguns segundos, que se tratasse de um boneco de cera elaborado nos mínimos detalhes. Entretanto, um exame mais cuidadoso revelaria dois fatos desconcertantes. O "boneco" era transparente o suficiente para deixar a luz passar através dele; e seus pés estavam borrados e fora de foco, alguns centímetros acima do tapete.

– Reconhecem esse homem? – perguntou Rajasinghe.

– Nunca vi na minha vida – Sarath respondeu imediatamente. – É melhor ele ser importante, para você ter me arrastado lá de Maharamba. Estávamos prestes a abrir a câmara mortuária.

– E eu tive que abandonar o meu trimarã no início das corridas do Lago Saladino – disse Maxine Duval, com sua voz de contralto contendo irritação suficiente para pôr em seu devido lugar qualquer um que fosse menos casca-grossa que o professor Sarath. – E eu o conheço, claro. Ele quer construir uma ponte da Taprobana até o Industão?

Rajasinghe riu.

– Não... temos uma estrada pavimentada em perfeitas condições de uso há dois séculos. E lamento ter arrastado os dois até aqui... embora você, Maxine, venha prometendo me visitar há vinte anos.

– É verdade – ela suspirou. – Mas tenho que passar tanto tempo no meu estúdio que às vezes esqueço que existe um mundo *real* do lado de fora, ocupado por cinco mil amigos queridos e cinquenta milhões de conhecidos íntimos.

– Em qual categoria você colocaria o dr. Morgan?

– Eu o encontrei... ah, umas quatro ou cinco vezes. Fizemos uma entrevista especial quando a Ponte terminou. Ele é uma figura muito impressionante.

Vindo de Maxine Duval, pensou Rajasinghe, aquilo era uma verdadeira homenagem. Por mais de trinta anos ela fora talvez o membro mais respeitado de sua exigente profissão, que lhe concedera todas as honrarias possíveis. O Prêmio Pulitzer, o Troféu Global Times, o Prêmio David Frost... estes eram apenas a ponta do *iceberg*. E apenas recentemente ela retornara à ativa, após dois anos como professora na Escola de Jornalismo Eletrônico Walter Cronkite, na Universidade de Colúmbia.

Tudo isso a amansara, embora não a tenha tornado menos ativa. Ela não era mais a chauvinista por vezes feroz que certa ocasião afirmou: "Já que as mulheres conseguem produzir bebês, presume-se que a natureza tenha dado aos homens algum talento para compensar. Mas, no momento, não consigo imaginar qual seja". Entretanto, há pouco tempo tinha embaraçado o desafortunado presidente de um painel, com o aparte em voz alta: "Caramba, sou uma *mulher* jornalista... não uma *pessoa* jornalista".*

Nunca houve dúvida sobre sua feminilidade; fora casada quatro vezes, e sua escolha de assistentes era famosa. Qualquer que fosse o sexo, os assistentes tinham de ser sempre jovens e atléticos, a fim de poderem se movimentar rapidamente, apesar do fardo de até 20 quilos em equipamento de comunicação. Os de Maxine Duval eram invariavelmente muito másculos e muito bonitos; no meio jornalístico, há anos isso era motivo de piada. Mas as brincadeiras eram completamente sem rancor, pois até os rivais mais ardorosos de Maxine gostavam dela quase tanto quanto a invejavam.

– Lamento que tenha abandonado a corrida – disse Rajasinghe –, mas fiquei sabendo que o *Marlin III* venceu com facilidade sem você. Acho que você vai admitir que isto aqui é bem mais importante... Mas deixe que Morgan fale por si mesmo.

Ele soltou o botão de PAUSA no projetor, e a estátua congelada voltou à vida imediatamente.

– Meu nome á Vannevar Morgan. Sou engenheiro-chefe da Divisão de Terra da Construção Terráquea. Meu último projeto foi a Ponte Gibraltar. Agora quero falar de algo incomparavelmente mais ambicioso.

Rajasinghe olhou de relance em volta da sala. Morgan tinha prendido a atenção deles, exatamente como ele esperava.

Recostou-se em sua cadeira e aguardou a descrição do projeto – agora familiar, mas ainda quase inacreditável. É estranho, ele disse a si mesmo, como se aceitavam rapidamente as convenções da-

* No original, "I'm a *newswoman*, dammit – not a *newsperson*". Em inglês, há a distinção de gênero: *newswoman* (jornalista mulher) e *newsman* (jornalista homem). *Newsperson* seria um termo neutro, que poderia se aplicar tanto a homens quanto a mulheres; mas a personagem Maxine, feminista, repudia a palavra "newsperson", pois deseja destacar a sua condição de mulher. [N. de T.]

quela projeção e se ignoravam erros enormes do controle de níveis e de inclinação. Nem mesmo o fato de Morgan mover-se sem sair do lugar e a perspectiva totalmente falsa das cenas exteriores conseguiam destruir a impressão de realidade.

– Vivemos na Era Espacial há quase duzentos anos. Por mais da metade desse tempo, nossa civilização tem dependido dos inúmeros satélites que agora orbitam a Terra. Comunicações globais, previsão e controle do clima, bancos de recursos terrestres e oceânicos, serviços postais e de informação... se alguma coisa acontecesse aos sistemas espaciais, mergulharíamos numa era de trevas. Durante o caos resultante, as doenças e a fome destruiriam boa parte da raça humana...

... E, olhando além da Terra, agora que temos colônias autossustentáveis em Marte, em Mercúrio e na Lua, e que estamos explorando as incalculáveis riquezas minerais dos asteroides, vemos o início do verdadeiro comércio interplanetário. Embora tenha levado mais tempo do que o previsto pelos otimistas, a conquista do ar foi de fato um modesto prelúdio à conquista do espaço...

... Mas agora estamos diante de um problema fundamental... um obstáculo no caminho de todo o progresso futuro. Embora gerações de pesquisa tenham elegido o foguete como a forma de propulsão mais confiável já inventada...

(– Será que ele cogitou bicicletas? – murmurou Sarath.)

... veículos espaciais ainda são demasiadamente ineficientes – prosseguiu a projeção de Morgan. – Pior ainda, seus impactos no meio ambiente são terríveis. Apesar de todas as tentativas de controlar os corredores de aproximação, o ruído da decolagem e da reentrada perturba milhões de pessoas. Resíduos de escapamentos lançados na estratosfera desencadearam mudanças climáticas que podem ter sérias consequências. Todos se lembram da crise de câncer de pele dos anos vinte, causada pela invasão dos raios ultravioleta... e do custo astronômico dos produtos químicos necessários para restaurar a ozonosfera...

... Se fizermos a projeção do crescimento do tráfego até o fim do século, descobriremos que a tonelagem Terra-órbita deve aumentar 50%. Isso não pode ocorrer sem custos intoleráveis para o nosso modo de vida... talvez até para a nossa própria existência. E não há nada que os engenheiros de foguetes possam fazer; eles quase atingiram os limites absolutos de desempenho, determinados pelas leis da física...

... Qual é a alternativa? Há séculos o homem sonha com a antigravidade ou "propulsões espaciais". Ninguém jamais descobriu sequer um indício de que tais coisas sejam possíveis; hoje acreditamos que não passam de fantasias. E, no entanto, na mesma década em que o primeiro satélite foi lançado, um audacioso russo concebeu um sistema que tornaria o foguete obsoleto. Isso foi antes de alguém levar Yuri Gagarin a sério. Levou dois séculos para que a nossa tecnologia fosse compatível com a sua visão.

A cada vez que reproduzia a gravação, parecia a Rajasinghe que Morgan realmente se empolgava nesse ponto. Era fácil entender por quê; agora ele estava no seu próprio território, não mais retransmitindo informações de um campo de conhecimento alheio. Apesar de todas as suas reservas e temores, Rajasinghe não conseguia deixar de partilhar um pouco daquele entusiasmo. Era uma qualidade que, nos dias de hoje, raramente se manifestava em sua vida.

– Saia de casa numa noite de céu limpo – continuou Morgan – e você verá aquela maravilha corriqueira de nossa época: as estrelas que nunca nascem ou se põem, mas são fixas e imóveis no céu. Nós... e nossos pais... e os pais *deles*... há muito aceitamos como fato consumado os satélites estacionários e as estações espaciais, que se movem acima do equador à mesma velocidade da rotação da Terra e, assim, pairam eternamente acima do mesmo ponto...

... A pergunta que Artsutanov fez a si mesmo tinha o brilho infantil do verdadeiro gênio. Um homem que fosse apenas inteligente jamais a teria formulado... ou a teria descartado de imediato como absurda...

... *Se* as leis da mecânica celeste possibilitam a um objeto permanecer fixo no céu, não seria possível baixar um cabo até a superfície... e, *deste modo, instalar um sistema de elevadores ligando a Terra ao espaço*?...

... Não havia nada de errado na teoria, mas os problemas práticos eram enormes. Os cálculos demonstravam que nenhum material existente resistiria. O melhor aço romperia sob o próprio peso, muito antes de se estender pelos 36 mil quilômetros entre a Terra e a órbita estacionária...

... Entretanto, nem os melhores aços chegavam sequer perto dos limites teóricos de resistência. Em escala microscópica, materiais tinham sido criados em laboratório com resistência muito maior. Se pudessem ser produzidos em massa, o sonho de Artsutanov poderia se realizar, e a economia do transporte espacial se transformaria completamente...

... Antes do fim do século 20, materiais super-resistentes, os hiperfilamentos, começaram a surgir nos laboratórios. Mas eram extremamente caros, custando muito mais do que o seu peso em ouro. Milhões de toneladas seriam necessários para construir um sistema que pudesse carregar todo o tráfego para fora da Terra; assim, o sonho permaneceu só um sonho...

... Até alguns meses atrás. Agora as fábricas em espaço profundo conseguem manufaturar quantidades praticamente ilimitadas de hiperfilamentos. Finalmente, podemos construir o Elevador Espacial... ou a Torre Orbital, como prefiro chamá-la. Pois, em certo sentido, é uma torre, elevando-se livremente através da atmosfera e indo muito, muito além...

Morgan desapareceu, como um fantasma subitamente exorcizado. Foi substituído por um planeta Terra do tamanho de uma bola de futebol, girando devagar. Movendo-se a uma distância de um braço estendido acima do pequeno globo, e mantendo-se suspensa sempre acima do mesmo ponto no equador, uma estrela cintilante marcava o local de um satélite estacionário.

A partir da estrela, duas linhas finas começaram a se estender: uma diretamente para baixo, na direção da Terra, e outra na direção exatamente oposta, para o espaço.

– Quando construímos uma ponte – prosseguiu a voz desincorporada de Morgan –, começamos a partir das duas extremidades e os dois lados se encontram no meio. Com a Torre Orbital, é exatamente o contrário. Deve-se construir para cima e para baixo, simultaneamente, a partir do satélite estacionário, de acordo com um programa cuidadoso. O truque é manter o centro de gravidade da estrutura sempre equilibrado no ponto estacionário; senão, ela se moverá para a órbita errada e começará a flutuar com lentidão em volta da Terra.

A linha descendente de luz atingiu o equador; no mesmo instante, a linha em direção ao espaço também cessou.

– A altura total deve ser de pelo menos 40 mil quilômetros... e os cem quilômetros mais baixos, descendo através da atmosfera, devem ser a parte mais difícil, pois ali a torre estará sujeita a furacões. Ela só vai se estabilizar quando estiver firmemente ancorada no solo...

... E, assim, pela primeira vez na história, teremos uma escadaria para o céu... uma ponte para as estrelas. Um simples sistema de elevadores, movido a eletricidade barata, substituirá o barulhento e dispendioso foguete, que então será utilizado apenas para seu serviço apropriado de transporte para o espaço profundo. Eis um possível desenho da Torre Orbital...

A imagem da Terra girando desapareceu, e a câmera aproximou-se rapidamente da torre, atravessando suas paredes e revelando o corte transversal da estrutura.

– Vocês verão que ela consiste de quatro tubos idênticos: dois para o tráfego de subida, dois para o de descida. É como se fosse uma linha *vertical* de trem ou metrô, com quatro trilhos, indo da Terra até a órbita estacionária.

... Cápsulas para passageiros, carga e combustível viajariam para cima e para baixo a uma velocidade de milhares de quilômetros por hora. Estações de força de fusão forneceriam, a intervalos regulares, toda a energia necessária; como 90% da energia seria recuperada, o custo líquido por passageiro seria de apenas alguns dólares. Pois, quando as cápsulas descerem novamente em direção à Terra, os motores agirão como freios magnéticos, gerando eletricidade. Ao contrário das naves de reentrada, as cápsulas não irão desperdiçar toda a sua energia aquecendo a atmosfera e provocando explosões sônicas; a energia será bombeada de volta ao sistema. Poderíamos dizer que os trens da descida irão prover energia aos da subida; então, mesmo com as estimativas mais conservadoras, o elevador será cem vezes mais eficiente do que qualquer foguete.

... E praticamente não há limite ao tráfego que ele poderia suportar, pois será possível acrescentar tubos adicionais, se houver necessidade. Se chegasse um dia em que um milhão de pessoas por dia quisessem visitar a Terra, ou sair dela, a Torre Orbital conseguiria lidar com o tráfego. Afinal, os metrôs de nossas grandes cidades, em certa época, conseguiram...

Rajasinghe apertou um botão, silenciando Morgan no meio da frase.

– O resto é bastante técnico... ele continua explicando como a torre pode funcionar como um estilingue cósmico e atirar cargas para a Lua e para os planetas, sem a utilização de absolutamente nenhum foguete. Mas acho que vocês viram o bastante para terem uma ideia geral.

– Estou, obviamente, estupefato – disse o professor Sarath. – Mas que raios tudo isso tem a ver comigo? Ou com você, aliás?

– Tudo no seu devido tempo, Paul. Algum comentário, Maxine?

– Talvez eu perdoe você; essa pode ser uma das matérias da década... ou do século. Mas por que a pressa... e todo esse segredo?

– Está acontecendo muita coisa que eu não compreendo, e é aí que você pode me ajudar. Suspeito que Morgan esteja lutando em várias frentes de batalha; ele está planejando um anúncio oficial num futuro muito próximo, mas só quer agir quando tiver absolutamente certeza de onde está pisando. Ele me deu essa apresentação sob a promessa de que ela não seria enviada por circuitos públicos. Por isso pedi para vocês virem até aqui.

– Ele sabe desse nosso encontro?

– Claro. Na verdade, ficou bem satisfeito quando eu disse que queria falar com você, Maxine. É óbvio que ele confia em você e a quer como aliada. E quanto a você, Paul, eu garanti a ele que você manteria segredo por até seis dias, sem ter uma apoplexia.

– Só se houver um bom motivo para isso.

– Estou começando a entender – disse Maxine Duval. – Várias coisas estavam me intrigando e agora estão começando a fazer sentido. Em primeiro lugar, esse é um projeto *espacial*... e Morgan é engenheiro-chefe da divisão de *Terra*.

– E daí?

– *Você* deveria fazer essa pergunta, Johan! Pense nas lutas burocráticas internas quando os projetistas de foguetes e a indústria aeroespacial souberem disso! Para começar, impérios de trilhões de dólares estarão em jogo. Se não tomar cuidado, Morgan vai ouvir: “Muito obrigado... agora nós assumimos. Prazer em conhecê-lo”.

– Reconheço essa questão, mas Morgan tem um argumento muito bom. Afinal, a Torre Orbital é um *edifício*... não um veículo.

– Não será mais um edifício quando os advogados entrarem no caso, não mesmo. Não existem muitos prédios cujos andares superiores estejam se movendo a dez quilômetros por segundo, ou, seja qual for a velocidade, mais rápido do que seu subsolo.

– Talvez você tenha razão. Aliás, quando demonstrei sinais de vertigem diante da ideia de uma torre subindo boa parte da distância da Terra à Lua, o dr. Morgan disse: "Então não pense nela como uma torre *subindo*, pense nela como uma ponte *saindo*". Ainda estou tentando, mas sem muito sucesso.

– Ah! – disse Maxine. – Mais uma peça do quebra-cabeça. A Ponte.

– Como assim?

– Você sabia que o chefe da Construção Terráquea, aquele pedante do senador Collins, queria que a Ponte Gibraltar tivesse o nome dele?

– Não sabia. Isso explica muita coisa. Mas eu até gosto do Collins... Nas poucas vezes em que nos encontramos, eu o achei muito agradável, e muito inteligente. Ele não fez um trabalho de engenharia geotermal de primeira linha na juventude?

– Isso foi há mil anos. E você não representa ameaça nenhuma à reputação dele; então, ele pode ser legal com você.

– E como a Ponte foi salva dessa fatalidade?

– Houve uma pequena revolução palaciana entre os engenheiros de alto escalão da empresa. O dr. Morgan, naturalmente, não se envolveu nela.

– É por isso que ele está escondendo o jogo! Estou começando a admirá-lo cada vez mais. Mas agora ele deparou com um obstáculo com o qual não sabe lidar. Ele descobriu só alguns dias atrás, e isso o deteve abruptamente.

– Deixe-me adivinhar – disse Maxine. – É um bom exercício... me ajuda a estar sempre à frente da turba. Entendo por que ele está aqui. A extremidade terrestre da torre tem que ficar no equador, senão ela não pode ser vertical. Seria como aquela torre que havia em Pisa, que acabou caindo.

– Não entendo... – começou o professor Sarath, abanando os braços vagamente para cima e para baixo. – Ah, claro... – Sua voz calou-se num silêncio pensativo.

– Bem – prosseguiu Maxine –, há um número limitado de locais possíveis no equador... a maior parte fica no oceano, não é? E a Taprobana é, obviamente, um deles. Embora eu não veja quais vantagens específicas ela teria sobre a África ou a América do Sul. Ou Morgan está se garantindo em todos esses lugares?

– Como sempre, minha cara Maxine, seu poder de dedução é fenomenal. Você está no caminho certo... mas não vai precisar ir muito mais longe. Apesar de Morgan ter feito o possível para me explicar o problema, não tenho a pretensão de compreender todos os detalhes científicos. De qualquer modo, a África e a América do Sul *não* são adequadas para o elevador espacial. Tem algo a ver com pontos instáveis do campo gravitacional da Terra. Só a Taprobana serve... pior ainda, apenas um local da Taprobana. E é aqui, Paul, que *você* entra em cena.

– *Mamada*? – ganiu o professor Sarath, indignadamente revertendo ao idioma taprobano, em sua surpresa.

– Sim, você. Com muito aborrecimento, o dr. Morgan acabou de descobrir que esse único local que ele *tem que usar* já está ocupado... para usar um eufemismo. Ele quer meu conselho sobre como desalojar seu bom amigo Buddy.

Agora foi a vez de Maxine ficar confusa.

– Quem? – ela perguntou.

Sarath respondeu na hora.

– O Venerável Anandatissa Bodhidharma Mahanayake Thero, encarregado do templo – ele entoou, quase como se recitasse uma ladainha. – Então, é isso!

Houve um silêncio momentâneo; em seguida, um olhar de puro deleite e malícia surgiu no rosto de Paul Sarath, professor emérito de Arqueologia da Universidade da Taprobana.

– Eu sempre quis saber – disse ele, com ar sonhador – o que acontece exatamente quando uma força irresistível encontra um objeto inamovível.

11

A PRINCESA SILENCIOSA

Quando os visitantes foram embora, Rajasinghe, muito pensativo, despolarizou as janelas da biblioteca e sentou-se por um longo tempo, contemplando as árvores em volta da casa lá fora e as paredes da rocha de Yakkagala, assomando mais além. Não se moveu até precisamente o soar das 4 horas, quando a chegada de seu chá da tarde o despertou do devaneio.

– Rani – ele disse –, peça para Dravindra separar os meus sapatos pesados, se ele os encontrar. Vou escalar a Rocha.

Rani fingiu deixar cair a bandeja, de espanto.

– *Aiyo*, Mahathaya! – lamentou, numa aflição zombeteira. – O senhor deve estar louco! Lembre-se do que o doutor McPherson disse...

– Aquele charlatão escocês sempre lê meu eletrocardiograma de trás para a frente. De qualquer modo, minha cara, eu vou viver para quê, quando você e Dravindra me deixarem?

Seu comentário não foi totalmente um gracejo, e ele logo se envergonhou de sua autocomiseração, pois Rani a detectou, e seus olhos se encheram de lágrimas.

Ela se virou, para que ele não visse sua emoção, e disse em inglês:

– Eu me ofereci para ficar... pelo menos no primeiro ano de Dravindra...

– Sei que você se ofereceu, mas eu nem sonharia em aceitar. A menos que a Universidade de Berkeley tenha mudado desde a última vez que a vi, Dravindra vai precisar de você lá. (No entanto, não mais do que eu, embora de outras maneiras, ele acrescentou, silenciosamente, a si mesmo.) E, quer você tire ou não seu próprio diploma, nunca é cedo demais para começar a treinar para ser a esposa do presidente da faculdade.

– Não tenho certeza se gostaria desse destino – Rani respondeu, sorrindo –, a julgar pelos exemplos horríveis que eu já vi. – Ela voltou para o taprobano. – O senhor não está *realmente* falando sério, está?

– Muito sério. Não até o topo, é claro, só até os afrescos. Faz cinco anos que não os visito. Se eu deixar para depois... – Não havia necessidade de completar a frase.

Rani o estudou em silêncio por alguns instantes e concluiu que argumentar era inútil.

– Vou falar com Dravindra – ela disse. – *E também* com Jaya... caso eles tenham que carregar o senhor de volta.

– Muito bem... embora eu tenha certeza de que Dravindra conseguiria resolver tudo sozinho.

Rani deu um sorriso contente, misturando orgulho e prazer. Esse casal, ele pensou com ternura, tinha sido sua sorte grande, e ele esperava que seus dois anos de serviço social lhes tivessem sido tão agradáveis quanto foram para ele. Nesta época, criados particulares eram luxos raríssimos, concedidos apenas a homens de mérito excepcional; Rajasinghe não conhecia nenhum outro cidadão comum que tivesse três, como ele.

Para poupar suas forças, ele atravessou os Jardins dos Prazeres num triciclo movido a energia solar; Dravindra e Jaya preferiram ir a pé, alegando ser mais rápido. (Estavam certos, mas eles podiam pegar atalhos.) Ele escalou devagar, parando várias vezes para tomar fôlego, até alcançar o longo corredor da Galeria Inferior, onde a Parede Espelhada seguia paralela à face da Rocha.

Observada pelos habituais turistas curiosos, uma jovem arqueóloga de um dos países africanos procurava inscrições na parede, com a ajuda de uma poderosa luz oblíqua. Rajasinghe teve vontade de avisá-la de que a chance de fazer uma nova descoberta era quase nula. Paul Sarath passara vinte anos estudando cada milímetro quadrado da superfície, e os três volumes de *Grafites de Yakkagala* eram uma obra acadêmica monumental que jamais seria suplantada – mesmo porque nenhum outro homem jamais seria novamente tão versado na leitura de inscrições em taprobano arcaico.

Ambos eram jovens quando Paul começara o trabalho de sua vida. Rajasinghe se recordava das vezes em que ficara ali em pé, naquele exato ponto, enquanto o então Epigrafista Assistente Interino do Departamento de Arqueologia delineava as marcas quase indecifráveis no gesso amarelo e traduzia os poemas endereçados às beldades na rocha acima. Após todos aqueles séculos, os versos ainda ecoavam no coração humano:

Sou Tissa, Capitão da Guarda.
Viajei cinquenta léguas para ver aquelas de olhos escuros,
mas elas se recusam a falar comigo.
Será isso gentil?

Que permaneçam aqui por mil anos,
como a lebre que o Rei dos Deuses
pintou na Lua. Sou o sacerdote Mahinda
do templo de Tuparama.

A esperança se cumprira em parte. As damas da rocha estavam ali há dois mil anos, o dobro do tempo imaginado pelo clérigo, e sobreviveram até uma era além de seus sonhos mais remotos. Mas tão poucas sobraram! Algumas das inscrições referiam-se a "quinhentas donzelas de pele dourada"; mesmo levando-se em conta a considerável licença poética, era óbvio que nem um décimo dos afrescos originais tinha escapado da devastação do tempo ou da malevolência humana. Mas as vinte que restaram estavam agora salvas para sempre, sua beleza guardada em inúmeros filmes, fitas e cristais.

Com certeza duraram mais do que um orgulhoso escriba, que achou completamente desnecessário escrever o próprio nome:

Ordenei que limpassem o caminho, para que
os peregrinos pudessem ver as belas donzelas
na encosta da montanha.
Sou o Rei.

Ao longo dos anos, Rajasinghe – ele próprio portador de um nome de família real, e sem dúvida hospedeiro de muitos genes da realeza – muitas vezes pensara naquelas palavras; elas demonstravam tão perfeitamente a natureza efêmera do poder, e da futilidade da ambição. "*Eu sou o Rei.*" Ah, mas *qual* rei? O monarca que pisara naquelas placas de granito – pouco gastas, dezoito séculos atrás – era provavelmente um homem inteligente e capaz; mas não conseguiu conceber a ideia de que fatalmente viria o tempo em que ele desapareceria num anonimato tão profundo quanto o dos seus súditos mais humildes.

Agora não havia meios de identificá-lo. Pelo menos doze reis podem ter inscrito aquelas linhas arrogantes; alguns reinaram por anos, outros por algumas semanas, e poucos de fato morreram tranquilamente em suas camas. Ninguém jamais saberá se o rei que achou desnecessário dar seu nome era Mahatissa II, ou Bhatikabhaya, ou Vijayakumara III, ou Gajabahukagamani, ou Candamukhasiva, ou Moggallana I, ou Kittisena, ou Sirisamghabodhi… ou algum outro monarca sequer registrado na longa e intrincada história da Taprobana.

O atendente que operava o pequeno elevador espantou-se ao ver o ilustre visitante e o cumprimentou com deferência. Enquanto a gaiola subia lentamente os 15 metros, Rajasinghe recordou as vezes em que, no passado, desprezara o elevador, preferindo ir pela escadaria espiral, que Dravindra e Jaya naquele exato momento escalavam aos saltos, na exuberância imprudente da juventude.

O elevador parou com um clique e ele saiu, pisando na pequena plataforma de aço que se projetava do penhasco. Abaixo e atrás dele, havia cem metros de espaço vazio, mas a resistente rede metálica garantia ampla segurança; nem o suicida mais determinado conseguiria escapar da gaiola – com capacidade para doze pessoas – presa na face inferior da onda de pedra que rebentava eternamente.

Ali, naquela reentrância acidental, onde a superfície da rocha formou uma gruta rasa, protegendo-a, assim, das intempéries, estavam as sobreviventes da corte celestial do rei. Rajasinghe cumprimentou-as em silêncio e, em seguida, sentou-se agradecido na cadeira oferecida pelo guia oficial.

– Gostaria de ficar a sós por dez minutos – ele disse, calmamente. – Jaya... Dravindra... vejam se conseguem afastar os turistas.

Seus dois companheiros o olharam com uma expressão de dúvida, bem como o guia, que tinha ordens de jamais deixar os afrescos sem vigilância. Mas, como sempre, o embaixador Rajasinghe conseguiu o que queria, sem sequer erguer a voz.

– *Ayu bowan* – ele saudou as figuras silenciosas, quando finalmente ficou sozinho. – Desculpem-me por tê-las negligenciado por tanto tempo.

Aguardou educadamente uma resposta, mas elas não prestaram mais atenção a ele do que a todos os outros admiradores nos últimos vinte séculos. Rajasinghe não desanimou; estava acostumado àquela indiferença. Na verdade, isso aumentava o charme das damas.

– Estou com um problema, minhas queridas – continuou. – Vocês viram todos os invasores da Taprobana chegar e partir, desde o tempo de Kalidasa. Viram uma selva fluir como uma maré em volta de Yakkagala, e depois refluir diante do machado e do arado. Mas nada mudou de verdade em todos estes anos. A natureza foi gentil com a pequena Taprobana, assim como a História, que a deixou em paz.

... Agora, os séculos de tranquilidade podem estar chegando ao fim. Nossa terra pode se tornar o centro do mundo... de vários mundos. A grande montanha que vocês observam há tanto tempo, lá no sul, pode ser a chave para o universo. Se assim for, a Taprobana que conhecemos e amamos cessará de existir.

... Talvez não haja muita coisa que eu possa fazer, mas tenho *algum* poder, tanto para ajudar quanto para atrapalhar. Ainda tenho muitos amigos. Se eu quiser, posso adiar esse sonho... ou pesadelo... pelo menos para depois da minha morte. Devo fazer isso? Ou devo oferecer ajuda a esse homem, sejam quais forem suas reais motivações?

Voltou-se para a sua favorita, a única que não desviava os olhos quando ele a contemplava. Todas as outras damas fitavam a distância, ou examinavam as flores em suas mãos; mas aquela a quem amava desde a juventude parecia, de certo ângulo, captar o seu olhar.

– Ah, Karuna! Não é justo fazer-lhe essas perguntas. Pois o que você poderia saber sobre os mundos *reais* além do céu, ou a necessidade humana de alcançá-los? Apesar de você ter sido uma deusa, o paraíso de Kalidasa era apenas uma ilusão. Bem, quaisquer que sejam os estranhos futuros que você possa ver, eu não vou partilhá-los. Já nos conhecemos há muito tempo... pelo menos para os meus padrões, se não para os seus. Enquanto puder, vou observá-las lá de casa. Mas não creio que vamos nos encontrar de novo. Adeus... e obrigado, beldades, por todo o prazer que me proporcionaram ao longo dos anos. Minhas saudações a todos os que vierem depois de mim.

No entanto, enquanto descia a escada espiral – ignorando o elevador –, Rajasinghe em absoluto estava com ânimo de despedida. Ao contrário, parecia-lhe ter remoçado uns bons anos (e, afinal, 72 não é uma idade tão avançada). Percebeu que Dravindra e Jaya notaram seus passos mais vigorosos, pela maneira como seus rostos se iluminaram.

Talvez sua aposentadoria tivesse se tornado um pouco tediosa. Talvez tanto ele como a Taprobana precisassem de um sopro de ar fresco, para limpar as teias de aranha – assim como a monção renovava a vida após meses de céus pesados e apáticos.

Tivesse Morgan êxito ou não, sua empreitada incendiava a imaginação e despertava a alma. Kalidasa a teria invejado – e aprovado.

II

O TEMPLO

Enquanto as diversas religiões discutem entre si sobre qual delas detém a verdade, em nossa visão a verdade da religião pode ser totalmente desconsiderada... Quando se tenta atribuir à religião seu lugar na evolução do homem, ela parece ser menos uma aquisição duradoura do que um paralelo à neurose pela qual o indivíduo civilizado tem de passar, no caminho da infância à maturidade.

Freud, *Novas Conferências Introdutórias à Psicanálise* (1932).

É claro que o homem criou Deus à sua imagem e semelhança; mas qual era a alternativa? Assim como a verdadeira compreensão da geologia era impossível até sermos capazes de estudar outros mundos além da Terra, uma teologia válida deve aguardar o contato com inteligências extraterrestres. Não pode haver nenhuma disciplina chamada religião comparada, enquanto estudarmos apenas as religiões do homem.

El Hadj Mohammed ben Selim, professor de Religião Comparada, *Discurso de Posse*, Universidade Brigham, 1998.

Devemos esperar, não sem ansiedade, as respostas às seguintes questões: (a) quais são, se é que existem, os conceitos religiosos de entidades com zero, dois ou mais "pais"; (b) a crença religiosa é encontrada apenas entre os organismos que tenham contato estreito com seus progenitores diretos, durante os anos de formação?

Se descobrirmos que a religião ocorre exclusivamente entre análogos inteligentes aos macacos, golfinhos, elefantes, cães etc., mas não *entre computadores extraterrestres, cupins, peixes, tartarugas ou amebas sociais, teremos de tirar algumas conclusões dolorosas... Talvez tanto o amor quanto a religião possam surgir apenas entre mamíferos, e pelos mesmos motivos. Isso é sugerido também por um estudo de suas patologias; qualquer um que duvide da relação entre fanatismo religioso e perversão deveria dar uma olhada longa e atenta no* Malleus Maleficarium *ou n'*Os Demônios de Loudun, *de Huxley.*

(Ibid.)

A famigerada afirmação do dr. Charles Willis (Havaí, 1970) de que a "religião é um subproduto da subnutrição" não é, em si, muito mais útil do que a refutação monossilábica, e um tanto indelicada, de Gregory Bateson. O que o dr. Willis aparentemente quis dizer foi: (1) as alucinações causadas pela fome voluntária ou involuntária são prontamente interpretadas como visões religiosas; (2) fome nesta vida incentiva a crença de uma vida após a morte como compensação, como um mecanismo – talvez essencial – de sobrevivência psicológica...

É, de fato, uma das ironias do destino que a pesquisa das chamadas drogas de expansão da consciência tenha provado que elas agem exatamente ao contrário, levando à detecção das substâncias químicas "apotéticas" de ocorrência natural no cérebro. A descoberta de que o seguidor mais devoto de qualquer fé poderia ser convertido a qualquer outra com uma dose criteriosa de 2-4-7 orto-para-*teosamina talvez tenha sido o golpe mais devastador já recebido pela religião.*

Até, naturalmente, o advento do Planador Estelar...

R. Gabor, *A Base Farmacológica da Religião* (Editora da Universidade Miskatonic, 2069).

12

PLANADOR ESTELAR

Algo do gênero vinha sendo esperado há cem anos, e tinha havido muitos alarmes falsos. No entanto, quando finalmente aconteceu, a humanidade foi pega de surpresa.

O sinal de rádio vindo da direção de Alpha Centauri era tão potente que, a princípio, foi detectado como interferência nos circuitos comerciais normais. Isso foi altamente embaraçoso para os radioastrônomos que, há várias décadas, procuravam por mensagens inteligentes do espaço – especialmente porque há muito tinham descartado todas as investigações mais sérias do sistema triplo de Alpha, Beta e Próxima do Centauro.

Imediatamente, todos os radiotelescópios que alcançavam o hemisfério sul se concentraram na constelação do Centauro. Em poucas horas, fizeram uma descoberta ainda mais sensacional. O sinal não vinha de nenhuma parte do sistema Centauro... mas de um ponto a meio grau de distância. *E estava se movendo.*

Foi o primeiro indício da verdade. Quando se confirmou, todas as atividades normais da humanidade foram interrompidas.

A potência do sinal não mais surpreendia; sua fonte já estava no interior do sistema solar, movendo-se em direção ao Sol a 600 quilômetros por segundo. Os tão esperados, tão temidos visitantes do espaço tinham finalmente chegado.

No entanto, por trinta dias o intruso não fez nada, enquanto passava pelos planetas exteriores, transmitindo uma série invariável de pulsos que simplesmente anunciavam "Estou aqui!". Não tentou responder aos sinais emitidos a ele, nem fez qualquer ajuste em sua órbita natural, semelhante à de um cometa. A menos que tenha desacelerado de uma velocidade muito superior, a viagem de Centauro deve ter durado milhares de anos. Alguns se tranquilizaram, pois isso sugeria que o visitante era uma sonda espacial robotizada; outros se decepcionaram, achando que a ausência de extraterrestres vivos e reais seria um anticlímax.

Todo o espectro de possibilidades foi discutido, *ad nauseum*, em todos os meios de comunicação, em todos os parlamentos do homem.

Todos os enredos que já tinham sido usados em ficção científica, desde a chegada de deuses benevolentes até a invasão de vampiros sedentos de sangue, foram desenterrados e solenemente analisados. O Banco Lloyds de Londres obteve ganhos substanciais de pessoas interessadas em seguros contra todos os futuros possíveis – inclusive alguns em que as chances de resgatar um único centavo eram ínfimas.

Então, quando o alienígena ultrapassou a órbita de Júpiter, os instrumentos humanos começaram a aprender algo sobre ele. A primeira descoberta criou um pânico passageiro; o objeto tinha 500 quilômetros de diâmetro – o tamanho de uma pequena lua. Talvez, afinal, fosse um mundo móvel, trazendo um exército invasor.

O medo desapareceu quando observações mais precisas mostraram que o corpo sólido do intruso tinha apenas alguns metros de diâmetro. O halo de 500 quilômetros ao redor dele era algo muito familiar: um frágil refletor parabólico girando lentamente, o equivalente exato dos radiotelescópios orbitais dos astrônomos. Presumivelmente, era a antena através da qual o visitante mantinha contato com sua base distante. E através da qual, mesmo agora, sem dúvida lhe enviava suas descobertas, enquanto perscrutava o sistema solar e espiava todas as transmissões de rádio, TV e dados da humanidade.

Houve, então, mais uma surpresa. A antena do tamanho de um asteroide *não* estava apontada para Alpha Centauri, mas na direção de uma parte do céu totalmente diferente. Começava a parecer que o sistema do Centauro era apenas o último porto de escala do veículo, não sua origem.

Os astrônomos ainda ruminavam o assunto quando tiveram um notável golpe de sorte. Uma sonda meteorológica solar, em patrulha de rotina além de Marte, subitamente ficou muda, recobrando sua voz radiofônica um minuto depois. Quando se examinaram os registros, verificou-se que os instrumentos tinham sido paralisados por alguns instantes devido a uma intensa radiação. A sonda tinha passado pelo feixe de emissão do visitante – e então era só calcular exatamente para onde a emissão apontava.

Não havia nada naquela direção nos próximos 52 anos-luz, exceto uma apagada – e, presumivelmente, muito antiga – estrela anã vermelha, um daqueles pequenos sóis moderados que ainda brilhariam tranquilamente bilhões de anos depois que as esplêndidas estrelas gigantes da galáxia tivessem se extinguido. Nenhum radiotelescópio jamais a examinara com atenção; agora, todos os que podiam ser desviados do visitante que se aproximava se concentraram em sua suposta origem.

E lá estava ela, emitindo um sinal nitidamente sintonizado na banda de um centímetro. Os construtores ainda mantinham contato com o veículo que haviam lançado milhares de anos antes; mas as mensagens que ele devia estar recebendo *agora* eram de meio século atrás.

Então, quando entrou na órbita de Marte, o visitante demonstrou o primeiro sinal de percepção da humanidade, do modo mais dramático e inequívoco que se poderia imaginar. Ele começou a transmitir imagens de televisão no padrão 3.075 linhas, intercaladas com videotextos em inglês e mandarim fluentes, embora afetados. A primeira conversação cósmica começara - e não, como sempre se imaginou, com um atraso de décadas, mas de apenas alguns minutos.

13

SOMBRA NA ALVORADA

Morgan saíra do hotel em Ranapura às 4 horas da madrugada, numa noite limpa, sem lua. Não ficou muito satisfeito com a escolha do horário, mas o professor Sarath, que tomara todas as providências, havia prometido que valeria a pena. "O senhor só vai entender alguma coisa sobre a Sri Kanda", ele dissera, "se observar a alvorada lá do topo. E Buddy... ah, o Maha Tero... só recebe visitas a essa hora. Ele diz que é uma esplêndida maneira de desencorajar meros curiosos." Assim, Morgan tinha aquiescido com toda a boa vontade possível.

Para piorar as coisas, o motorista taprobano havia insistido em manter uma animada conversa, ainda que quase unilateral, aparentemente destinada a estabelecer um perfil completo da personalidade de seu passageiro. Isso foi feito com uma bondade tão sincera que era impossível se ofender, mas Morgan teria preferido o silêncio.

Também desejou, às vezes ardentemente, que o motorista prestasse mais atenção às inúmeras curvas fechadas que galgavam quase no escuro. Talvez fosse melhor mesmo não conseguir ver todos os penhascos e abismos que transpunham enquanto o carro subia o contraforte. Aquela estrada era um triunfo da engenharia militar do século 19 – o trabalho da última potência colonialista, construída na campanha final contra os orgulhosos montanheses do interior. Mas nunca fora convertida para operação automática, e havia momentos em que Morgan questionava se sobreviveria à viagem.

E então, subitamente, ele esqueceu os medos e o aborrecimento pela perda de horas de sono.

– Lá está ela! – disse o motorista, orgulhoso, quando o carro contornou o flanco de um monte.

A Sri Kanda em si ainda estava completamente invisível na escuridão que, até ali, não trazia nenhum sinal de alvorada próxima. A presença da montanha se revelava por uma tênue fita de luz em zigue-zague sob as estrelas, suspensa no céu como que por mágica. Morgan sabia que estava simplesmente vendo as lamparinas instaladas duzentos anos atrás para guiar os peregrinos em sua subida na escadaria mais longa do mundo, que, em seu desafio à lógica e à gravidade, parecia quase uma previsão de seu próprio sonho. Séculos antes de ele nascer, inspirados por filósofos que ele mal podia imaginar quem fossem, homens tinham começado um trabalho que ele esperava concluir. Eles tinham construído, literalmente, os primeiros degraus rudimentares na estrada para as estrelas.

Não mais se sentindo sonolento, Morgan observou a aproximação da fita de luz, que se transformou num colar de inúmeras contas cintilantes. Agora a montanha tornava-se visível, como um triângulo negro eclipsando metade do céu. Havia algo sinistro em sua presença silenciosa e taciturna; Morgan quase imaginou que ela fosse, de fato, a morada dos deuses que sabiam de sua missão e reuniam forças contra ele.

Essas ideias agourentas foram totalmente esquecidas quando chegaram ao terminal do bondinho e Morgan descobriu, surpreso – eram ainda cinco da manhã –, que pelo menos cem pessoas perambulavam para lá e para cá na pequena sala de espera. Pediu um bem-vindo café quente para ele e seu motorista tagarela – que, para seu alívio, não demonstrou o menor interesse em fazer a subida.

– Já subi pelo menos umas vinte vezes – ele disse, com enfado talvez exagerado. – Vou dormir no carro até o senhor voltar.

Morgan comprou o ingresso, fez um cálculo rápido e estimou que estaria na terceira ou quarta leva de passageiros. Alegrou-se por ter seguido o conselho de Sarath e colocado uma capa térmica no bolso; em meros dois quilômetros de altitude, já fazia muito frio. No topo, três quilômetros ainda mais alto, devia fazer um frio congelante.

Enquanto arrastava os pés lentamente para a frente, na fila quieta e sonolenta de visitantes, Morgan percebeu, divertido, que era o único a *não* carregar uma máquina fotográfica. Onde estariam os peregrinos genuínos?, perguntou-se. Então lembrou: eles não estariam aqui. Não havia caminho fácil para o céu, ou para o nirvana, ou qualquer que fosse o objetivo do fiel. O mérito era conquistado apenas pelos próprios esforços, não com o auxílio de máquinas. Uma doutrina interessante, contendo muita verdade; mas também havia momentos em que somente as máquinas dariam conta do serviço.

Finalmente conseguiu um assento no bondinho e, com um rangido considerável nos cabos, partiram. Mais uma vez, Morgan teve aquela estranha sensação de antecipação. O elevador que *ele* planejava iria içar cargas a uma altura dez mil vezes maior do que aquele sistema primitivo, que provavelmente datava do século 20. E, no entanto, levando tudo em consideração, seus princípios básicos eram exatamente os mesmos.

Do lado de fora do bondinho oscilante, a escuridão era total, exceto quando se via uma parte da escadaria iluminada. Estava completamente deserta, como se os incontáveis milhões de peregrinos que enfrentaram a árdua subida da montanha nos últimos três mil anos não tivessem deixado nenhum sucessor. Mas então Morgan atinou que os que subiram a pé já estariam muito mais adiantados em seu encontro com a alvorada; teriam partido das encostas mais baixas há várias horas.

Na marca dos quatro quilômetros, os passageiros tiveram de trocar de bondinho e caminhar uma curta distância até outra estação, mas a conexão não demorou muito. Agora, Morgan sentiu-se realmente satisfeito por ter trazido a capa e envolveu o corpo no tecido metalizado. Havia geada no chão, e ele já respirava fundo no ar rarefeito. Não se surpreendeu ao ver prateleiras com cilindros de oxigênio no terminal, com instruções de uso exibidas em destaque.

E finalmente, quando começaram a subida final, surgiu o anúncio do novo dia que se aproximava. As estrelas orientais ainda fulgiam em plena glória – Vênus mais que todas –, mas algumas nuvens ralas e altas começaram a incandescer vagamente com a chegada da alvorada. Morgan consultou ansiosamente o seu relógio de pulso e se perguntou se chegaria a tempo. Ficou aliviado ao constatar que a aurora só ocorreria em trinta minutos.

Um dos passageiros de repente apontou para a imensa escadaria, da qual ocasionalmente se viam algumas partes lá embaixo, em seu zigue-zague nas encostas cada vez mais íngremes da montanha. A escadaria não estava mais deserta; movendo-se com uma lentidão onírica, dezenas de homens e mulheres venciam a duras penas os degraus infindáveis. A cada minuto, mais e mais peregrinos apareciam; há quantas horas, perguntou-se Morgan, estariam escalando? Certamente a noite inteira, e talvez até mais, pois muitos deles eram bastante idosos e dificilmente teriam conseguido subir num único dia. Ficou surpreso ao ver que tantos ainda eram crentes.

Logo depois, viu o primeiro monge – uma figura alta, de manto cor de açafrão, movendo-se em marcha tão regular como um metrônomo, sem olhar para os lados e ignorando por completo o bondinho que flutuava sobre sua cabeça raspada. Também parecia capaz de ignorar as intempéries, pois o braço e o ombro direitos estavam nus no vento gelado.

O bondinho desacelerou ao se aproximar do terminal; logo parou, expeliu os passageiros entorpecidos e recomeçou a longa descida. Morgan uniu-se à multidão de duzentas ou trezentas pessoas amontoadas num pequeno anfiteatro talhado na face oeste da montanha. Todas olhavam a escuridão, embora não houvesse nada para ver senão a fita de luz serpenteando abismo abaixo. Alguns escaladores retardatários na última parte da escadaria faziam um último esforço: a fé lutava para vencer a fadiga.

Morgan consultou o relógio mais uma vez; faltavam dez minutos. Ele jamais estivera diante de tantas pessoas em silêncio; turistas com suas câmeras e peregrinos devotos estavam agora unidos na mesma esperança. O tempo estava perfeito; logo saberiam se tinham feito aquela jornada em vão.

Um delicado tilintar de sinos soou no templo, ainda invisível na escuridão, cem metros acima de suas cabeças; e, no mesmo instante, todas as luzes ao longo da inacreditável escadaria se apagaram. Agora, voltados para o oculto nascer do sol, podiam ver que o primeiro brilho do dia raiava nas nuvens lá embaixo; mas a massa imensa da montanha ainda retardava a alvorada prestes a chegar.

A cada segundo, a luz aumentava dos dois lados da Sri Kanda, à medida que o sol investia contra os últimos bastiões da noite. Correu, então, um surdo murmúrio de assombro na multidão que aguardava paciente.

Num momento, não havia nada. Então, de repente, lá estava ela, estendendo-se pela metade da largura da Taprobana – um triângulo de bordas finas, perfeitamente simétrico, do mais profundo azul. A montanha não decepcionara seus adoradores: lá estava sua famosa sombra sobre um mar de nuvens, um símbolo que cada peregrino podia interpretar como quisesse.

Parecia quase sólida, em sua perfeição retilínea, como uma pirâmide tombada, e não mero fantasma de luz e sombra. À medida que a claridade crescia à sua volta, e os primeiros raios diretos de sol atingiam os flancos da montanha, a sombra parecia, por contraste, tornar-se cada vez mais escura e densa; no entanto, através do fino véu de nuvens responsável por sua breve existência, Morgan pôde discernir vagamente os lagos, colinas e florestas da terra que despertava.

O vértice daquele triângulo enevoado deveria estar correndo em sua direção em alta velocidade, enquanto o sol se erguia verticalmente atrás da montanha, mas Morgan não percebeu movimento algum. O tempo parecia suspenso; foi um dos raros momentos de sua vida em que não se deu conta dos minutos que passavam. A sombra da eternidade estava pousada sobre a sua alma, assim como a da montanha pousava sobre as nuvens.

Agora ela se dissipava com rapidez, e a escuridão escoava do céu como uma mancha dispersando-se na água. A paisagem fantasmagórica e vaga lá embaixo tornava-se estável e real. A meio caminho do horizonte, houve uma explosão de luz quando os raios do sol atingiram algumas janelas de um edifício voltadas para o leste. E, ainda mais além – a menos que seus olhos o estivessem enganando –, Morgan conseguia distinguir a faixa escura e tênue do mar circundante.

Mais um dia chegara à Taprobana.

Lentamente, os visitantes se dispersaram. Alguns voltaram para o terminal do bondinho, enquanto outros, mais animados, rumaram para a escadaria, na crença equivocada de que a descida era mais fácil do que a subida. A maioria agradeceria ao pegar o bondinho de novo na estação inferior; poucos de fato desceriam a escadaria até o final.

Apenas Morgan continuou a subir, seguido de muitos olhares curiosos, os curtos lances de escada que levavam ao mosteiro e ao cume da montanha. Quando alcançou a parede externa de gesso liso – agora começando a refletir suavemente os primeiros raios diretos de sol –, estava sem fôlego e encostou-se por um instante na enorme porta de madeira.

Ele devia estar sendo observado por alguém: antes de encontrar uma campainha, ou algo que sinalizasse a sua presença, a porta abriu-se silenciosamente, e ele foi recebido por um monge de manto amarelo, que o cumprimentou com as mãos entrelaçadas.

– *Ayu bowan*, dr. Morgan. O Mahanayake Thero terá satisfação em recebê-lo.

14

A EDUCAÇÃO DO PLANADOR ESTELAR

(Excerto do *Compêndio do Planador Estelar*, primeira edição, 2071)

Sabemos agora que a sonda espacial interestelar chamada de Planador Estelar é completamente autônoma e opera de acordo com instruções gerais programadas e nela inseridas há sessenta mil anos. Enquanto viaja entre sóis, utiliza a antena de 500 quilômetros para enviar informações à sua base, com ritmo relativamente baixo, e receber eventuais atualizações do "Lar Estelar", para adotar a encantadora expressão cunhada pelo poeta Llwellyn ap Cymru.

Enquanto passa por um sistema solar, entretanto, ele é capaz de extrair a energia de um sol e, então, o ritmo da transferência de informações aumenta consideravelmente. Ele também "recarrega as baterias", para usar uma analogia sem dúvida rudimentar. E, como emprega os campos gravitacionais dos corpos celestes para impulsioná-lo de estrela em estrela – como nossas próprias primeiras sondas Pioneer *e* Voyager *–, vai operar indefinidamente, a menos que uma falha mecânica ou um acidente cósmico encerre a sua carreira. Centauro foi seu décimo primeiro porto de escala; após ter contornado o nosso Sol como um cometa, seu novo curso estava traçado exatamente para Tau Ceti, a 12 anos-luz de distância. Se houver* *alguém lá, ele estará pronto para começar sua próxima conversação logo após o ano 8100 d.C. (...)*

(...) Pois o Planador Estelar acumula as funções de embaixador e explorador. Quando, ao fim de uma de suas jornadas milenares, ele descobre uma cultura tecnológica, faz amizade com os nativos e inicia a troca de informações, única forma de comércio interestelar que jamais será possível. E, antes de partir novamente para sua viagem interminável, após um breve trânsito pelo sistema solar, o Planador Estelar fornece a localização de seu mundo de origem – que já aguarda uma ligação direta do mais novo membro da central telefônica galáctica.

Em nosso caso, podemos nos orgulhar do fato de que, antes mesmo de ele transmitir qualquer mapa estelar, tínhamos identificado sua estrela-mãe e até lhe enviado nossas primeiras transmissões. Agora temos apenas de esperar 104 anos por uma resposta. Que sorte incrível a nossa, de termos vizinhos tão próximos.

Ficou claro, desde as primeiras mensagens, que o Planador Estelar entendia o significado de milhares de palavras básicas em inglês e chinês, deduzidas por ele através da análise da televisão, do rádio e – especialmente – dos serviços de transmissão de videotexto. Mas o que ele captara durante sua aproximação era uma amostra muito pouco representativa de todo o espectro da cultura humana; continha pouca ciência avançada, matemática ainda menos avançada e apenas uma seleção aleatória de literatura, música e artes visuais.

Como qualquer gênio autodidata, portanto, o Planador Estelar possuía grandes lacunas em sua educação. Partindo do princípio de que era melhor pecar por excesso do que por falta, assim que o contato se estabeleceu, o Planador Estelar foi presenteado com o *Dicionário de Inglês Oxford*, o *Grande Dicionário de Chinês* (edição romandarim) e a *Enciclopédia Terráquea*. A transmissão digital desse material exigiu pouco menos de cinquenta minutos, e o notável foi que, imediatamente depois disso, o Planador Estelar permaneceu em silêncio por quatro horas – seu maior período fora do ar. Quando retomou o contato, seu vocabulário havia se ampliado imensamente e, em 99% do tempo, ele poderia passar facilmente no teste Turing – isto é, não havia como determinar, a partir das mensagens recebidas, se o Planador Estelar era uma máquina ou um ser humano muitíssimo inteligente.

Havia lapsos eventuais – por exemplo, uso incorreto de palavras ambíguas e a ausência de conteúdo emocional no diálogo. Isso era esperado; ao contrário dos computadores terrestres avançados – capazes de replicar as emoções de seus construtores, quando necessário –, os sentimentos e desejos do Planador Estelar eram, presumivelmente, os de uma espécie totalmente alienígena e, portanto, em grande medida incompreensíveis aos humanos.

E vice-versa, é claro. O Planador Estelar tinha compreensão exata e completa do sentido de "o quadrado da hipotenusa é igual à soma dos quadrados dos catetos". Mas não fazia a mais remota ideia do que se passava na mente de Keats quando escreveu:

... Abriu janelas mágicas na espuma
De mares perigosos, em terras encantadas, desolado...[*]

E menos ainda:

Devo comparar-te a um dia de verão?
Mais belo e encantador é o teu semblante...[**]

---

* Versos do poema *Ode to a Nightingale* (Ode a um Rouxinol), do poeta inglês John Keats (1795-1821). [N. de T.]

** Versos do soneto 18, do poeta e dramaturgo inglês William Shakespeare (1564-1616). [N. de T.]

Mesmo assim, na esperança de corrigir essa deficiência, o Planador Estelar foi presenteado também com milhares de horas de música, drama e cenas da vida terrestre, tanto a humana quanto as outras. Por consenso geral, aí se impôs certa dose de censura. Embora não se pudesse negar a propensão humana à violência e à guerra (era tarde demais para pedir de volta a *Enciclopédia*), apenas alguns exemplos selecionados com cuidado foram transmitidos. E, até que o Planador Estelar estivesse fora de alcance, o tratamento normal nas redes de vídeo mostrou-se atipicamente afável.

Por séculos – talvez, na verdade, até ele encontrar seu próximo alvo –, filósofos estariam debatendo a real compreensão do Planador Estelar sobre os assuntos e problemas humanos. Mas pelo menos num ponto não houve discordância séria. Os cem dias de sua passagem pelo sistema solar alteraram irrevogavelmente a concepção humana sobre o universo, sua origem e a posição do homem nele.

A civilização humana jamais poderia ser a mesma após a partida do Planador Estelar.

15

BODHIDHARMA

Quando a porta maciça, entalhada com intrincados desenhos de flores de lótus, fechou-se atrás de Morgan com um clique suave, ele sentiu que entrava em outro mundo. De modo algum pisava pela primeira vez em solo outrora sagrado para uma grande religião; visitara a Notre Dame, a Santa Sofia, Stonehenge, o Partenon, Karnak, a Catedral de São Paulo e pelo menos mais uma dúzia de templos e mesquitas. Mas viu esses lugares como relíquias congeladas do passado – esplêndidos exemplos de arte ou engenharia, mas sem relevância para o espírito moderno. As fés que os criaram e sustentaram já haviam caído no esquecimento, embora algumas tenham sobrevivido ao longo do século 22.

Ali, porém, o tempo parecia ter parado. Os furacões da história tinham passado ao largo daquela solitária cidadela de fé, deixando-a inabalada. Como faziam há três mil anos, os monges ainda oravam, meditavam e contemplavam a alvorada.

Enquanto caminhava pelas lajes desgastadas do pátio, lustrado pelos pés de inúmeros peregrinos, Morgan experimentou uma indecisão súbita e totalmente atípica. Em nome do progresso, ele tentava destruir algo antigo e nobre; e algo que jamais compreenderia plenamente.

A visão do enorme sino de bronze, pendurado no campanário anexo à parede do mosteiro, deixou Morgan perplexo. De imediato, sua mente de engenheiro estimara seu peso em pelo menos cinco toneladas, e era claramente antiquíssimo. Como é que...?

O monge percebeu a curiosidade e deu um sorriso de compreensão.

– Dois mil anos de idade – disse. – Foi um presente de Kalidasa, o Amaldiçoado, que julgamos conveniente não recusar. Segundo a lenda, levou dez anos para ser carregado até o topo da montanha... e custou a vida de cem homens.

– Quando ele é utilizado? – perguntou Morgan, após digerir aquela informação.

– Por sua origem abominável, ele é tocado só em caso de desastre. Eu nunca o ouvi, nem qualquer outro homem vivo. Badalou uma vez, sem ajuda humana, durante o grande terremoto de 2017. E, antes *disso*, em 1522, quando os invasores ibéricos incendiaram o Templo do Dente e capturaram a Relíquia Sagrada.

– Quer dizer que depois de todo aquele sacrifício... ele nunca foi usado?

– Talvez umas dez vezes nos últimos dois mil anos. A maldição de Kalidasa ainda pesa sobre ele.

Isso pode ser virtude religiosa, Morgan pensou, mas não é sensato em termos econômicos. E imaginou, de modo irreverente, quantos monges sucumbiram à tentação de bater o sino, mesmo que de leve, só para ouvirem o timbre desconhecido de sua voz proibida...

Passavam agora por uma imensa pedra, na qual um curto lance de escada levava a um pavilhão dourado. Ali, pensou Morgan, era de fato o cume da montanha; ele sabia o que o santuário abrigava, mas novamente o monge lhe esclareceu.

– A pegada – disse. – Os muçulmanos acreditavam que era de Adão; ele pisou ali depois de ser expulso do Paraíso. Os hindus a atribuíram a Shiva ou Saman. Mas, para os budistas, é claro, era a marca do Iluminado.

– Percebi que usou o verbo no pretérito – Morgan observou numa voz cuidadosamente neutra. – Qual é a crença hoje?

O rosto do monge não expressou emoção ao responder.

– O Buda era um homem, como o senhor e eu. A marca na rocha... e é uma rocha muito dura... tem dois metros de comprimento.

Aquilo pareceu encerrar a questão, e Morgan não fez mais perguntas enquanto era conduzido por um pequeno claustro que terminou numa porta aberta. O monge bateu, mas não esperou a resposta e acenou para o visitante entrar.

Morgan esperava encontrar o Mahanayake Thero sentado de pernas cruzadas num tapete, talvez rodeado de incenso e acólitos entoando cânticos. Havia, de fato, um leve aroma de incenso no ar gelado, mas o Encarregado-Chefe do templo da Sri Kanda estava sentado atrás de uma mesa de escritório perfeitamente comum, equipada com os típicos monitores e unidades de memória. O único item incomum na sala era a cabeça do Buda, pouco maior do que o tamanho natural, num pedestal em um dos cantos. Morgan não soube dizer se era real ou apenas uma projeção.

A despeito do cenário convencional, havia pouca probabilidade de que o chefe do mosteiro fosse confundido com qualquer outro tipo de executivo. Além do inevitável manto amarelo, o Mahanayake Thero possuía duas outras características que, nessa época, eram de fato muito incomuns. Ele era completamente calvo e usava óculos.

Ambas, Morgan supôs, eram uma opção deliberada. Como a calvície era facilmente curável, aquele domo brilhante de marfim deve ter sido raspado ou depilado. E não se lembrava da última vez que tinha visto óculos, salvo em gravações ou dramas históricos.

A combinação era fascinante e desconcertante. Morgan achou praticamente impossível adivinhar a idade do Mahanayake Thero; poderia ser algo entre 40 anos maduros e 80 bem conservados. E aquelas lentes, por mais transparentes que fossem, de algum modo escondiam os pensamentos e emoções que havia atrás delas.

– *Ayu bowan*, dr. Morgan – saudou o prelado, fazendo um gesto para o visitante sentar-se na única cadeira desocupada. – Este é o meu secretário, o Venerável Parakarma. Espero que o senhor não se importe se ele fizer algumas anotações.

– Claro que não – disse Morgan, inclinando a cabeça na direção do terceiro ocupante da pequena sala. Notou que o monge mais jovem tinha cabelo solto e uma barba impressionante; presumivelmente, cabeças raspadas eram opcionais.

– Então, dr. Morgan – continuou o Mahanayake Thero –, o senhor quer a nossa montanha.

– Receio que sim... ah... reverência. Pelo menos uma parte dela.

– Do mundo *todo*... esses poucos hectares?

– A escolha não é nossa, mas da natureza. O terminal terrestre tem de ser no equador, na maior altitude possível, onde a baixa densidade do ar detém a força do vento.

– Há montanhas equatoriais mais altas na África e na América do Sul.

Lá vamos nós de novo, Morgan suspirou em silêncio. A experiência amarga lhe demonstrara ser quase impossível fazer um leigo, por mais inteligente e interessado que fosse, compreender o problema, e ele antevia menos êxito ainda com aqueles monges. Se ao menos a Terra fosse um corpo perfeito e simétrico, sem mossas e saliências em seu campo gravitacional.

– Acredite – ele disse, com fervor –, examinamos todas as alternativas. O Cotopaxi e o Monte Quênia... e até o Kilimanjaro, que fica só a três graus ao sul... seriam adequados, não fosse um defeito fatal. Quando um satélite é posto em órbita estacionária, ele não fica *exatamente* acima do mesmo ponto. Por causa das irregularidades gravitacionais, em cujos detalhes não vou entrar, ele se afasta lentamente do equador. Então, nossos satélites e estações espaciais estacionárias têm de queimar propelente para mantê-los no lugar; por sorte, a quantidade necessária é pequena. Mas não se pode ficar empurrando milhões de toneladas... ainda mais na forma de uma fina haste de dezenas de milhares de quilômetros de comprimento... de volta para o lugar. E não há necessidade disso. Felizmente, para nós, ...

– ... não para *nós* – emendou o Mahanayake Thero, quase deixando Morgan sem graça.

– ... existem dois pontos estáveis na órbita estacionária. Um satélite colocado neles vai ficar lá... não vai se afastar. Como se estivesse preso no fundo de um vale invisível. Um desses pontos fica acima do Pacífico, então não serve. O outro fica diretamente acima das nossas cabeças.

– Certamente alguns quilômetros de distância para um lado ou para o outro não fariam diferença. Existem outras montanhas na Taprobana.

– Nenhuma com mais da metade da altura da Sri Kanda... o que nos leva ao nível de forças do vento muito perigosas. É verdade que não há muitos furacões exatamente no equador. Mas há o suficiente para pôr a estrutura em risco, e bem no ponto mais fraco.

– Nós podemos controlar os ventos.

Foi a primeira contribuição do jovem secretário à discussão, e Morgan olhou para ele com mais interesse.

– Até certo ponto, sim. Discuti, é claro, essa questão com o Controle das Monções. Eles dizem que certeza absoluta está fora de questão, especialmente com furacões. A melhor probabilidade que me deram foi de cinquenta para um. Isso não basta para um projeto de um trilhão de dólares.

O Venerável Parakarma parecia disposto a argumentar.

– Há um ramo quase esquecido da matemática, chamado teoria da catástrofe, que poderia tornar a meteorologia uma ciência realmente exata. Tenho confiança de que...

– Devo explicar – interrompeu delicadamente o Mahanayake Thero – que meu colega já foi célebre por seu trabalho de astronomia. Imagino que tenha ouvido falar do dr. Choam Goldberg.

Morgan sentiu como se um alçapão de repente se abrisse sob os pés. Ele deveria ter sido avisado! Então lembrou que o professor Sarath na verdade tinha lhe dito, com uma piscadela, que ele deveria "ter cuidado com o secretário particular de Buddy... ele é um sujeito muito inteligente".

Morgan imaginou se suas bochechas coraram quando o Venerável Parakarma, vulgo dr. Choam Goldberg, olhou para ele com uma expressão nitidamente hostil. Pois então ele estivera tentando explicar instabilidades orbitais a esses monges inocentes... O Mahanayake Thero provavelmente recebera uma aula sobre o assunto melhor do que a dele.

E lembrou que os cientistas do mundo todo estavam divididos sobre o dr. Goldberg: havia os que tinham certeza de que ele era louco, e os que ainda não tinham se decidido a respeito. Pois ele tinha sido um dos jovens mais promissores no campo da astrofísica quando, há cinco anos, anunciara: "Agora que o Planador Estelar efetivamente destruiu todas as religiões tradicionais, podemos finalmente atentar com seriedade ao conceito de Deus".

E, com isso, desaparecera da vida pública.

16

CONVERSAS COM O PLANADOR ESTELAR

De todos os milhares de perguntas feitas ao Planador Estelar durante sua passagem pelo sistema solar, aquelas cujas respostas eram as mais ansiosamente aguardadas referiam-se às criaturas e civilizações vivas de outras estrelas. Contrariando algumas expectativas, o robô respondeu prontamente, embora admitisse que a última atualização no assunto tinha sido recebida há mais de um século.

Considerando o imenso espectro de culturas produzidas na Terra por uma única espécie, era óbvio que haveria uma variedade muito maior entre as estrelas, onde todo tipo concebível de biologia poderia ocorrer. Milhares de horas de cenas fascinantes – muitas vezes incompreensíveis, às vezes horripilantes – de vida em outros planetas não deixaram dúvida quanto a isso.

Não obstante, o povo do Lar Estelar tinha conseguido uma classificação grosseira das culturas segundo os padrões de tecnologia – talvez a única base objetiva possível. A humanidade ficou satisfeita em saber que estava no número cinco da escala, cuja definição era aproximadamente esta: 1 – ferramentas de pedra; 2 – metais, fogo; 3 – escrita, artesanato, embarcações; 4 – energia a vapor, ciência básica; 5 – energia atômica, viagem espacial.

Quando o Planador Estelar começara a sua missão, sessenta mil anos atrás, seus construtores estavam, como a raça humana, ainda na Classe Cinco. Agora tinham subido para Seis, caracterizada pela habilidade de converter matéria completamente em energia e transmutar todos os elementos em escala industrial.

"E existe a Classe Sete?", perguntaram imediatamente ao Planador Estelar. A resposta foi um breve "Afirmativo". Quando pressionada a fornecer detalhes, a sonda explicou: "Não tenho permissão de descrever a tecnologia de uma cultura de classe mais alta a uma de classe mais baixa". E o assunto morreu ali, até o momento da última mensagem, apesar de todas as perguntas capciosas formuladas pelos advogados mais engenhosos da Terra.

Pois, àquela altura, o Planador Estelar era mais do que páreo para qualquer especialista em lógica terrestre. Isso foi culpa, em parte, do Departamento de Filosofia da Universidade de Chicago; num monumental acesso de húbris, eles tinham transmitido clandestinamente a íntegra da *Suma Teológica*, com consequências desastrosas.

02 de junho de 2069, 19h34 (Hora Média de Greenwich). Mensagem 1946, sequência 2.

Planador Estelar para Terra:

Analisei os argumentos de seu São Tomás de Aquino, conforme solicitado em sua mensagem 145, sequência 3, de 02 de junho de 2069, 18h42 (Hora Média de Greenwich). A maior parte do conteúdo parece ser ruído aleatório e sem sentido e, assim, desprovido de informação, mas a listagem a seguir mostra 192 falácias expressas em lógica simbólica de sua referência Matemática 43, de 29 de maio de 2069, 02h51 (Hora Média de Greenwich).

Falácia I... (e segue uma listagem de 75 páginas).

Como demonstram os registros dos horários, o Planador Estelar levou bem menos de uma hora para demolir São Tomás. Embora os filósofos fossem passar as próximas décadas discutindo a análise, eles encontraram apenas dois erros; e mesmo esses poderiam ser devido a equívocos de terminologia.

Teria sido muito interessante saber qual fração de seus circuitos processadores o Planador Estelar aplicou nessa tarefa; infelizmente, ninguém teve a ideia de perguntar antes de a sonda mudar para o modo cruzeiro e interromper o contato. Até lá, mensagens ainda mais desanimadoras foram recebidas...

04 de junho de 2069, 07h59 (Hora Média de Greenwich). Mensagem 9056, sequência 2.

Planador Estelar para Terra:

Sou incapaz de distinguir de forma clara entre suas cerimônias religiosas e o comportamento aparentemente idêntico nos espetáculos esportivos e culturais que me foram transmitidos. Refiro-me em particular aos Beatles, 1965; à Final da Copa do Mundo, 2046; e ao show de despedida de Johann Sebastian Clones, 2056.

05 de junho de 2069, 20h38 (Hora Média de Greenwich). Mensagem 4675, sequência 2.

Planador Estelar para Terra:

Minha última atualização desse assunto é de 175 anos atrás, mas, se entendi corretamente, a resposta é a seguinte: comportamento do tipo que vocês chamam de religioso ocorreu em 3 das 15 culturas Classe Um conhecidas, 6 das 28 culturas Classe Dois, 5 das 14 culturas Classe Três, 2 das 10 culturas Classe Quatro e 3 das 174 culturas Classe Cinco. Vocês compreenderão que temos muito mais exemplos de Classe Cinco porque apenas elas podem ser detectadas a distâncias astronômicas.

06 de junho de 2069, 12h09 (Hora Média de Greenwich). Mensagem 5897, sequência 2.

Planador Estelar para Terra:

Vocês estão corretos em deduzir que todas as três culturas Classe Cinco empenhadas em atividades religiosas tinham reprodução biparental, e os jovens permaneciam em grupos familiares por uma longa fração de suas vidas. Como chegaram a essa conclusão?

08 de junho de 2069, 15h37 (Hora Média de Greenwich). Mensagem 6943, sequência 2.

Planador Estelar para Terra:

A hipótese a que vocês se referem como Deus, embora não possa ser refutada apenas pela lógica, é desnecessária pela seguinte razão.

Se você supõe que o universo pode ser, abre aspas, explicado, fecha aspas, como a criação de uma entidade conhecida como Deus, ele deve pertencer, obviamente, a uma organização de um grau mais alto do que o seu produto. Então, você *mais* do que dobra o tamanho do problema original, dando o primeiro passo de uma regressão divergente infinita. Guilherme de Ockham observou há pouco, no seu século 14, que as entidades não devem ser multiplicadas sem necessidade. Não consigo, portanto, entender por que esse debate continua.

11 de junho de 2069, 06h34 (Hora Média de Greenwich). Mensagem 8964, sequência 2.

Planador Estelar para Terra:

O Lar Estelar me informou, 456 anos atrás, que a origem do universo foi descoberta, mas não tenho os circuitos adequados para compreendê-la. Vocês devem se comunicar diretamente para mais informações.

Agora estou mudando para o modo cruzeiro e devo interromper contato. Adeus.

Na opinião de muitos, essa mensagem final, e mais famosa de todas, provou que o Planador Estelar tinha senso de humor. Pois, por que outra razão ele teria esperado até o último momento para explodir essa granada filosófica? Ou toda a conversação fazia parte de um plano cuidadoso, destinado a colocar a humanidade no referencial correto, para quando chegassem as primeiras mensagens do Lar Estelar dali a, presumivelmente, 104 anos?

Alguns sugeriram que se seguisse o Planador Estelar, uma vez que ele carregava para fora do sistema solar não apenas quantidades imensuráveis de informações, mas também os tesouros de uma tecnologia séculos à frente de qualquer coisa conhecida pelo homem. Embora não existisse uma nave espacial que pudesse ultrapassar o Planador Estelar – e *retornar* à Terra, após alcançar sua enorme velocidade –, certamente era possível construir uma.

Entretanto, prevaleceram opiniões mais sensatas. Mesmo uma sonda espacial robô deveria possuir defesas muito eficazes contra invasores – inclusive, como último recurso, a habilidade de autodestruição. Mas o argumento mais convincente foi o de que seus construtores estavam a uma distância de "apenas" 52 anos-luz. Durante os milênios desde que lançaram o Planador Estelar, sua habilidade espacial deve ter evoluído imensamente. Se a raça humana fizesse qualquer coisa para provocá-los, eles poderiam chegar aqui, ligeiramente irritados, em algumas centenas de anos.

Enquanto isso, entre os incontáveis efeitos sobre a cultura humana, o Planador Estelar levou ao clímax um processo já em andamento. Ele pôs fim aos bilhões de palavras de algaravias religiosas com as quais homens aparentemente inteligentes embotaram suas mentes durante séculos.

17

PARAKARMA

Avaliando mentalmente a conversa até ali, Morgan concluiu que não havia feito papel de bobo. Na verdade, o Mahanayake Thero pode ter perdido uma vantagem tática ao revelar a identidade do Venerável Parakarma. No entanto, isso não era propriamente um segredo; talvez ele achasse que Morgan já soubesse.

Nesse momento, houve uma bem-vinda interrupção, quando dois jovens acólitos entraram em fila indiana no gabinete, um carregando uma bandeja cheia de pequenas porções de arroz, frutas e o que pareciam ser finas panquecas, enquanto o outro seguia com o inevitável bule de chá. Não havia nada que se assemelhasse a carne; após sua longa noite, Morgan teria apreciado alguns ovos, mas supôs que também fossem proibidos. Não... a palavra era muito forte; Sarath lhe dissera que a Ordem não proibia nada, pois não acreditava em absolutos. Mas tinha uma escala de tolerância habilmente calibrada, e eliminar a vida – até mesmo vida em potencial – figurava num patamar muito baixo da lista.

Quando começou a experimentar os variados itens – a maioria completamente desconhecida para ele –, Morgan olhou de modo interrogativo para o Mahanayake Thero, que balançou a cabeça.

– Não comemos antes do meio-dia. A mente funciona com mais clareza pela manhã e, portanto, não deve ser distraída com coisas materiais.

Ao mordiscar um delicioso pedaço de papaia, Morgan ponderou sobre o abismo filosófico representado por aquela simples afirmação. Para ele, um estômago vazio poderia de fato distraí-lo muito, inibindo completamente as funções mentais superiores. Tendo sido sempre abençoado com boa saúde, nunca tentara dissociar mente e corpo, e não via razão para que alguém o tentasse.

Enquanto Morgan tomava seu exótico café da manhã, o Mahanayake Thero pediu licença e, por alguns minutos, seus dedos dançaram com rapidez estonteante sobre o teclado do console. Quando o visor foi preenchido, a boa educação fez com que Morgan olhasse para outro lado. Inevitavelmente, seus olhos recaíram sobre a cabeça do Buda. Provavelmente era real, pois o pedestal projetava uma tênue sombra na parede. Mas nem isso era conclusivo. O pedestal poderia ser sólido, e a cabeça uma projeção cuidadosamente posicionada sobre ele; era um truque comum.

Ali, como a Mona Lisa, estava uma obra de arte que tanto espelhava as emoções do observador quanto impunha a própria autoridade sobre elas. Mas os olhos da Gioconda estavam abertos, embora o que olhavam ninguém jamais saberá. Os olhos do Buda eram lagoas completamente vazias nas quais o homem poderia perder a alma, ou descobrir um universo.

Sobre os lábios pairava um sorriso ainda mais ambíguo do que o da Mona Lisa. Mas era mesmo um sorriso ou apenas um truque da luz? Pois já desaparecera, substituído por uma expressão de tranquilidade sobre-humana. Morgan não conseguia desviar os olhos daquele semblante hipnótico, e somente o zumbido familiar da impressora do console o trouxe de volta à realidade – se é que *aquilo* era realidade.

– Achei que o senhor iria gostar de um suvenir de sua visita – disse o Mahanayake Thero.

Quando Morgan aceitou a folha ofertada, surpreendeu-se ao ver que se tratava de pergaminho arquivístico de alta qualidade, não o papel frágil de costume, destinado a ser jogado fora após algumas horas de uso. Não conseguiu ler sequer uma palavra; exceto por uma discreta referência alfanumérica no pé esquerdo da página, estava tudo nos arabescos floreados que ele agora reconhecia ser a escrita da Taprobana.

– Obrigado – ele disse, com o máximo de ironia que conseguiu reunir. – O que é? – Ele fazia uma boa ideia; documentos legais guardavam muita semelhança, qualquer que fosse a língua ou a época.

– Uma cópia do acordo entre o Rei Ravindra e o Maha Sangha, datado de Vesak 854 d.C., no seu calendário. Ele define a propriedade do terreno do templo... propriedade perpétua. Os direitos declarados nesse documento foram reconhecidos até pelos invasores.

– Pelos caledônios e holandeses, creio. Mas não pelos ibéricos.

Se o Mahanayake Thero ficou surpreso pela minúcia das informações de Morgan, nem mesmo um movimento da sobrancelha traiu o fato.

– *Eles* não respeitavam a lei e a ordem, especialmente quando se referiam a outras religiões. Acredito que a filosofia deles, a de que o direito é equivalente ao poder, não lhe agrada.

Morgan deu um sorriso um tanto forçado.

– Certamente que não – respondeu. Mas onde se traçava a linha divisória?, ele se perguntou em silêncio. Quando os interesses avassaladores de grandes organizações estavam em jogo, a moralidade convencional frequentemente era relegada a segundo plano. Os melhores advogados da Terra, humanos ou eletrônicos, logo se concentrariam naquele lugar. Se não encontrassem as respostas certas, uma situação muito desagradável poderia surgir... uma situação que o tornaria um vilão, não um herói.

– Já que o senhor levantou a questão do acordo de 854, deixe-me lembrá-lo de que ele se refere apenas às terras *dentro* dos limites do templo... que são claramente definidos pelas muralhas.

– Correto. Mas elas cercam todo o cume.

– O senhor não tem nenhum controle sobre o terreno fora desta área.

– Temos os direitos de qualquer proprietário. Se o vizinho cria um incômodo, temos direito à reparação. Não é a primeira vez que se levanta essa questão.

– Eu sei. Quando implantaram o sistema de bondinhos.

Um leve sorriso insinuou-se nos lábios do Maha Thero.

– O senhor está bem informado – comentou. – Sim, fomos veementemente contra, por uma série de razões... embora eu admita que, agora que ele está aí, somos muito gratos por ele. – Fez uma pausa, pensativo, e então acrescentou: – Houve alguns problemas, mas temos conseguido coexistir. Os turistas eventuais se contentam em permanecer no mirante; peregrinos *genuínos*, naturalmente, são sempre bem-vindos aqui em cima.

– Então talvez uma adaptação funcione neste caso. Algumas centenas de metros de altitude não fariam diferença para nós. Poderíamos deixar o cume intocado e escavar outro platô, como o do terminal do bondinho.

Morgan sentiu-se nitidamente desconfortável sob o escrutínio prolongado dos dois monges. Não tinha dúvida de que reconheciam o absurdo da sugestão, mas, para fins de registro, ele tinha de fazê-la.

– O senhor tem um senso de humor peculiar, sr. Morgan – o Mahanayake Thero finalmente respondeu. – O que sobraria do espírito da montanha, da solidão que buscamos há três mil anos... se essa estrutura monstruosa for erigida aqui? O senhor acha que vamos trair a fé de milhões de pessoas que vêm a este lugar sagrado, muitas vezes à custa da própria saúde... até da própria vida?

– Eu me solidarizo com seus sentimentos – Morgan respondeu (mas estaria mentindo?, ele se perguntou). – Faríamos, é claro, todo o possível para minimizar qualquer perturbação. Todas as instalações de apoio ficariam enterradas dentro da montanha. Só o elevador emergiria e, de qualquer distância, ele ficaria completamente invisível. O aspecto geral da montanha permaneceria exatamente o mesmo. Até a sua famosa sombra, que eu acabei de admirar, ficaria quase inalterada.

O Mahanayake Thero virou-se para o colega, como se buscasse uma confirmação. O Venerável Parakarma olhou diretamente para Morgan e questionou:

– E o barulho?

Droga, pensou Morgan, meu ponto mais fraco. As cargas emergiriam da montanha a centenas de quilômetros por hora – quanto maior a velocidade que pudessem receber do sistema terrestre, menor a pressão na torre suspensa. Naturalmente, os passageiros não poderiam suportar mais do que meia velocidade de escape, mas as cápsulas ainda subiriam a uma fração substancial da velocidade do som.

– Haverá algum ruído aerodinâmico – admitiu Morgan. – Mas nada parecido com um aeroporto de grande porte.

– Muito tranquilizador – disse o Mahanayake Thero. Morgan tinha certeza de que ele estava sendo sarcástico, mas não detectava nenhum sinal de ironia em sua voz. Ou estava demonstrando uma calma olimpiana, ou testando as reações do visitante. O monge mais jovem, por outro lado, não tentou esconder a raiva.

– Há anos – ele disse, indignado – protestamos contra a perturbação causada pelas naves de reentrada. Agora o senhor quer gerar ondas de choque no... no nosso quintal.

– Nossas operações *não* serão transônicas, nesta altitude – Morgan retrucou, com firmeza. – E a estrutura da torre irá absorver a maior parte da energia sonora. Aliás – ele acrescentou, tentando espremer o que subitamente viu como uma vantagem –, em longo prazo, vamos ajudar a eliminar explosões de reentrada. A montanha será, na verdade, um lugar mais silencioso.

– Entendo. Em vez de estrondos esporádicos, vamos ter um ruído constante.

Não estou chegando a lugar algum com *esse* sujeito, pensou Morgan; e eu que esperava que o Mahanayake Thero fosse ser o maior obstáculo.

Às vezes, o melhor a fazer era mudar totalmente de assunto. Decidiu enfiar um cauteloso dedão do pé no atoleiro movediço da teologia.

– Não há algo relevante no que estamos tentando fazer? – ele sugeriu, com sinceridade. – Nossos objetivos podem ser diferentes, mas os resultados finais têm muito em comum. O que esperamos construir é apenas uma extensão da sua escadaria. Se me permite dizê-lo, estamos continuando a escadaria... até o Céu.

Por um instante, o Venerável Parakarma pareceu atônito com tal insolência. Antes que se recobrasse, seu superior respondeu, delicadamente:

– Um conceito interessante... mas nossa filosofia não acredita em Céu. A salvação que porventura existir só poderá ser encontrada *neste* mundo, e às vezes me admiro com a sua ansiedade em deixá-lo. O senhor conhece a história da Torre de Babel?

– Vagamente.

– Sugiro que o senhor a pesquise na antiga Bíblia cristã... Gênesis, capítulo dois. Aquele também era um projeto de engenharia para escalar os céus. Ele fracassou, devido às dificuldades de comunicação.

– Vamos ter muitos problemas, mas não acredito que esse será um deles.

Mas, ao olhar para o Venerável Parakarma, Morgan não teve tanta certeza. Havia ali um fosso na comunicação que parecia, de certa forma, maior do que o existente entre o *Homo sapiens* e o Planador Estelar. Falavam a mesma língua, mas havia abismos de incompreensão que jamais seriam transpostos.

– Posso perguntar – prosseguiu o Mahanayake, com polidez imperturbável – se teve êxito com o Departamento de Parques e Florestas?

– Eles foram extremamente cooperativos.

– Não estou surpreso; eles têm um problema crônico de orçamento, e qualquer nova fonte de renda seria bem-vinda. O sistema de bondinhos foi uma dádiva, e sem dúvida eles têm a esperança de que o seu projeto seja ainda maior.

– Com certeza será. E eles aceitaram o fato de que ele não vai criar nenhum risco ambiental.

– E se a torre cair?

Morgan olhou direto nos olhos do reverendo monge.

– Não vai cair – afirmou, com toda a autoridade do homem cujo arco-íris invertido agora ligava dois continentes.

Mas ele sabia, e o implacável Parakarma também devia saber, que certeza absoluta era algo impossível nesses assuntos. Cento e dois anos antes, em 7 de novembro de 1940, essa lição tinha sido aprendida de uma forma que engenheiro nenhum poderia esquecer.*

Morgan tinha poucos pesadelos, mas esse não era um deles. Naquele exato momento, os computadores da Construção Terráquea tentavam exorcizá-lo.

Mas nem todo o poder de computação do universo poderia protegê-lo dos problemas que ele *não* previra – os pesadelos que ainda estavam por nascer.

---

* O autor se refere à Ponte do Estreito de Tacoma, ponte pênsil de 1.600 metros que desabou em 7 de novembro de 1940, nos Estados Unidos, pouco tempo depois de ter sido inaugurada. [N. de T.]

18

AS BORBOLETAS DOURADAS

Apesar da luz brilhante do sol e das magníficas paisagens que se descortinavam de todos os lados, Morgan caiu no sono antes de o carro descer até a planície. Nem as inúmeras curvas fechadas conseguiram deixá-lo acordado – mas despertou subitamente quando os freios foram acionados e ele foi jogado para a frente, contra o cinto de segurança.

Por um instante de total confusão, pensou ainda estar sonhando. A brisa que soprava suavemente através da janela semiaberta era tão úmida e quente que parecia estar escapando de uma sauna; no entanto, o carro parecia ter parado no meio de uma cegante tempestade de neve.

Morgan piscou, apertou os olhos e os abriu para a realidade. Era a primeira vez que via neve *dourada*...

Uma densa nuvem de borboletas estava cruzando a estrada, rumo a leste, numa migração firme e determinada. Algumas tinham sido sugadas para dentro do carro e voavam freneticamente, até que Morgan, abanando as mãos, colocou-as para fora; muitas outras tinham se espatifado no para-brisa. Com palavras que, sem dúvida, eram algumas seletas imprecações em taprobano, o motorista saiu e limpou o vidro; quando terminou, a nuvem já se reduzira a um punhado de borboletas errantes e isoladas.

– O senhor conhece a lenda? – ele perguntou, olhando de relance para o passageiro.

– Não – respondeu Morgan, bruscamente. Não estava nem um pouco interessado, ansioso para voltar à soneca interrompida.

– As borboletas douradas... elas são as almas dos guerreiros de Kalidasa... o exército que ele perdeu em Yakkagala.

Morgan soltou um resmungo sem entusiasmo, esperando que o motorista captasse a mensagem; mas ele prosseguiu impiedosamente.

– Todo ano, por volta desta época, elas rumam para a Montanha, e todas morrem nas encostas mais baixas. Às vezes dá para vê-las na metade do caminho do bondinho, mas é o mais alto que alcançam. Para sorte do Vihara.

– Vihara? – perguntou Morgan, sonolento.

– O Templo. Se as borboletas o alcançarem, Kalidasa o terá conquistado, e os *bikkus*... os monges... terão que sair de lá. Essa é a profecia... está entalhada numa laje de pedra no Museu de Ranapura. Posso mostrar para o senhor.

– Outra hora – disse Morgan rapidamente, enquanto se ajeitava no assento almofadado. Mas só conseguiu cochilar depois de muitos quilômetros, pois havia algo inquietante na imagem que o motorista evocara.

Ele se lembraria dela com frequência, nos meses seguintes – ao acordar, ou em momentos de estresse ou crise. Mais uma vez imergia naquela tempestade de neve dourada, quando milhões de borboletas condenadas gastavam energia numa vã investida sobre a montanha, e em tudo o que isso simbolizava.

Mesmo agora, ainda no início de sua campanha, a imagem estava próxima demais para que ele ficasse tranquilo.

19

ÀS MARGENS DO LAGO SALADINO

Quase todas as simulações do computador História Alternativa sugerem que a Batalha de Poitiers (732 d.C.) foi um dos desastres cruciais da humanidade. Se Carlos Martel tivesse sido derrotado, o Islã poderia ter resolvido as divergências internas que o estavam destruindo e conquistado a Europa. Assim, séculos de barbárie cristã teriam sido evitados, a Revolução Industrial teria começado quase mil anos antes e, agora, teríamos alcançado as estrelas mais próximas, em vez de apenas os planetas mais distantes...

... Mas o destino não quis assim, e os exércitos do Profeta retornaram à África. O Islã perdurou, como um fóssil fascinante, até o fim do século 20. Então, abruptamente, dissolveu-se em petróleo...

(Discurso do presidente, Simpósio Bienal de Toynbee, Londres, 2089.)

– Você sabia – disse o xeque Farouk Abdullah – que agora me autodesignei Grande Almirante da Frota do Saara?

– Não me surpreenderia, senhor presidente – Morgan respondeu, enquanto contemplava a extensão azul cintilante do Lago Saladino. – Se não for segredo naval, quantos navios o senhor possui?

– No momento, dez. O maior é uma hidroescumadeira de 30 metros, operada pelo Crescente Vermelho; todo fim de semana ele resgata marinheiros incompetentes. Meu povo ainda não se acostumou com a água... olhe aquele idiota tentando manobrar! Afinal, duzentos anos não são suficientes para trocar camelos por barcos.

– Mas vocês tiveram Cadillacs e Rolls-Royces nesse meio-tempo. Com certeza isso deve ter facilitado a transição.

– E ainda temos; o Silver Ghost do meu tetra-tetra-*tetra*-tetravô ainda funciona como se fosse novo. Mas devo ser justo... são os visitantes que se metem em encrenca, tentando lidar com nossos ventos locais. Nós preferimos barcos a motor. E no ano que vem vou adquirir um submarino supostamente capaz de atingir os 78 metros da parte mais funda do lago.

– Para quê?

– Só *agora* nos disseram que as dunas estavam repletas de tesouros arqueológicos. Claro que ninguém se preocupou com eles antes de serem alagados.

Não adiantava tentar apressar o presidente da RANA – República Autônoma do Norte da África –, e Morgan sabia que era melhor nem tentar. Qualquer que fosse o teor da Constituição, o xeque Abdullah controlava mais poder e riqueza do que praticamente qualquer indivíduo da Terra. E o mais importante é que sabia usar ambos.

Ele vinha de uma família que não temia correr riscos e raramente se arrependia deles. Sua primeira e mais famosa aposta – que provocou o ódio de todo o mundo árabe por quase meio século – foi o investimento de seus abundantes petrodólares na ciência e tecnologia de Israel. O ato visionário levou diretamente à mineração do Mar Vermelho, à derrota dos desertos e, muito mais tarde, à Ponte Gibraltar.

– Não preciso dizer, Van – disse o xeque, finalmente –, quanto seu novo projeto me fascina. E, depois de tudo o que passamos juntos enquanto a ponte estava sendo construída, sei que você será capaz de realizá-lo... se tiver recursos.

– Obrigado.

– Mas tenho algumas perguntas. Ainda não entendi por que há uma Estação Intermediária... e por que está a uma altura de 25 mil quilômetros.

– Por várias razões. Precisávamos de uma usina de força principal mais ou menos naquele nível, o que envolveria um grande volume de construções lá, de qualquer modo. Então nos ocorreu que seria demais passar sete horas confinado numa cabine apertada, e dividir a viagem em duas etapas oferece uma série de vantagens. Não teríamos de alimentar os passageiros em trânsito... eles poderiam comer e esticar as pernas na Estação. Poderíamos também otimizar o desenho do veículo; só as cápsulas na parte inferior teriam de ser aerodinâmicas. As da parte superior poderiam ser muito mais simples e leves. A Estação Intermediária não apenas serviria como um ponto de conexão, mas como um centro de operação e controle... e, em última análise, uma grande atração turística e um *resort* por si só.

– Mas a Estação não fica no *meio*! Fica a quase... ah... dois terços da distância até a órbita estacionária.

– Verdade. O meio seria a 18 mil, não 25 mil quilômetros. Mas há outro fator: segurança. Se a parte superior se romper, a Estação Intermediária não vai desabar sobre a Terra.

– Por que não?

– Porque ela teria impulso suficiente para manter uma órbita estável. É claro que ela iria cair na direção da Terra, mas nunca chegaria à atmosfera. Então, seria perfeitamente segura... iria apenas se tornar uma estação espacial, girando numa órbita elíptica de dez horas. Duas vezes por dia, estaria de volta ao exato local de onde saíra e, no fim, poderia ser reconectada. Pelo menos em teoria...

– E na prática?

– Ah, tenho certeza de que se conseguiria fazer isso. Certamente as pessoas e o equipamento da estação poderiam ser salvos. Mas nem cogitaríamos isso se ela estivesse instalada numa altitude mais baixa. Qualquer coisa que caia abaixo do limite de 25 mil quilômetros bate na atmosfera e queima em cinco horas, ou menos.

– Você sugere anunciar esse fato aos passageiros do percurso Terra-Estação?

– Esperamos que eles estejam muito ocupados admirando a vista para se preocuparem com isso.

– Pelo modo como você fala, parece um elevador panorâmico.

– Por que não? Só que o passeio panorâmico mais alto da Terra sobe apenas três quilômetros! Estamos falando de algo dez mil vezes alto.

Houve uma pausa considerável enquanto o xeque Abdullah ponderava a questão.

– Perdemos uma oportunidade – ele disse, finalmente. – Poderíamos ter feito passeios de *cinco* quilômetros nos pilares da Ponte.

– Eles existiam no projeto original, mas foram descartados pelo motivo de sempre: economia.

– Talvez tenhamos cometido um erro; eles poderiam se pagar. E acabei de me dar conta de outra coisa. Se esse... hiperfilamento... estivesse disponível na época, creio que a Ponte poderia ter sido construída pela metade do custo.

– Eu não mentiria para o senhor, presidente. Teria custado menos de um quinto. Mas a construção teria de esperar mais de vinte anos, então o senhor não perdeu com ela.

– Preciso consultar meus contadores. Alguns ainda não se convenceram de que se trata de uma boa ideia, embora o aumento do tráfego esteja à frente da projeção. Mas eu digo sempre a eles que dinheiro não é tudo... A República *precisava* da Ponte, psicologicamente e culturalmente. Você sabia que 18% das pessoas atravessam a Ponte só porque ela está lá, e por nenhum outro motivo? E depois voltam de novo por ela, apesar de terem de pagar o pedágio nos dois sentidos.

– Eu me lembro – disse Morgan, secamente – de ter lhe apresentado argumentos parecidos, há muito tempo. Mas não foi fácil convencê-lo.

– É verdade. Eu lembro que a Ópera de Sydney era o seu exemplo favorito. Você gostava de salientar quantas vezes ela se pagou... mesmo em dinheiro, imagine em prestígio.

– E não esqueça as Pirâmides.

O xeque riu.

– Como você as chamava? O melhor investimento da humanidade?

– Exatamente. Ainda rende dividendos dos turistas, depois de quatro mil anos.

– Mas não é uma comparação justa. O custo operacional não se compara ao da Ponte, muito menos ao da sua Torre.

– A Torre pode durar mais que as Pirâmides. Ela vai estar num ambiente muito menos hostil.

– É uma ideia muito impressionante. Você *realmente* acredita que ela vai operar por vários milhares de anos?

– Não em sua forma original, é claro. Mas, em princípio, sim. Quaisquer que sejam as evoluções técnicas surgidas no futuro, não creio que um dia haverá um modo mais eficiente e mais econômico de chegar ao espaço. Pense nela como outra ponte. Mas, desta vez, uma ponte para as estrelas, ou pelo menos para os planetas.

– E, mais uma vez, você quer que ajudemos a financiá-la. Ainda estaremos pagando a última ponte por mais vinte anos. E o seu elevador espacial não vai estar no nosso território, nem tem importância direta para nós.

– Creio que tenha importância, sim, senhor presidente. Sua república faz parte da economia terráquea, e o custo do transporte espacial é hoje um dos fatores que limitam o crescimento. Se o senhor deu uma olhada nas estimativas para os anos 50 e 60...

– Olhei... olhei. Muito interessante. Mas, embora não sejamos propriamente pobres, não poderíamos levantar nem uma fração dos fundos necessários. Ora, eles absorveriam todo o Produto Interno Bruto de dois anos!

– E retornariam o investimento a cada quinze anos, eternamente, depois.

– *Se* as suas projeções estiverem corretas.

– Elas estavam para a Ponte. Mas o senhor tem razão, é claro, e tudo o que eu espero é que a RANA dê apenas o pontapé inicial. Assim que vocês demonstrarem interesse, será muito mais fácil angariar apoio.

– De quem, por exemplo?

– Do Banco Mundial, dos Bancos Planetários. Do Governo Federal.

– E os seus próprios empregadores, a Corporação de Construção Terráquea? O que você quer *realmente*, Van?

Agora é a hora, pensou Morgan, com um suspiro de alívio. Finalmente ele iria poder falar com franqueza com alguém em quem confiava, alguém que era grande demais para se envolver em picuinhas e intrigas burocráticas... mas que podia entender por completo os pontos mais sutis.

– Tenho feito a maior parte desse trabalho no meu tempo livre. Estou de férias agora. E, aliás, foi exatamente assim que a Ponte começou! Não sei já lhe contei que, certa vez, recebi uma ordem oficial para esquecê-la... Aprendi algumas lições nos últimos quinze anos.

– Esse relatório deve ter utilizado muito tempo de operação dos computadores. Quem pagou por isso?

– Ah, disponho de amplas reservas sem restrições de uso. E o meu pessoal está sempre fazendo estudos que ninguém mais entende. Para falar a verdade, tenho uma equipe bem pequena brincando com a ideia há vários meses. Estão tão entusiasmados que passam a maior parte do tempo livre no projeto também. Mas agora temos de nos comprometer, ou abandoná-lo.

– O seu estimado chefe sabe disso?

Morgan riu, sem muito humor.

– Claro que não, e só quero contar para ele depois que eu definir os detalhes.

– Entendo algumas das complicações – disse o presidente, astutamente. – Imagino que uma delas seja assegurar que o senador Collins não tenha a ideia primeiro.

– *Isso* ele não pode fazer... a ideia tem mais de duzentos anos. Mas ele, e muitas pessoas, podem retardá-la, e quero que a Torre fique pronta enquanto eu ainda estiver vivo.

– E, é claro, você quer ser o encarregado da construção... O que exatamente você gostaria que fizéssemos?

– É uma mera sugestão, presidente... o senhor pode ter uma ideia melhor. Formem um consórcio... talvez incluindo a Autoridade da Ponte Gibraltar, as Corporações de Suez e do Panamá, a Companhia do Canal da Mancha, a Corporação da Represa de Bering. Depois, quando tudo estiver acertado, procure a CCT para solicitar um estudo de viabilidade. Nesse estágio, o investimento será irrisório.

– Quanto?

– Menos de um milhão. Principalmente porque já fiz 90% do trabalho.

– E depois?

– Daí em diante, com o *seu* apoio, senhor presidente, consigo tocar o projeto sem problema. Posso permanecer com a CCT. Ou peço demissão e entro para o consórcio... pode chamar de Astroengenharia. Tudo vai depender das circunstâncias. Farei o que for melhor para o projeto.

– Parece uma abordagem razoável. Acho que podemos chegar a um acordo.

– Obrigado, senhor presidente – Morgan respondeu, com muita sinceridade. – Mas há um obstáculo importuno que precisamos remover imediatamente... talvez até antes de formarmos o consórcio. Temos que ir à Corte Mundial e obter a jurisdição sobre a propriedade imobiliária mais valiosa da Terra.

20

A PONTE QUE DANÇAVA

Mesmo nessa época de comunicação instantânea e rápido transporte global, era conveniente ter um lugar que se pudesse chamar de escritório. Nem tudo podia ser guardado em padrões de cargas eletrônicas; ainda havia itens como bons e antiquados livros, certificados profissionais, prêmios e honrarias, maquetes de engenharia, amostras de materiais, versões artísticas de projetos (não tão precisas quanto as do computador, mas muito decorativas) e, naturalmente, o tapete de uma parede à outra de que todo burocrata de alto escalão precisava para suavizar o impacto da realidade externa.

O escritório de Morgan, que ele via em média dez dias por mês, ficava no sexto andar da divisão de TERRA, na sede espaçosa da Corporação de Construção Terráquea, em Nairóbi. No andar de baixo ficava o MAR e, no de cima, a ADMINISTRAÇÃO – ou seja, o chefe Collins e seu império. O arquiteto, num acesso de simbolismo ingênuo, dedicou o último andar ao ESPAÇO. Havia até um pequeno observatório no terraço, com um telescópio de 30 centímetros, sempre quebrado, pois só era utilizado durante as festas do escritório, e muitas vezes com fins não muito astronômicos. Os aposentos superiores do Hotel Triplanetário, a apenas um quilômetro de distância, eram o alvo preferido, pois quase sempre hospedavam formas de vida muito estranhas... ou, de todo modo, com comportamentos estranhos.

Como Morgan mantinha contato constante com as suas duas secretárias – uma humana, a outra, eletrônica –, não esperava nenhuma surpresa quando entrou no escritório após um voo breve de RANA até ali. Pelos padrões de uma época mais antiga, sua empresa era extraordinariamente pequena. Ele tinha menos de trezentos homens e mulheres sob seu controle direto; mas a capacidade computacional de processamento de informação não poderia ser igualada por toda a população meramente humana do planeta.

– E então, como foi com o xeque? – perguntou Warren Kingsley, seu assistente e amigo de longa data, assim que ficaram a sós.

– Muito bem; acho que chegamos a um acordo. Mas ainda não acredito que estamos sendo detidos por um problema tão estúpido. O que o departamento jurídico disse?

– Definitivamente, precisamos de uma decisão judicial da Corte Mundial. *Se* a Corte decidir que é uma questão de interesse público inapelável, nossos amigos reverendos terão de sair de lá... mas, se eles decidirem ser teimosos, haverá uma situação desagradável. Talvez você devesse enviar um pequeno terremoto, para ajudá-los a se decidir.

O fato de Morgan fazer parte da diretoria da Tectônica Geral era uma piada antiga entre ele e Kingsley; mas a TG – felizmente, talvez – nunca encontrou um meio de controlar e direcionar terremotos, nem se esperava isso. O melhor que podia fazer era prevê-los e drenar sua energia de maneira inofensiva, antes que causasse maiores danos. Mesmo assim, sua taxa de sucesso não passava de 75%.

– Boa ideia – disse Morgan. – Vou pensar no assunto. E quanto ao nosso outro problema?

– Tudo pronto... você quer ver agora?

– O.k. ... vamos ver o pior.

As janelas escureceram, e uma rede de luzes brilhantes surgiu no meio da sala.

– Veja isso, Van – disse Kingsley. – Esse é o padrão que dá problema.

Fileiras de letras e números se materializaram no ar vazio – velocidades, cargas, acelerações, tempos de viagem – e Morgan as absorveu de imediato. O globo da Terra, com os círculos de longitude e latitude, pairava logo acima do tapete; e, a partir dele, até pouco mais do que a altura de um homem, elevava-se o fio luminoso que marcava a posição da Torre Orbital.

– Quinhentas vezes velocidade normal; exagero da escala lateral cinquenta. Vamos lá.

Uma força invisível começou a puxar o fio luminoso, arrastando-o para fora da vertical. O distúrbio movia-se para cima enquanto imitava, através de milhões de cálculos por segundo do computador, a ascensão de uma carga através do campo gravitacional da Terra.

– Qual é o deslocamento? – perguntou Morgan, sem tirar os olhos dos detalhes da simulação.

– Agora, cerca de 200 metros. Chega a 300 antes...

O fio rompeu-se. Numa vagarosa câmera lenta que representava velocidades reais de milhares de quilômetros por hora, os dois segmentos da torre partida começaram a se contorcer e se separar – uma delas se inclinando de volta à Terra, a outra chicoteando para cima, em direção ao espaço...

Mas Morgan não se concentrava mais no desastre imaginário, existente apenas na mente do computador; sobrepunha-se a ele, agora, a realidade que assombrara Morgan durante anos.

Ele assistira àquele filme de duzentos anos pelo menos cinquenta vezes, e havia partes que examinara quadro a quadro, até conhecer todos os detalhes de cor. Era, afinal, o filme mais caro já rodado, pelo menos em tempos de paz. Custara ao Estado de Washington vários milhões de dólares por minuto.

Lá estava a ponte esguia (esguia demais!) e graciosa, estendendo-se sobre o cânion. Não tinha tráfego nenhum, exceto um único carro que fora abandonado no meio do caminho pelo motorista. E não à toa, pois a ponte se comportava como nenhuma outra em toda a história da engenharia.

Parecia impossível que toneladas de metal pudessem executar aquele balé aéreo; mais fácil acreditar que a ponte era de borracha do que de aço. Ondulações enormes e lentas, com metros de amplitude, varriam toda a sua extensão, de modo que a pista suspensa entre os pilares se contorcia para a frente e para trás como uma cobra enfurecida. O vento que soprava no cânion fazia soar uma nota grave inaudível aos ouvidos humanos, pois atingia as frequências naturais da bela e condenada estrutura. Durante horas, as vibrações de torção se acumularam, mas ninguém sabia quando chegaria o fim. O prolongado estertor já era uma testemunha do que os infelizes projetistas poderiam muito bem ter previsto.

Subitamente, os cabos de sustentação da ponte se romperam, agitando-se para cima como mortíferos açoites de aço. Girando e se contorcendo, a pista desabou no rio, e fragmentos da estrutura voaram em todas as direções. Mesmo quando projetado em velocidade normal, o cataclismo final parece ter sido filmado em câmera lenta; a escala do desastre foi tão grande que a mente humana não encontrava comparação. Na realidade, talvez tenha durado cinco segundos; ao fim desse período, a Ponte do Estreito de Tacoma ganhara um lugar sem paralelo na história da engenharia. Duzentos anos depois, havia uma fotografia de seus últimos momentos na parede do escritório de Morgan, com a legenda: "Um dos nossos produtos de menor êxito".

Para Morgan, não era uma brincadeira, mas um lembrete permanente de que o inesperado sempre pode atacar de emboscada.

Quando a Ponte Gibraltar estava sendo projetada, ele estudara com afinco a clássica análise de Kármán sobre o desastre do Estreito de Tacoma, aprendendo tudo o que podia de um dos erros mais caros do passado. Nunca houve problemas sérios de vibração, mesmo sob as estrondosas tempestades vindas do Atlântico, embora a pista tenha se movido cem metros a partir do centro, exatamente como calculado.

Mas o elevador espacial era um salto tão grande no desconhecido que algumas surpresas desagradáveis eram praticamente uma certeza. Forças do vento na seção atmosférica eram fáceis de calcular, mas também era necessário levar em consideração as vibrações induzidas pelas paradas e partidas das cargas – e até, tal o tamanho da estrutura, pelos efeitos das marés do sol e da lua. E não apenas individualmente, mas agindo em conjunto; com, talvez, um terremoto esporádico para complicar o quadro, na chamada análise do "pior cenário possível".

– Todas as simulações, nesse padrão de toneladas de carga por hora, dão o mesmo resultado. As vibrações se acumulam até haver uma fratura a cerca de 500 quilômetros. Vamos ter que aumentar o amortecimento... drasticamente.

– Era o que eu temia. De quanto precisamos?

– Mais dez megatons.

Morgan conseguiu extrair certa satisfação sombria daquele número. Era muito próximo do que imaginara, usando a intuição de engenheiro e os recursos misteriosos do subconsciente. Agora o computador o confirmara; teriam de aumentar a massa da "ancoragem" em órbita para dez milhões de toneladas.

Mesmo para os padrões de movimento terrestre, essa massa não era algo trivial; equivalia a uma esfera rochosa com cerca de 200 metros de diâmetro. Morgan teve uma visão repentina de Yakkagala, como a vira pela última vez, assomando contra o céu da Taprobana. Imagine içar *aquilo* a milhares de quilômetros no espaço! Felizmente, talvez não fosse necessário. Havia pelo menos duas alternativas.

Morgan sempre deixava seus subordinados pensarem por si mesmos; era a única maneira de criar responsabilidade, tirava boa parte do peso de cima dele – e, em muitas ocasiões, sua equipe chegara a soluções que talvez não tivessem lhe ocorrido.

– O que você sugere, Warren? – ele perguntou, calmamente.

– *Poderíamos* usar um dos lançadores de carga lunar e lançar dez megatons de rocha. Seria um trabalho longo e caro, e ainda precisaríamos de uma grande operação com base no espaço para recolher o material e direcioná-lo à órbita definitiva. Haveria também um problema psicológico.

– Sim, entendo. Não queremos mais uma San Luiz Domingo...

San Luiz Domingo era uma aldeia na América do Sul – felizmente pequena – atingida por uma carga desgarrada de metal lunar processado, destinado a uma estação espacial em órbita baixa. A orientação do terminal falhara, resultando na primeira cratera meteórica provocada pelo homem – e em duzentas e cinquenta mortes. Desde então, a população da Terra tornara-se muito sensível à questão da prática de tiro ao alvo celestial.

– Uma solução muito melhor seria pegar um asteroide; estamos fazendo uma busca de asteroides com órbita adequada e já encontramos três candidatos promissores. O que queremos mesmo é um carbonado... assim podemos usá-lo como fonte de matéria-prima quando instalarmos a usina de processamento. Matamos dois coelhos com uma cajadada só.

– Um cajado meio grande, mas, provavelmente, essa é a melhor ideia. Esqueça o lançador lunar... um milhão de tiros de 10 toneladas atrasaria o projeto em anos, e alguns deles poderiam se perder. Se não encontrarmos um asteroide grande o suficiente, ainda podemos mandar a massa suplementar pelo próprio elevador... embora eu deteste ter que desperdiçar toda essa energia, se pudermos evitar.

– Talvez seja o modo mais barato. Com a eficiência das últimas usinas de fusão, vai custar só vinte dólares em eletricidade para colocar uma tonelada em órbita.

– Tem certeza desse número?

– É uma cotação segura da Energia Central.

Morgan ficou em silêncio por alguns minutos. Então disse: – Os engenheiros aeroespaciais realmente vão me odiar. – Quase tanto quanto, ele acrescentou a si mesmo, o Venerável Parakarma.

Não, isso não era justo. Ódio era uma emoção não mais possível a um verdadeiro seguidor da Doutrina. O que ele vira nos olhos do ex-doutor Choam Goldberg era apenas oposição implacável; mas isso poderia ser igualmente perigoso.

21

JULGAMENTO

Uma das manias mais irritantes de Paul Sarath era uma ligação repentina, alegre ou triste, dependendo do caso, que, invariavelmente, iniciava com as palavras: "Já soube da última?". Embora Rajasinghe muitas vezes se visse tentado a dar a resposta genérica "Sim, e não estou nada surpreso", ele jamais tivera a coragem de roubar de Paul esse prazer tão simples.

– O que foi desta vez? – ele respondeu, sem muito entusiasmo.

– Maxine está no Global Dois, falando com o senador Collins. Acho que nosso amigo Morgan está em apuros. Depois eu ligo de volta.

A imagem entusiasmada de Paul sumiu da tela, sendo substituída, alguns segundos depois, pela de Maxine Duval, quando Rajasinghe sintonizou o canal de notícias. Estava sentava em seu conhecido estúdio, conversando com o presidente da Corporação de Construção, cuja expressão denotava uma mal disfarçada indignação – provavelmente falsa.

– Senador Collins, agora que a Corte Mundial proferiu o veredicto...

Rajasinghe apertou o botão GRAVAR com um murmúrio:

– Pensei que seria na sexta-feira. – Quando desligou o som e ativou seu *link* particular com o ARISTÓTELES, exclamou: – Meu Deus, hoje é sexta-feira!

Como sempre, Aristóteles atendeu imediatamente.

– Bom dia, Raja. Como posso ajudá-lo?

Aquela voz linda e desapaixonada, intocada pela glote humana, jamais se modificara nos quarenta anos em que ele a conhecia. Décadas – talvez séculos – após a sua morte, ela estaria falando com outros homens, exatamente como fizera com ele (aliás, quantas conversas ela estaria tendo naquele exato momento?). No passado, essa ideia deprimira Rajasinghe; agora, não importava mais. Ele não invejava a imortalidade de ARISTÓTELES.

– Bom dia, Ari. Gostaria de saber o veredicto da Corte Mundial sobre o caso da Corporação de Astroengenharia *versus* Templo da Sri Kanda. Só o resumo serve... depois imprima o texto completo.

– Decisão 1. Concessão do terreno do templo confirmado em perpetuidade sob a lei da Taprobana e Lei Mundial, conforme codificada em 2085. Decisão unânime...

... Decisão 2. A construção da Torre Orbital proposta, com seu ruído contínuo, vibração e impacto no terreno de grande importância histórica e cultural constituiria incômodo, merecendo liminar sob o Direito Civil. No atual estágio, interesse público não é suficiente para afetar a questão. Veredictos 4 a 2, e uma abstenção.

– Obrigado, Ari... cancele a impressão... não vou precisar dela. Até logo. – Bem, aí está, exatamente como ele esperava. No entanto, não sabia se ficava aliviado ou decepcionado.

Como estava enraizado no passado, ficou contente por ver que apreciavam e protegiam as antigas tradições. Se existia uma lição aprendida na história sangrenta da humanidade, era a de que apenas seres humanos individuais importavam: por mais excêntricas que fossem suas crenças, elas deveriam ser salvaguardadas, desde que não entrassem em conflito com interesses gerais e igualmente legítimos. O que foi mesmo que o antigo poeta disse? "O Estado não existe."* Talvez isso fosse exagero, mas era melhor do que o outro extremo.

Ao mesmo tempo, Rajasinghe sentiu certo pesar. Quase tinha se convencido (estaria apenas cooperando com o inevitável?) de que a fantástica empreitada de Morgan era exatamente do que a Taprobana precisava (e talvez o mundo todo, mas *isso* não era mais responsabilidade sua) para evitar afundar num declínio confortável e presunçoso. Agora, a Corte tinha fechado esse caminho em particular, pelo menos por muitos anos.

Imaginou o que Maxine teria a dizer sobre o assunto e acionou a gravação. No Global Dois, o canal de análise de notícias (chamado às vezes Terra das Cabeças Falantes), o senador Collins ainda ganhava impulso.

– ... sem dúvida excedendo sua autoridade e usando os recursos da sua divisão em projetos que não lhe dizem respeito.

– Mas, senador, o senhor não está sendo um tanto legalista? Pelo que eu saiba, o hiperfilamento foi desenvolvido para fins de *construção*, especialmente de pontes. E isso não é um tipo de ponte? Ouvi o dr. Morgan usar essa analogia, embora ele também a chame de torre.

– *Você* é que está sendo legalista agora, Maxine. Prefiro o nome "elevador espacial". E você está completamente enganada sobre o hiperfilamento. Ele é o resultado de duzentos anos de pesquisa aeroespacial. O fato de o último avanço ter ocorrido na Divisão de Terra da minha... ah... organização é irrelevante, embora, naturalmente, eu sinta orgulho de os meus cientistas estarem envolvidos.

– O senhor acha que todo o projeto deveria ser passado à Divisão de Espaço?

– Que projeto? É apenas um estudo, um entre centenas que estão sempre ocorrendo na CCT. Nunca fico sabendo de quase nada

* No original, "There is no such thing as the State", de W. H. Auden, poeta anglo-americano (1907-1973). [N. de T.]

sobre esses estudos, e nem quero... até eles alcançarem um estágio em que uma grande decisão tenha de ser tomada.

– O que não é o caso?

– Definitivamente, não. Meus peritos em transporte espacial afirmam que conseguem lidar com todas as projeções de aumento de tráfego... pelo menos no futuro próximo.

– O que isso significa, exatamente?

– Mais vinte anos.

– E depois, o que acontece? A Torre vai levar esse tempo para ser construída, segundo o dr. Morgan. Suponhamos que ela não fique pronta a tempo.

– Então vamos pensar em outra coisa. Meu pessoal está pensando em *todas* as possibilidades, e de modo algum é certeza que o elevador espacial seja a resposta certa.

– A ideia, no entanto, é fundamentalmente lógica?

– Parece que sim, mas são necessários mais estudos.

– Então, certamente o senhor deve estar agradecido ao dr. Morgan por seu trabalho inicial.

– Tenho o mais absoluto respeito pelo dr. Morgan. Ele é um dos engenheiros mais brilhantes da minha organização... se não do mundo.

– Não acho, senador, que isso responda inteiramente à minha pergunta.

– Muito bem: *estou* grato ao dr. Morgan por trazer essa questão ao nosso conhecimento. Mas não aprovo a maneira como ele fez isso. Se me permite ser direto, ele tentou me pressionar.

– Como?

– Buscando apoio fora da minha organização... da organização dele... e, portanto, demonstrando falta de lealdade. Como resultado de suas manobras, houve uma decisão adversa da Corte Mundial, o que, inevitavelmente, provocou comentários muito desfavoráveis.

Diante das circunstâncias, não tenho escolha senão solicitar... com muito pesar... que ele peça exoneração.

– Obrigada, senador Collins. Como sempre, foi um prazer conversar com o senhor.

– Sua doce mentirosa! – disse Rajasinghe, enquanto desligava e atendia a chamada que piscava há um minuto.

– Viu tudo? – perguntou o professor Sarath. – Então, *esse* é o fim do dr. Vannevar Morgan.

Rajasinghe olhou, pensativamente, seu velho amigo por alguns segundos.

– Você sempre gostou de tirar conclusões precipitadas, Paul. Quanto quer apostar?

III

O SINO

22

APÓSTATA

Levado ao desespero por suas vãs tentativas de compreender o Universo, o sábio Devadasa finalmente anunciou sua exasperação:

"Todas as afirmações que contenham a palavra Deus são falsas".

Imediatamente, Somarisi, seu discípulo menos dileto, respondeu: "A frase que falo agora contém a palavra 'Deus'. Não vejo, oh Nobre Mestre, como esta *simples afirmação possa ser falsa".*

Devadasa ponderou a questão por vários poyas. *Então respondeu, desta vez com aparente satisfação:*

"Apenas afirmações que não *contenham a palavra Deus podem ser verdadeiras".*

Após uma pausa que mal daria tempo para um faminto mangusto engolir uma semente de painço, Somarisi respondeu: "Se essa afirmação se aplica a si mesma, oh Venerável, ela não pode ser verdadeira, pois ela contém a palavra Deus. Mas, se ela não *é verdadeira...".*

Nesse ponto, Devadasa quebrou sua vasilha de pedinte na cabeça de Somarisi e, por isso, deve ser honrado como o verdadeiro fundador do Zen.
(De um fragmento do *Culavamsa*, ainda não descoberto.)

No final da tarde, quando a escadaria não era mais atingida pela plena fúria do sol, o Venerável Parakarma iniciou sua descida. Ao cair da noite, ele alcançaria a mais alta casa de descanso dos peregrinos; e, no dia seguinte, teria retornado ao mundo dos homens.

O Maha Thero não o aconselhara nem desencorajara e, se a partida do colega o entristecia, ele não tinha demonstrado nenhum sinal disso. Apenas entoara "Todas as coisas são transitórias", apertara as mãos e dera sua bênção.

O Venerável Parakarma, que no passado fora o dr. Choam Goldberg, e poderia sê-lo novamente, teria tido grande dificuldade em explicar suas motivações. "Ação correta" era fácil de dizer, mas não era fácil de descobrir.

No templo de Sri Kanda, encontrara paz de espírito – mas isso não era suficiente. Com sua formação científica, não se contentava mais em aceitar a atitude ambígua da Ordem em relação a Deus. Essa indiferença passou a ser pior do que a negação total.

Se algo como um gene rabínico existir, o dr. Goldberg o possuía. Como muitos antes dele, Goldberg-Parakarma buscara a Deus através da matemática, não recuando nem diante da bomba que Kurt Gödel, com a descoberta dos teoremas da incompletude, explodira no início do século 20. Ele não entendia como alguém conseguia contemplar a assimetria dinâmica da fórmula profunda, mas belamente simples de Euler,

$$e^{\pi i} + I = 0$$

sem imaginar se o universo era a criação de uma vasta inteligência.

Tendo conquistado fama em torno de uma nova teoria cosmológica que sobrevivera quase dez anos antes de ser refutada, Goldberg fora aclamado como outro Einstein ou N'goya. Numa época de ultraespecialização, ele conquistara também avanços notáveis em aero e hidrodinâmica – há muito consideradas disciplinas mortas, incapazes de trazer surpresas.

Então, no auge da glória, experimentara uma conversão religiosa não diferente da de Pascal, embora sem tantas colorações mórbidas. Na década seguinte, contentara-se em se perder no anonimato dos mantos amarelos, concentrando sua mente brilhante em questões de doutrina e filosofia. Não se arrependeu do interlúdio, e nem sequer tinha certeza se abandonara a Ordem. Um dia, talvez, aquela grande escadaria o veria de novo. Mas os talentos que Deus lhe dera estavam se reafirmando; havia muito trabalho a fazer, e ele precisava de ferramentas que não se encontravam na Sri Kanda – nem, aliás, na própria Terra.

Nutria pouca hostilidade, agora, em relação a Vannevar Morgan. Inadvertidamente, o engenheiro tinha provocado a centelha; à sua maneira desajeitada, ele também era um agente de Deus. No entanto, o templo tinha de ser protegido a todo custo. Quer a Roda do Destino o devolvesse ou não à sua tranquilidade, Parakarma estava implacavelmente decidido quanto a isso.

E assim, como um novo Moisés trazendo da montanha as leis que mudariam os destinos dos homens, o Venerável Parakarma desceu ao mundo a que renunciara no passado. Estava cego para as belezas da terra e do céu à sua volta, pois eram completamente banais comparadas às que somente ele podia ver, nos exércitos de equações que marchavam em sua mente.

23

TRATOR LUNAR

– Seu problema, dr. Morgan – disse o homem na cadeira de rodas –, é que o senhor está no planeta errado.

– E eu acho – retrucou Morgan, olhando incisivamente para o suporte de vida do visitante – que se pode dizer o mesmo do senhor.

O vice-presidente (Investimentos) do banco Narodny Marte soltou um risinho de reconhecimento.

– Pelo menos vou ficar aqui só uma semana... depois volto para a Lua, e para uma gravidade civilizada. Ah, e consigo andar, se eu realmente precisar, mas prefiro assim.

– Se me permite a pergunta, por que o senhor vem à Terra?

– Venho o mínimo possível, mas às vezes é preciso ir até o lugar. Ao contrário do consenso geral, não se pode fazer *tudo* remotamente. Tenho certeza de que o senhor sabe disso.

Morgan assentiu com a cabeça. Era verdade. Pensou em todas as vezes em que a textura de certo material, o toque da pedra ou do chão sob os pés, o cheiro da selva, o borrifo da água em seu rosto tinham exercido um papel vital em seus projetos. Um dia, talvez, até essas sensações poderiam ser transferidas por meio eletrônico – na verdade, isso já tinha sido feito de forma grosseira, experimentalmente, e a um custo enorme. Mas nada substituía a realidade. Deve-se ter cuidado com imitações.

– Se o senhor veio à Terra especialmente para me ver – Morgan respondeu –, agradeço a honra. Mas, se for para me oferecer emprego em Marte, perdeu o seu tempo. Estou gostando da minha aposentadoria, de encontrar os amigos e parentes que não via há anos, e não tenho nenhuma intenção de iniciar uma nova carreira.

– Acho isso surpreendente; afinal, o senhor só tem 52 anos. Como pensa em ocupar o seu tempo?

– Fácil. Posso passar o resto da vida em qualquer um de vários projetos. Os engenheiros antigos... os romanos, os gregos, os incas... sempre me fascinaram e eu nunca tive tempo de estudá-los. Pediram-me para escrever e ministrar um curso na Universidade Global sobre ciência de projetos. Encomendaram-se um livro didático sobre estruturas avançadas. Quero desenvolver algumas ideias sobre o uso de elementos ativos para corrigir cargas dinâmicas... ventos, terremotos e por aí afora... Ainda sou consultor da Tectônica Geral. E estou preparando um relatório sobre a administração da CCT.

– A pedido de quem? Suponho que não do senador Collins.

– Não – disse Morgan, com um sorriso triste. – Pensei que seria... útil. E ajuda a aliviar meus sentimentos.

– Tenho certeza disso. Mas todas essas atividades não são realmente *criativas*. Cedo ou tarde, elas vão perder a graça... como essa bela paisagem norueguesa. O senhor vai se cansar de olhar para lagos e pinheiros, assim como vai se cansar de escrever e conversar. O senhor é o tipo de homem que nunca vai estar plenamente feliz, dr. Morgan, a menos que esteja criando seu próprio universo.

Morgan não respondeu. O prognóstico era exato demais.

– Desconfio que concorde comigo. O que o senhor diria se eu afirmasse que o meu Banco está seriamente interessado no seu projeto do elevador espacial?

– Ficaria cético. Quando os procurei, me disseram que a ideia era ótima, mas não podiam colocar dinheiro no projeto naquele estágio. Todos os fundos disponíveis eram necessários para o desenvolvimento de Marte. É a velha história: ficaremos felizes em ajudá-lo quando o senhor não precisar mais de ajuda nenhuma.

– *Isso* foi um ano atrás. Agora, estão reconsiderando. Gostaríamos que construísse seu elevador espacial... mas não na Terra, *em Marte*. Está interessado?

– Talvez. Continue.

– Pense nas vantagens. Só um terço da gravidade, então as forças envolvidas são igualmente menores. A órbita estacionária também é mais próxima... menos da metade da altitude daqui. Então, logo de início, os problemas de engenharia são drasticamente reduzidos. Nosso pessoal estima que o sistema de Marte custaria menos de um décimo do sistema terráqueo.

– Isso é bem possível, mas eu precisaria verificar.

– E *isso* é só o começo. Temos ventanias terríveis em Marte, apesar da nossa atmosfera rarefeita... mas temos montanhas que ficam completamente acima deles. Sua Sri Kanda só tem cinco quilômetros de altitude. Temos o Monte Pavonis: 21 quilômetros, e exatamente no equador! Melhor ainda: sem monges marcianos com concessões eternas no topo... E há mais uma razão para Marte ser ideal para um elevador espacial. Deimos está só a três mil quilômetros acima da órbita estacionária. Então já temos alguns milhões de megatons exatamente no lugar certo para a ancoragem.

– Isso vai apresentar alguns problemas interessantes de sincronização, mas entendo o que quer dizer. Gostaria de me reunir com as pessoas que elaboraram tudo isso.

– Não é possível, em tempo real. Estão todos em Marte. O senhor terá que ir até lá.

– Estou tentado, mas ainda tenho algumas perguntas.

– À vontade.

– A Terra *precisa* do elevador, por todos os motivos que o senhor, sem dúvida, já sabe. Mas me parece que Marte pode passar sem ele. Vocês tem apenas uma fração do nosso tráfego espacial, e uma projeção de taxa de crescimento muito menor. Francamente, não faz muito sentido para mim.

– Estava imaginando quando o senhor iria dizer isso.

– Bem, estou dizendo.

– Já ouviu falar no Projeto Eos?

– Creio que não.

– Eos... alvorada, em grego... o plano para rejuvenescer Marte.

– Ah, claro que conheço esse projeto. Envolve o derretimento das calotas polares, não é?

– Exatamente. Se pudéssemos derreter todo aquele gelo em água e CO_2, várias coisas poderiam acontecer. A densidade atmosférica aumentaria até os homens poderem trabalhar a céu aberto, sem trajes espaciais. Num estágio posterior, o ar poderia até se tornar respirável. Haveria água corrente, pequenos mares... e, acima de tudo, vegetação... o início de uma biota cuidadosamente planejada. Em poucos séculos, Marte poderia ser um novo Jardim do Éden. É o único planeta do sistema solar que podemos transformar com tecnologia conhecida. Vênus talvez seja sempre quente demais.

– E onde entra o elevador nisso?

– Temos que içar vários milhões de toneladas de equipamentos até a órbita. A única maneira prática de aquecer Marte é com espelhos solares de centenas de quilômetros de diâmetro. E vamos precisar deles sempre: primeiro para derreter as calotas polares e, depois, para manter uma temperatura confortável.

– Vocês não poderiam obter todo esse material de suas minas nos asteroides?

– Parte dele, sim, é claro. Mas os melhores espelhos para esse fim são os feitos de sódio, e isso é raro no espaço. Vamos ter que obtê-lo nas salinas de Tharsis... nas encostas do Pavonis, para nossa sorte.

– E quanto tempo tudo isso vai levar?

– Se não houver problemas, o primeiro estágio poderá ser concluído em cinquenta anos, talvez no seu aniversário de 100 anos. Os estatísticos dizem que o senhor tem 39% de chance de chegar até lá.

Morgan riu.

– Admiro pessoas que fazem um trabalho de pesquisa completo.

– Não sobreviveríamos em Marte se não prestássemos atenção nos detalhes.

– Bem, minha impressão é favorável, mas ainda tenho muitas reservas. O financiamento, por exemplo.

– Essa tarefa é minha, dr. Morgan. Eu sou o banqueiro. *O senhor* é o engenheiro.

– Correto, mas o senhor parece entender bastante de engenharia, e eu tive que aprender muito de economia... muitas vezes, do jeito mais difícil. Antes de eu sequer cogitar me envolver em tal projeto, vou querer um plano detalhado do orçamento...

– Que pode ser providenciado...

– ... e isso só para começar. O senhor talvez não perceba que ainda há uma vasta quantidade de pesquisa que envolve meia dúzia de áreas diferentes: produção em massa do material do hiperfilamento, problemas de estabilidade e controle... Posso prosseguir a noite inteira.

– Isso não será necessário; os nossos engenheiros leram todos os seus relatórios. O que eles propõem é um experimento em pequena escala que irá solucionar muitos dos problemas técnicos e provar que o princípio é sólido...

– Não há dúvida quanto a isso.

– Concordo. Mas é incrível a diferença que pode fazer uma pequena demonstração prática. Então, é isso que gostaríamos que o senhor fizesse. Projete o menor sistema possível... só um fio, com uma carga de alguns quilos. Baixe essa carga da órbita estacionária até a Terra... sim, a Terra. Se funcionar aqui, será fácil em Marte. Depois carregue alguma coisa para cima, só para mostrar que os foguetes estão obsoletos. O experimento será relativamente barato, irá fornecer informações essenciais e treinamento básico... e, do nosso ponto de vista, poupará anos de discussão. Podemos ir ao Governo da Terra, ao Fundo Solar e outros bancos interplanetários... e só apontar para a demonstração.

– Vocês realmente pensaram em tudo. Quando querem a minha resposta?

– Para ser sincero, em cinco segundos. Mas, claro, não há nada urgente no assunto. Leve o tempo que achar razoável.

– Muito bem. Dê-me seus estudos do projeto, análise de custo e todo o material que tiver. Assim que terminar de examiná-los, eu comunico a minha decisão em... ah, uma semana, no máximo.

– Obrigado. Aqui está o meu número. Pode me contatar a qualquer hora.

Morgan deslizou o cartão de identidade do banqueiro na ranhura de memória do seu comunicador e verificou a ENTRADA CONFIRMADA no visor. Antes de devolver o cartão, já tinha se decidido. A menos que houvesse alguma falha básica na análise marciana – e ele apostaria alto em sua solidez –, sua aposentadoria terminara. Sempre notara, com certo divertimento, que, enquanto pensava longamente sobre questões triviais, nunca hesitara por um instante diante dos momentos mais importantes de sua carreira. Sempre soube o que fazer, e poucas vezes errava.

E, no entanto, nesse estágio do jogo, era melhor não investir muito capital intelectual ou emocional num projeto que ainda poderia não dar em nada. Depois que o banqueiro partiu, na primeira etapa de sua viagem de volta ao Porto da Tranquilidade, via Oslo e

Gagarin, Morgan achou impossível dedicar-se a qualquer uma das atividades que planejara para aquela longa noite setentrional; sua mente estava em tumulto, perscrutando todo o espectro de futuros subitamente modificado.

Após alguns minutos andando para lá e para cá, inquieto, sentou-se à escrivaninha e começou a listar prioridades numa espécie de ordem inversa, começando pelos compromissos que poderia deixar de lado com mais facilidade. Não demorou muito, entretanto, e achou impossível concentrar-se nesses assuntos de rotina. Nas profundezas de sua mente, algo o atazanava, tentando atrair sua atenção. Quando tentou focalizar a ideia, ela logo lhe escapou, como uma palavra conhecida, mas momentaneamente esquecida.

Com um suspiro de frustração, Morgan afastou-se da escrivaninha e saiu para a varanda que percorria toda a face oeste do hotel. Embora fizesse muito frio, o ar estava parado, e a temperatura abaixo de zero era mais um estímulo do que um desconforto. O céu cintilava de estrelas, e uma amarelada lua crescente afundava em direção ao próprio reflexo no fiorde, cuja superfície era tão escura e imóvel, que parecia uma folha de ébano polida.

Trinta anos antes, ele estivera quase exatamente naquele mesmo ponto, com uma garota cujas feições não conseguia mais recordar com clareza. Os dois estavam comemorando a formatura, e isso era tudo o que tinham de fato em comum. Não fora um caso sério; eram jovens e gostavam da companhia um do outro... e isso era suficiente. No entanto, de algum modo, essa lembrança esmaecida o trouxera de volta ao Fiorde de Trollshavn, nesse momento crucial de sua vida. O que o estudante de 22 anos teria pensado? Poderia saber que seus passos o levariam de volta àquele lugar de prazeres relembrados, três décadas no futuro?

Não havia traço de nostalgia ou autocomiseração nos devaneios de Morgan – apenas uma espécie de divertimento melancólico. Jamais se arrependera, nem por um instante, de ter se separado amigavelmente de Ingrid, sem sequer considerar o contrato de experiência de um ano. Ela seguira sua vida, magoando moderadamente mais três homens, antes de conseguir um emprego na Comissão Lunar, e Morgan perdeu o contato com ela. Talvez, até mesmo agora, ela esteja lá em cima, naquele crescente brilhante, cuja cor combinava com seu cabelo dourado.

Chega de passado. Morgan voltou seus pensamentos para o futuro. Onde estava Marte? Envergonhou-se ao admitir que nem sabia se ele estaria visível naquela noite. Percorreu os olhos pelo caminho da eclíptica, da Lua até o farol deslumbrante de Vênus e além, e não viu nada naquela profusão de joias que pudesse identificar, com certeza, como o planeta vermelho. Era emocionante pensar que, num futuro não muito distante, ele – que jamais viajara para além da órbita lunar! – poderia estar vendo com os próprios olhos as magníficas paisagens escarlates, e observando as pequenas luas atravessarem rapidamente suas fases.

Naquele momento, o sonhou desabou. Morgan ficou paralisado por um instante, e então disparou de volta ao interior do hotel, esquecendo o esplendor da noite.

Não havia um console de uso geral no quarto, então teve de descer até o saguão para obter a informação que procurava. Por um golpe de azar, o cubículo estava ocupado por uma senhora idosa que demorou tanto para encontrar o que queria, que Morgan quase bateu na porta. Por fim, a vagarosa saiu, resmungando um pedido de desculpa, e Morgan ficou cara a cara com o conhecimento e a arte acumulados por toda a humanidade.

No seu tempo de estudante, ganhara vários campeonatos de busca, correndo contra o relógio enquanto desenterrava itens obscuros de informação, em listas preparadas por jurados engenhosamente sádicos ("Qual foi o índice pluviométrico da capital do menor estado nacional do mundo no dia do segundo maior número de *home runs* marcados no beisebol universitário?" era um que ele lembrava com afeto especial). Suas habilidades se aprimoraram com os anos, e esta era uma pergunta bem direta. A resposta surgiu em trinta segundos, com muito mais detalhes do que ele realmente precisava.

Morgan estudou a tela por um minuto e balançou a cabeça, confuso e perplexo.

– Não é possível que tenham deixado *isso* passar! – murmurou. – Mas o que eles podem fazer?

Morgan apertou o botão IMPRIMIR e levou a fina folha de papel até o quarto, para um estudo mais detalhado. O problema era tão espantosamente óbvio que ele se perguntou se não estaria deixando passar alguma solução também óbvia, e se não faria papel de bobo se levantasse a questão. No entanto, não havia escapatória...

Olhou para o seu relógio de pulso: já passara da meia-noite. Mas aquilo era algo que ele tinha de resolver de imediato.

Para alívio de Morgan, o banqueiro não apertara o botão NÃO PERTURBE. Atendeu prontamente, parecendo um pouco surpreso.

– Espero não tê-lo acordado – disse Morgan, sem muita sinceridade.

– Não... Estamos quase pousando em Gagarin. Qual o problema?

– Cerca de dez teratons, movendo-se a dois quilômetros por segundo. A lua interior, Fobos. É um trator cósmico, passando pelo elevador a cada onze horas. Ainda não calculei as probabilidades exatas, mas uma colisão é inevitável, a cada poucos dias.

Houve um longo silêncio no outro lado do circuito. Então o banqueiro disse:

– Até *eu* poderia ter pensado nisso. Então, obviamente, alguém tem a resposta. Talvez tenhamos de tirar Fobos do lugar.

– Impossível: a massa é muito grande.

– Vou ter que ligar para Marte. O *delay* é de vinte minutos, no momento. Devo ter alguma resposta dentro de uma hora.

Espero que sim, Morgan pensou consigo. E é melhor que seja boa... isto é, se eu *realmente* quiser esse emprego.

24

O DEDO DE DEUS

A *Dendrobium macarthiae* geralmente florescia com a chegada da monção sudoeste, mas este ano se adiantara. Enquanto admirava as intricadas flores violeta-rosa em seu orquidário, Johan Rajasinghe lembrou que, na estação passada, ficara preso por uma chuva torrencial de meia hora, enquanto examinava os primeiros brotos.

Olhou ansiosamente para o céu; não, havia pouco perigo de chuva. O dia estava lindo, com faixas de nuvens altas e ralas moderando a ardente luminosidade do sol. Mas *aquilo* era estranho...

Rajasinghe nunca tinha visto algo parecido. Quase verticalmente acima de sua cabeça, as faixas paralelas de nuvem estavam rompidas por um distúrbio circular. Parecia uma pequena tempestade ciclônica, de apenas alguns quilômetros de diâmetro, mas lembrou a Rajasinghe algo bem diferente – um furo atravessando a textura de uma tábua aplainada e lisa. Abandonou as amadas orquídeas e saiu para ver melhor o fenômeno. Agora percebia que o pequeno redemoinho movia-se devagar no céu, a trilha de sua passagem claramente marcada pela distorção nas faixas de nuvens.

Podia-se facilmente imaginar que o dedo de Deus tinha descido do céu e desenhava um sulco entre as nuvens. Até Rajasinghe, que conhecia os fundamentos do controle meteorológico, não fazia ideia de que agora era possível tal precisão; mas podia modestamente orgulhar-se de que, quarenta anos atrás, ele havia desempenhado um papel naquele feito.

Não tinha sido fácil persuadir as superpotências sobreviventes a abdicar de suas fortalezas orbitais e entregá-las à Autoridade Climática Global, no que foi – se a metáfora pudesse chegar a tanto – o último e mais impressionante exemplo de como transformar espadas em arados. Agora os *lasers*, que antes ameaçavam a humanidade, dirigiam seus raios para porções cuidadosamente selecionadas da atmosfera, ou áreas-alvo termoabsorventes em regiões remotas da Terra. A energia que continham era insignificante, se comparada à da tempestade mais branda; mas também é insignificante a pedra jogada que desencadeia uma avalanche, ou o único nêutron que inicia uma reação em cadeia.

Além desses dados, Rajasinghe nada sabia dos detalhes técnicos, exceto que envolviam redes de satélites de monitoramento e computadores que guardavam em seus cérebros eletrônicos um modelo completo da atmosfera e das superfícies terrestre e oceânica da Terra. Ele se sentia como um selvagem boquiaberto, espantado com as maravilhas de uma tecnologia avançada, quando observou o pequeno ciclone mover-se com determinação para oeste, até desaparecer sob a graciosa fileira de palmeiras dentro dos baluartes dos Jardins dos Prazeres.

Então olhou de relance para os engenheiros e cientistas invisíveis que giravam em volta do mundo em seus céus artificiais.

– Muito impressionante – ele disse. – Mas espero que vocês saibam *exatamente* o que estão fazendo.

25

ROLETA ORBITAL

– Eu devia ter adivinhado – disse o banqueiro, com pesar – que estaria num daqueles apêndices técnicos que eu nunca lia. E agora que o senhor examinou todo o relatório, gostaria de saber a resposta. *Eu* fiquei preocupado desde que o senhor levantou o problema.

– A resposta é de uma simplicidade brilhante – Morgan respondeu –, e eu mesmo deveria ter pensado nela.

E eu teria pensado... no devido tempo, disse a si mesmo, com razoável grau de confiança. Mentalmente, reviu aquelas simulações no computador de toda a imensa estrutura, vibrando como uma corda de violino cósmica, enquanto as oscilações com horas de duração percorriam da Terra à órbita e refletiam de volta. E, sobreposto a elas, repassou de memória, pela centésima vez, o velho filme da ponte dançante. *Ali* estavam todas as pistas de que precisava.

– Fobos passa pela torre a cada onze horas e dez minutos, mas, por sorte, não se move exatamente no mesmo plano... ou teríamos uma colisão *toda vez* que ela girasse em torno de Marte. A lua não passa pela torre na maior parte das revoluções, e todas as vezes perigosas podem ser previstas com exatidão... até o milionésimo de segundo, se for preciso. Pois bem, o elevador, como qualquer peça de engenharia, não é uma estrutura completamente rígida. Ele tem períodos naturais de vibração, que podem ser calculados com a mesma exatidão das órbitas planetárias. Então, o que os seus engenheiros propõem fazer é *sintonizar* o elevador, para que suas oscilações normais... que, de qualquer modo, não podem ser evitadas... sempre o mantenham livre de Fobos. Toda vez que a lua passar pela estrutura, ela não vai estar lá: vai ter desviado da zona de perigo, afastando-se alguns quilômetros.

Houve uma longa pausa do outro lado do circuito.

– Eu não deveria dizer isso – disse, enfim, o marciano –, mas estou de cabelo em pé.

Morgan riu. – Dito desse modo abrupto, de fato parece uma... como é mesmo o nome?... roleta-russa. Mas, lembre-se, estamos lidando com movimentos totalmente previsíveis. Sempre saberemos onde Fobos estará, e poderemos controlar o deslocamento da torre, simplesmente pelo modo como iremos programar o tráfego.

"Simplesmente", pensou Morgan, não era bem a palavra, mas qualquer um via que era possível. E então lhe surgiu na mente uma analogia, tão perfeita, mas tão incongruente, que ele quase caiu na gargalhada. Não... não seria uma boa ideia usá-la com o banqueiro.

Mais uma vez, voltou à Ponte do Estreito de Tacoma, mas desta vez num mundo de fantasia. Havia um navio que tinha de navegar por baixo dela, em horários perfeitamente regulares. Infelizmente, o mastro tinha um metro a mais de altura.

Sem problema. Pouco antes de o navio chegar, alguns caminhões pesados seriam enviados para atravessar a ponte, a intervalos cuidadosamente calculados para corresponder com sua frequência de ressonância. Uma onda suave varreria a pista de um pilar a outro, a crista cronometrada para coincidir com a chegada do navio. Desse modo, a ponta do mastro deslizaria por baixo da crista, com vários centímetros de folga... Numa escala milhares de vezes maior, era assim que Fobos não atingiria a estrutura que se projetava para o espaço a partir do Monte Pavonis.

– Fico satisfeito pela sua garantia – disse o banqueiro –, mas acho que eu faria uma verificação particular da posição de Fobos antes de embarcar numa viagem.

– Então ficará surpreso ao saber que alguns da sua jovem e brilhante equipe... com certeza são brilhantes, e suponho que sejam jovens, por sua absoluta insolência técnica... querem utilizar os períodos críticos como atração turística. Eles acham que poderiam cobrar uma taxa extra pela vista de Fobos passando ao alcance das mãos, a milhares de quilômetros por hora. Um espetáculo e tanto, não concorda?

– Prefiro só imaginar, mas talvez eles tenham razão. De qualquer maneira, estou aliviado por haver uma solução. Também fico feliz ao notar que o senhor aprova o talento de nossos engenheiros. Isso significa que podemos aguardar sua resposta para breve?

– Pode tê-la agora – disse Morgan. – Quando começamos a trabalhar?

26

A NOITE ANTES DO VESAK

Ainda era, após vinte e sete séculos, o dia mais reverenciado do calendário taprobano. Na lua cheia de maio, segundo a lenda, o Buda tinha nascido, alcançado a iluminação e morrido. Embora a maioria das pessoas agora considerasse que o Vesak não tinha maior significado do que aquele outro importante feriado anual, o Natal, ainda era uma época de meditação e tranquilidade.

Durante muitos anos, o Controle das Monções garantira que não haveria chuva nas noites de Vesak, e jamais errara. E, em quase todos esses anos, Rajasinghe fora à Cidade Real dois dias antes da lua cheia, numa peregrinação que anualmente renovava seu espírito. Evitava o Vesak em si, pois nesse dia Ranapura ficava apinhada de visitantes, alguns dos quais com certeza o reconheceriam, perturbando sua reclusão.

Só o olho mais treinado teria percebido que a imensa lua amarela, erguendo-se acima dos domos em forma de sino dos antigos dagobás, ainda não era um círculo perfeito. A luz que emitia era tão intensa, que apenas alguns dos satélites e estrelas mais brilhantes estavam visíveis no céu sem nuvens. E não havia sinal de vento.

Diziam que Kalidasa havia parado naquele caminho duas vezes, quando partiu para sempre de Ranapura. A primeira parada foi no túmulo de Hanuman, o amado companheiro da infância; e a segunda foi no Santuário do Buda Moribundo. Rajasinghe muitas vezes imaginava que tipo de alívio o perseguido rei encontrara – talvez naquele exato local, pois era o melhor ponto para se ver a imensa figura esculpida na rocha sólida. O formato reclinado era de uma proporção tão perfeita, que era preciso caminhar até junto dele para poder apreciar sua dimensão real. A distância, era impossível perceber que só o travesseiro onde o Buda repousava a cabeça era mais alto que um homem.

Embora Rajasinghe tivesse visitado boa parte do mundo, não conhecia outro lugar tão pleno de paz. Às vezes, tinha a sensação de que poderia ficar sentado ali para sempre, sob a luz resplandecente da lua, totalmente alheio a todas as preocupações e tumultos da vida. Nunca tentara sondar a magia do Santuário em profundidade, com medo de destruí-la, mas alguns de seus elementos eram óbvios. A própria postura do Iluminado, enfim repousando de olhos fechados após uma vida longa e nobre, irradiava serenidade. Os extensos vincos do manto eram extraordinariamente reconfortantes e tranquilos de se contemplar; pareciam fluir da rocha, formando ondas de pedra congelada. E, como as ondas do mar, o ritmo natural de suas curvas apelava a instintos dos quais a mente racional nada sabia.

Em momentos atemporais como aquele, a sós com o Buda e com a lua quase cheia, Rajasinghe tinha a sensação de compreender, enfim, o significado do Nirvana – o estado que pode ser definido apenas por negativas. Emoções como raiva, desejo e ganância não tinham mais nenhum poder; na verdade, mal eram concebíveis. Até o senso de identidade pessoal parecia desaparecer, como uma névoa antes do sol da manhã.

O momento não durava muito, naturalmente. Logo ele se dava conta do zumbido dos insetos, dos distantes latidos dos cães, da dureza fria da pedra onde estava sentado. Tranquilidade não era um estado mental que se pudesse manter por muito tempo. Com um suspiro, Rajasinghe pôs-se de pé e começou a caminhar de volta ao carro, estacionado a cem metros fora das dependências do templo.

Estava entrando no veículo quando percebeu uma pequena mancha branca, tão definida que parecia ter sido pintada no céu, erguendo-se acima das árvores a oeste. Era a nuvem mais estranha que Rajasinghe já tinha visto – um elipsoide perfeitamente simétrico, com bordas tão nítidas que parecia quase sólido. Imaginou se alguém estaria pilotando um dirigível nos céus da Taprobana; mas não via aletas, e não havia ruído de motores.

Então, por um instante fugaz, teve uma fantasia extravagante: *os habitantes do Lar Estelar tinham finalmente chegado...*

Mas isso, claro, era absurdo. Mesmo que tivessem conseguido viajar mais rápido que os próprios sinais de rádio, dificilmente teriam atravessado todo o sistema solar – e descido aos céus da Terra – sem desencadear o tráfego de todos os radares conhecidos. A notícia teria corrido há horas.

Para sua surpresa, Rajasinghe sentiu uma leve decepção. E agora, quando a aparição se aproximava, constatou que se tratava sem dúvida de uma nuvem, pois estava desfiando ligeiramente nas bordas. Sua velocidade era impressionante; parecia ser impelida por um vento particular, do qual não havia sinal ali, ao nível do solo.

Então os cientistas do Controle das Monções estavam em ação outra vez, testando seu domínio dos ventos. Em que, perguntou-se Rajasinghe, eles pensariam em seguida?

27

ESTAÇÃO ASHOKA

Como a ilha parecia pequena daquela altitude! Trinta e seis mil quilômetros abaixo, estendendo-se no equador, a Taprobana não parecia muito maior do que a Lua. O país inteiro parecia um alvo pequeno demais para acertar; no entanto, ele mirava uma área do tamanho de uma quadra de tênis.

Mesmo agora, Morgan não estava inteiramente certo de suas motivações. Para o objetivo de sua demonstração, poderia facilmente ter operado a partir da estação Kinte e escolhido o Kilimanjaro ou o Monte Quênia como alvos. O fato de Kinte ser um dos pontos mais instáveis ao longo de toda a órbita estacionária, e estar sempre manobrando para permanecer acima da África Central, não teria importância nos poucos dias de duração do experimento. Por um momento, ficou tentado a mirar no Chimbozaro; os americanos tinham até oferecido, a um custo considerável, mover a Estação Columbus até sua longitude exata. Mas, no fim, apesar desse incentivo, ele voltou ao seu objetivo original: Sri Kanda.

Para sorte de Morgan, nessa época de decisões auxiliadas por computadores, até uma sentença da Corte Mundial podia ser obtida em questão de semanas. O templo, naturalmente, protestara. Morgan argumentou que uma breve experiência científica, conduzida no terreno fora das dependências do templo, e que não provocaria ruídos, poluição ou outra forma de interferência, não constituía um delito. Se fosse impedido de realizá-la, todo o seu trabalho anterior estaria comprometido, ele não teria como verificar seus cálculos, e um projeto vital para a República de Marte sofreria um sério revés.

Foi um argumento muito plausível, e o próprio Morgan acreditou na maior parte dele. Assim como os juízes, por cinco a dois. Embora os juízes supostamente não se influenciassem por essas questões, mencionar os litigiosos marcianos foi um lance inteligente. A RM já tinha três casos complicados em andamento, e a Corte estava um pouco cansada de estabelecer precedentes no direito interplanetário.

Mas Morgan sabia, na parte friamente analítica de sua mente, que sua ação não tinha sido ditada só pela lógica. Ele não era homem de aceitar uma derrota com elegância; o gesto desafiador lhe trazia certa satisfação. No entanto, num nível ainda mais profundo, rejeitava essa motivação mesquinha; um gesto tão pueril não era digno dele. O que ele realmente estava fazendo era aumentar sua autoconfiança e reafirmar sua crença no êxito final. Embora não soubesse como, ou quando, estava proclamando ao mundo, e àqueles monges teimosos dentro de suas antigas muralhas: "Eu voltarei".

A Estação Ashoka controlava praticamente todas as comunicações, a meteorologia, o monitoramento ambiental e o tráfego espacial da região da Indochina. Se um dia parasse de funcionar, um bilhão de vidas correriam risco de desastres e, se os serviços não fossem rapidamente restabelecidos, de morte. Não à toa, Ashoka possuía dois subsatélites completamente independentes, Bhaba e Sarabhai, a cem quilômetros de distância. Mesmo que alguma catástrofe inimaginável destruísse as três estações, Kinte e Imhotep, no Ocidente, ou Confúcio, no Oriente, poderiam assumir o controle, emergencialmente. A raça humana aprendera, por experiências adversas, a não apostar todas as fichas num só lugar.

Não havia turistas, veranistas ou passageiros em trânsito ali, tão longe da Terra; eles realizavam seus negócios ou passeios a apenas alguns milhares de quilômetros no espaço aberto, e deixavam a alta órbita geoestacionária para os cientistas e engenheiros – nenhum dos quais jamais visitara Ashoka numa missão tão incomum, ou com equipamentos tão singulares.

A chave para a Operação Filamento flutuava agora numa das câmaras de atracação de porte médio da estação, aguardando a verificação final antes do lançamento. Não havia nada de muito espetacular naquele objeto, e sua aparência não dava pista alguma dos anos de trabalho humano e dos milhões despendidos em seu desenvolvimento.

O cone cinza-fosco, de quatro metros de comprimento e dois metros de diâmetro na base, parecia feito de metal sólido; era preciso um exame atento para revelar a fibra apertada que cobria toda a sua superfície. De fato, excetuando-se o núcleo interno, e as faixas intercaladas de plástico que separavam as centenas de camadas, o cone era feito apenas de fios afunilados de hiperfilamento – 40 mil quilômetros do material.

Duas tecnologias obsoletas e totalmente diferentes tinham sido ressuscitadas para a construção daquele cone cinza sem atrativos. Trezentos anos atrás, os telégrafos submarinos começaram a operar nos leitos dos oceanos; os homens perderam fortunas antes de dominarem a arte de enrolar milhares de quilômetros de cabos e desenrolá-los, num ritmo estável, de um continente ao outro, apesar das tempestades e de todos os outros perigos do mar. Depois, apenas um século mais tarde, algumas das primeiras e primitivas armas guiadas eram controladas por cabos finos, estirados à medida que elas voavam até seus alvos, a algumas centenas de quilômetros por hora. A experiência de Morgan tentava um alcance mil vezes maior que o daquelas relíquias dos Museus de Guerra, e a uma velocidade cinquenta vezes mais alta. Entretanto, ele tinha algumas vantagens. Seu míssil operaria no vácuo perfeito durante todo o percurso, exceto os últimos cem quilômetros; e era improvável que seu alvo fizesse manobras evasivas.

A gerente de operações do Projeto Filamento chamou a atenção de Morgan com uma tosse levemente constrangida.

– Ainda temos um pequeno problema, doutor – ela disse. – Temos inteira confiança na descida... Todos os testes e simulações no computador são satisfatórios, como o senhor viu. Rebobinar o filamento é o que preocupa o pessoal da segurança da estação.

Morgan piscou rápido; tinha dado pouca atenção ao assunto. Parecia evidente que enrolar o filamento de volta era um problema banal, comparado a descê-lo. Seguramente, tudo de que precisavam era de um guincho motorizado, com as modificações especiais necessárias ao manuseio de um material tão delicado e de espessura tão variável. Mas ele sabia que, no espaço, jamais se deveria encarar coisa alguma como corriqueira, e aquela intuição – *especialmente* a intuição de um engenheiro terrestre – poderia ser um guia traiçoeiro.

Vejamos... Quando os testes forem concluídos, cortamos a extremidade terrestre e Ashoka começa a enrolar o filamento. Naturalmente, quando se puxa um dos lados de um fio de 40 mil quilômetros de comprimento, por maior que seja a força, nada acontece durante horas. Levaria meio dia até o impulso chegar à outra extremidade e o sistema começar a funcionar como um todo. Então, mantemos a tensão... Ah!

– Alguém fez alguns cálculos – continuou a engenheira – e percebeu que, quando finalmente ganhássemos velocidade, teríamos várias toneladas dirigindo-se à estação, a mil quilômetros por hora. Eles não gostaram nada disso.

– É compreensível. O que eles querem que façamos?

– Devemos rebobinar mais lentamente, com força controlada. Se o pior acontecer, eles podem nos tirar da estação e terminar o enrolamento.

– Isso vai atrasar a operação?

– Não. Elaboramos um plano de contingência para puxar a coisa toda pela câmara de despressurização em cinco minutos.

– E vocês conseguem recuperá-lo com facilidade?

– Claro.

– Espero que estejam certos. Essa linhazinha de pesca custou muito dinheiro... e eu quero usá-la de novo.

Mas *onde*?, Morgan perguntou-se, enquanto fitava o lento movimento da Terra crescente. Talvez fosse melhor completar o projeto de Marte primeiro, mesmo que isso significasse vários anos de exílio. Uma vez que Pavonis estivesse plenamente operacional, a Terra *teria* de acompanhá-lo, e ele não tinha dúvidas de que, de algum modo, os últimos obstáculos seriam vencidos.

E, então, o abismo cuja extensão ele agora observava seria transposto, e a fama adquirida por Gustave Eiffel há três séculos seria totalmente eclipsada.

28

A PRIMEIRA DESCIDA

Não haveria nada a se ver pelo menos por mais vinte minutos. Não obstante, todos aqueles cuja presença não era necessária na cabine de controle já estavam lá fora, olhando para o céu. Até Morgan achou difícil resistir ao impulso, e a todo instante dirigia-se discretamente à porta.

Ao seu lado, sempre a poucos metros de distância, estava o mais novo assistente de Maxine Duval, um jovem robusto de vinte e tantos anos. Trazia montados nos ombros os equipamentos de sempre: duas câmeras na tradicional posição "direita para a frente, esquerda para trás" e, acima delas, uma pequena esfera não muito maior do que uma laranja. A antena dentro daquela esfera fazia coisas muito inteligentes, milhares de vezes por segundo, sempre se voltando ao satélite de comunicações mais próximo, apesar de todos os movimentos de seu portador. E, do outro lado do circuito, confortavelmente sentada em seu estúdio, Maxine Duval via através dos olhos de seu distante *alter ego* e ouvia com os ouvidos dele – mas sem forçar os próprios pulmões no ar gelado do topo da montanha. Desta vez, ela tinha ficado com a melhor parte; nem sempre era o caso.

Morgan consentira o arranjo com certa relutância. Ele sabia que era uma ocasião histórica e aceitou a garantia de Maxine de que "meu rapaz não vai atrapalhar". Mas ele também tinha aguda consciência de todas as coisas que poderiam dar errado numa experiência tão nova – especialmente durante as últimas centenas de quilômetros de entrada na atmosfera. Por outro lado, também confiava que Maxine trataria tanto o fracasso quanto o triunfo sem sensacionalismo.

Como todos os grandes repórteres, Maxine não se distanciava emocionalmente dos eventos que observava. Oferecia todos os pontos de vista, sem distorcer ou omitir nenhum fato que considerasse essencial. No entanto, não se esforçava para esconder os próprios sentimentos, embora não os deixasse interferir. Tinha enorme admiração por Morgan, com a reverência invejosa de quem carecia da real capacidade criativa. Desde a construção da Ponte Gibraltar, ela aguardara para ver qual seria o próximo passo do engenheiro; e não se decepcionara. Mas, embora desejasse sorte a Morgan, na verdade não gostava muito dele. Em sua opinião, a absoluta determinação e a brutalidade de sua ambição o tornavam ao mesmo tempo sobre-humano e desumano. Não podia deixar de compará-lo ao seu assistente, Warren Kingsley. Esse sim era uma pessoa profundamente boa e gentil ("E melhor engenheiro do que eu", Morgan lhe dissera uma vez, com alguma seriedade). Mas ninguém jamais ouviria falar em Warren; ele sempre seria um satélite ofuscado e fiel do astro principal. Como, aliás, estava perfeitamente satisfeito em ser.

Foi Warren quem, com toda a paciência, lhe explicara os mecanismos surpreendentemente complexos da descida. À primeira vista, parecia muito simples jogar algo direto no equador de um satélite pairando imóvel sobre ele. Mas a astrodinâmica era repleta de paradoxos; se você tentasse diminuir a velocidade, você se movia mais depressa. Se pegasse o caminho mais curto, queimava quase todo o combustível. Se apontasse numa direção, viajava em outra... E tudo *isso* considerando apenas os campos gravitacionais. Desta vez, a situação era muito mais complicada. Ninguém jamais tentara manobrar uma sonda espacial atrelada a um fio de 40 mil quilômetros. Mas o programa Ashoka funcionara perfeitamente, até a borda da atmosfera. Em alguns minutos, o controlador ali na Sri Kanda assumiria a parte final da descida. Não é à toa que Morgan parecia tenso.

– Van – disse Maxine, gentil, mas firme, pelo circuito particular –, pare de chupar o dedão. Você fica parecendo um bebê.

Morgan demonstrou indignação, depois surpresa – e por fim relaxou, com um leve sorriso constrangido.

– Obrigado por me avisar – ele disse. – Detestaria estragar a minha imagem pública.

Olhou com humor pesaroso a junta que faltava, imaginando quando aqueles que se achavam espirituosos iriam parar de brincar: "Ah! O engenheiro atingido pelo próprio petardo!". Depois de tanto advertir os outros, tornou-se desatento consigo mesmo e conseguiu se cortar durante uma demonstração das propriedades do hiperfilamento. Quase não havia dor e, surpreendentemente, poucos inconvenientes. Qualquer dia cuidaria daquilo; mas ele apenas não podia se dar ao luxo de passar uma semana inteira preso a um regenerador de órgãos só por causa de dois centímetros do polegar.

– Altitude dois cinco zero – disse uma voz calma e impessoal vinda da cabine de controle. – Velocidade da sonda um um seis zero metros por segundo. Tensão do fio 90%, nominal. Uso do paraquedas em dois minutos.

Após o relaxamento momentâneo, Morgan voltou a ficar tenso e alerta – como um boxeador, pensou Maxine, observando um oponente desconhecido, mas perigoso.

– Qual a situação do vento? – ele disparou.

Outra voz respondeu, desta vez longe de impessoal.

– Não acredito nisso – disse a voz, em tom de preocupação. – Mas o Controle das Monções acabou de emitir um alerta de ventania.

– Agora não é hora de brincadeira.

– Eles não estão brincando. Acabei de verificar.

– Mas eles garantiram que não haveria rajadas acima de 30 quilômetros por hora!

– Acabaram de aumentar para sessenta... corrigindo: oitenta. Alguma coisa saiu muito errado...

– *Sei*... – Duval murmurou consigo. Então instruiu seus olhos e ouvidos distantes: – Corte a imagem devagar... eles não vão querer você aí... mas não perca nada. – Deixando o repórter lidar com essas ordens um tanto contraditórias, ela acionou seu excelente serviço de informações. Levou menos de trinta segundos para descobrir qual estação meteorológica era responsável pelo tempo na região da Taprobana. E ficou frustrada, mas não surpresa, ao constatar que a estação não estava atendendo ligações do público.

Delegando à sua competente equipe a tarefa de vencer esse obstáculo, ela voltou à montanha. E espantou-se ao ver quanto, em tão curto intervalo, as condições do tempo tinham piorado.

O céu escurecera; os microfones captavam o rugido fraco e distante da ventania que se aproximava. Maxine Duval presenciara essas súbitas mudanças do tempo no mar e, mais de uma vez, se aproveitara delas nas corridas oceânicas. Mas aquilo era um azar inacreditável; sentiu pena de Morgan, cujos sonhos e esperanças poderiam ser varridos por aquela inesperada – aquela *impossível* – rajada de ar.

– Altitude dois zero zero. Velocidade da sonda um um cinco zero metros por segundo. Tensão 95%, nominal.

Portanto, a tensão aumentava – em mais de um sentido. A experiência não poderia ser cancelada naquele estágio; Morgan teria simplesmente de seguir em frente e torcer para tudo dar certo. Duval gostaria de falar com ele, mas sabia que era melhor não interrompê-lo no meio da crise.

– Altitude um nove zero. Velocidade um um zero zero. Tensão 100%. Abertura do primeiro paraquedas... AGORA!

Pronto. A sonda estava entregue; estava presa à atmosfera terrestre. Agora, o pouco combustível restante teria de ser usado para manobrá-la até a rede aberta que iria capturá-la na encosta da montanha. Os cabos que sustentavam a rede já vibravam com o vento que os trespassava.

Abruptamente, Morgan saiu da cabine de controle e olhou para o céu. Então virou-se e olhou direto para a câmera.

– *Aconteça o que acontecer*, Maxine – ele disse devagar, com cuidado –, o teste já teve 95% de êxito. Não... 99%. Tivemos sucesso em 36 mil quilômetros, e agora faltam menos de duzentos.

Duval não respondeu. Sabia que as palavras não se destinavam a ela, mas à figura na complicada cadeira de rodas logo ali, fora da cabine. O veículo denunciava o ocupante; só um visitante de fora da Terra precisaria de tal dispositivo. Os médicos agora eram capazes de curar praticamente todos os defeitos musculares – mas os físicos não eram capazes de curar a gravidade.

Quantos poderes e interesses se concentravam ali, no topo daquela montanha! Verdadeiras forças da natureza... o Banco Narodny de Marte... A República Autônoma do Norte da África... Vannevar Morgan (sem dúvida ele próprio uma força natural)... e aqueles monges gentilmente implacáveis, em seu ninho exposto ao vento.

Maxine Duval sussurrou instruções ao seu paciente repórter, e a câmera inclinou-se suavemente para cima. Lá estava o topo, coroado pelas deslumbrantes paredes brancas do templo. Aqui e ali ao longo da balaustrada, Duval captava vislumbres de mantos alaranjados esvoaçando na ventania. Como ela esperava, os monges estavam observando.

Ela deu um *zoom* da direção deles, o bastante para ver os rostos individuais. Embora nunca tenha se encontrado com o Maha Thero (pois ele se recusara, educadamente, a conceder entrevista), tinha certeza de que seria capaz de identificá-lo. Mas não havia sinal do prelado; talvez estivesse no *sanctum sanctorum*, concentrando sua formidável volição em algum exercício espiritual.

Maxine Duval não tinha certeza se o principal antagonista de Morgan perdia-se em algo tão ingênuo como a reza. Mas, se ele de fato rezara por aquela tempestade milagrosa, seu pedido estava prestes a ser atendido. Os Deuses da Montanha estavam despertando do sono.

29

APROXIMAÇÃO FINAL

*Com o aumento da tecnologia vem o aumento da vulnerabilidade; quanto mais o homem conquista (*sic*) a natureza, mais fica sujeito a catástrofes artificiais. A história recente fornece comprovações suficientes disso – por exemplo, o afundamento da Cidade Marina (2127), o desabamento da cúpula Tycho B (2098), o desprendimento do iceberg árabe do rebocador (2062) e a fusão do reator Thor (2009). Podemos estar certos de que a lista sofrerá acréscimos ainda mais impressionantes no futuro. Talvez as perspectivas mais terríveis sejam as que envolvem fatores* psicológicos, *e não apenas tecnológicos. No passado, um homem-bomba ou um atirador louco conseguiam matar apenas um punhado de pessoas; hoje, não seria difícil um engenheiro maluco assassinar uma cidade inteira. O episódio em que a Colônia Espacial O'Neil escapou por pouco de um desastre, em 2047, está bem documentado. Tais incidentes, pelo menos em teoria, poderiam ser evitados por uma triagem cuidadosa e procedimentos "à prova de falhas" – embora muitas vezes estes cumpram o prometido apenas na última palavra de seu nome.*

Existe também um tipo de evento muito interessante, mas, felizmente, muito raro, em que o indivíduo responsável ocupa uma posição de tanto destaque, ou detém tantos poderes, que ninguém percebe o que ele está fazendo até que seja tarde demais. A devastação criada por esses gênios loucos (parece não haver nenhum outro termo para defini-los) pode ter âmbito mundial, como no caso de A. Hitler (1889-1945). Num número surpreendente de casos, não se ouve falar nada de suas atividades, graças à conspiração de silêncio entre seus constrangidos pares.

Um exemplo clássico veio à luz recentemente com a publicação das Memórias, *obra ansiosamente aguardada, e muito adiada, de autoria de Maxine Duval. Mesmo hoje, alguns aspectos da questão não estão inteiramente claros.*

(*Civilização e seus descontentes.* J. K. Golitsyn, Praga, 2175)

– Altitude um cinco zero, velocidade noventa e cinco... repetindo, noventa e cinco. Escudo térmico descartado.

Assim, a sonda entrara com segurança na atmosfera e se livrara do excesso de velocidade. Mas ainda era cedo para comemorar. Não só restavam ainda 150 quilômetros para percorrer na vertical, mas 300 na horizontal – com uma tempestade de ventos para complicar as coisas. Embora a sonda ainda carregasse uma pequena quantidade de combustível, sua liberdade de manobra era muito limitada. Se o operador errasse a montanha na primeira aproximação, não poderia voltar e tentar de novo.

– Altitude um dois zero. Ainda sem efeitos atmosféricos.

A pequena sonda descia girando no céu, como uma aranha em sua escada de seda. Espero, pensou Duval, que tenham fio suficiente: como seria exasperador se o fio acabasse a apenas alguns quilômetros do alvo! Tragédias assim tinham ocorrido com alguns dos primeiros cabos submarinos, trezentos anos atrás.

– Altitude oito zero. Aproximação nominal. Tensão 100%. Resistência aérea.

Então... a estratosfera começava a se fazer sentir, embora, por enquanto, somente nos instrumentos sensíveis a bordo do minúsculo veículo.

Um pequeno telescópio, operado por controle remoto, fora instalado ao lado da plataforma de controle e agora localizava automaticamente a sonda ainda invisível. Morgan caminhou até ele, e o repórter de Duval o seguiu como uma sombra.

– Alguma coisa à vista? – Duval sussurrou baixinho, após alguns segundos. Morgan balançou a cabeça, impaciente, e continuou olhando pelo telescópio.

– Altitude seis zero. Deslocando-se para a esquerda... tensão 105%... corrigindo, 110%.

Ainda dentro dos limites, pensou Duval – mas as coisas começavam a acontecer lá em cima, do outro lado da estratosfera. Certamente, Morgan estava vendo a sonda agora...

– Altitude cinco cinco... Dando dois segundos de correção de impulso.

– Estou vendo! – exclamou Morgan. – Estou vendo o jato!

– Altitude cinco zero. Tensão 105%. Difícil manter o curso... balançando um pouco.

Era inconcebível que, faltando meros 50 quilômetros, uma sondinha não completasse sua jornada de 36 mil quilômetros. Mas quantas aeronaves – e espaçonaves – fracassaram nos últimos metros?

– Altitude quatro cinco. Vento forte e inclinado. Saindo de curso novamente. Impulso de três segundos.

– Perdi – disse Morgan, desgostoso. – Nuvem no caminho.

– Altitude quatro zero. Balançando muito. Pico de tensão em um cinco zero... repetindo, 150%.

Aquilo era péssimo. Duval sabia que o ponto de ruptura era 200%. Um puxão mais forte, e a experiência iria por água abaixo.

– Altitude três cinco. Vento piorando. Impulso de um segundo. Combustível reserva quase no fim. Tensão ainda aumentando... 170%.

Mais 30%, pensou Duval, e até aquela fibra incrível se romperia, como qualquer outro material quando tensionado além do ponto de resistência.

– Distância três zero. Turbulência piorando. Deslocando-se demais para a esquerda. Impossível calcular correção... movimentos muito erráticos.

– Achei! – exclamou Morgan. – Atravessou as nuvens!

– Distância dois cinco. Sem combustível suficiente para voltar ao curso. Estimativa é errarmos o alvo em três quilômetros.

– Não importa! – gritou Morgan. – Bata onde puder!

– Faremos isso em breve. Distância dois zero. Força do vento aumentando. Perdendo estabilização. Carga começando a girar.

– Solte o freio... deixe o fio correr solto!

– Já foi feito – disse a voz loucamente calma. Duval pensaria que uma máquina estivesse falando, se não soubesse que Morgan tinha contratado um excelente controlador de tráfego espacial para a tarefa. – Avaria no dispensador. Giro da carga agora em cinco voltas por segundo. Fio provavelmente emaranhado. Tensão um oito zero por cento. Dois zero zero. Distância um cinco. Tensão dois um zero. Dois dois zero. Dois três zero.

Não vai durar muito, pensou Duval. Só faltavam 12 quilômetros, e o maldito fio tinha se emaranhado na sonda que rodopiava.

– Tensão zero... repetindo, *zero*.

Estava tudo acabado; o fio se partira e devia estar lentamente serpenteando de volta, em direção às estrelas. Sem dúvida os operadores da Ashoka o rebobinariam, mas Duval vira o suficiente da teoria para perceber que seria uma tarefa longa e complicada. E a pequena carga cairia em algum lugar nos campos e selvas da Taprobana. No entanto, como Morgan dissera, a experiência tivera mais de 95% de êxito. Da próxima vez, quando não houvesse vento...

– Lá está ela! – alguém gritou.

Uma estrela brilhante se acendera entre duas das grandes nuvens-galeões que navegavam pelo céu; parecia um meteoro diurno, caindo na Terra. Ironicamente, como se caçoasse de seus construtores, o sinalizador instalado na sonda para auxiliar a orientação final tinha acionado automaticamente. Bem, ele ainda seria útil. Ajudaria a localizar os destroços.

O repórter de Duval girou a câmera devagar para que ela pudesse ver a reluzente estrela diurna passar pela montanha e desaparecer a leste; ela calculou que a sonda pousaria a menos de cinco quilômetros de distância. Então disse: – Leve-me de volta até o dr. Morgan. Gostaria de falar com ele.

Ela tinha a intenção de fazer algumas observações animadoras – alto o suficiente para o banqueiro marciano ouvir –, expressando a confiança de que, da próxima vez, a descida teria pleno êxito. Duval ainda estava compondo seu pequeno discurso de apoio quando ele foi subitamente varrido de sua mente. Ela iria rever as imagens dos próximos trinta segundos até conhecê-las de cor. Mas nunca teria a certeza de tê-las compreendido completamente.

30

AS LEGIÕES DO REI

Vannevar Morgan estava acostumado a reveses – até desastres – e esperava que aquele tivesse sido um de menor importância. Sua real preocupação, enquanto via o sinalizador sumir atrás da encosta da montanha, era a de que o Banco Narodny Marte considerasse aquilo um desperdício de dinheiro. O observador de olhos severos, em sua elaborada cadeira de rodas, estivera extremamente calado; a gravidade da Terra parecia ter-lhe imobilizado a língua com a mesma eficácia com que lhe imobilizava os membros. Mas, desta vez, ele se dirigiu a Morgan antes que o engenheiro falasse com ele.

– Só uma pergunta, dr. Morgan. Sei que essa ventania é inédita... mas aconteceu. Então, pode acontecer de novo. E se acontecer... *quando a Torre for construída?*

Morgan pensou rápido. Era impossível dar uma resposta precisa em prazo tão curto, e ele mal acreditava no que havia acontecido.

– No pior dos casos, talvez tenhamos que suspender as operações por um breve período. Poderia haver distorção de rota. *Nenhuma* força do vento que já ocorreu a essa altitude poderia pôr em risco a estrutura em si. Até essa fibra experimental teria sido perfeitamente segura... se tivéssemos conseguido ancorá-la.

Esperava que essa análise estivesse certa; em alguns minutos Warren Kingsley avisaria se isso era verdade ou não. Para seu alívio, o marciano respondeu, com aparente satisfação:

– Obrigado. Era só o que eu queria saber.

Morgan, no entanto, estava decidido a estudar o assunto a fundo.

– E no Monte Pavonis, é claro que não seria possível ocorrer esse problema. A densidade atmosférica lá é menos do que um centésimo...

Há décadas não ouvia o som que agora penetrava em seus ouvidos, mas era um som que nenhum homem jamais esqueceria. Seu chamado imperioso, que superava o da ventania, transportou Morgan para o outro lado do mundo. Ele não estava mais na encosta de uma montanha açoitada por ventos; estava sob a cúpula da basílica de Santa Sofia, olhando para cima com assombro e admiração pelo trabalho de homens que tinham morrido há dezesseis séculos. E em seus ouvidos ressoava o dobre do poderoso sino que, no passado, chamara os fiéis à oração.

A lembrança de Istambul desapareceu; estava de volta à montanha, mais perplexo e confuso do que nunca.

O que é que o monge lhe dissera? ... Que o presente indesejável de Kalidasa estivera em silêncio há séculos e só lhe permitiam falar em época de desastre? Não tinha havido nenhum desastre ali; na verdade, no que se referia ao monastério, ocorrera exatamente o contrário. Apenas por um momento, ocorreu a Morgan a possibilidade constrangedora de que a sonda pudesse ter batido nos arredores do templo. Não, isso estava fora de questão; ela passou a muitos quilômetros do pico. E, de todo modo, era um objeto pequeno demais para provocar qualquer dano sério quando deslizou do céu.

Ele fitou o monastério, de onde a voz do grande sino ainda desafiava a ventania. Os mantos alaranjados tinham desaparecido dos baluartes; não havia sequer um monge à vista.

Alguma coisa roçou com delicadeza no rosto de Morgan, e ele a afastou automaticamente. Até pensar era difícil, enquanto aquele latejar doloroso preenchia o ar e martelava o cérebro. Imaginou que o melhor a fazer era subir até o templo e, educadamente, perguntar ao Maha Thero o que tinha acontecido.

Mais uma vez, sentiu aquele toque suave e sedoso no rosto e, desta vez, vislumbrou o amarelo com o canto do olho. Suas reações sempre foram rápidas; ele o agarrou e não o deixou fugir.

O inseto ficou esmagado na palma de sua mão, vivendo os últimos segundos de sua vida efêmera, enquanto Morgan o observava... e o universo que ele sempre conhecera pareceu tremer e dissolver à sua volta. Seu miraculoso fracasso se convertera numa vitória ainda mais extraordinária, mas ele não teve nenhuma sensação de triunfo... apenas confusão e perplexidade.

Pois se lembrava, agora, da lenda das borboletas douradas. Levadas pela ventania, às centenas e aos milhares, estavam sendo varridas encosta acima da montanha e morrendo no topo. As legiões de Kalidasa enfim alcançavam seu objetivo – e sua vingança.

31

ÊXODO

– O que aconteceu? – disse o xeque Abdullah.

É uma pergunta que eu nunca vou poder responder, Morgan pensou consigo. Mas respondeu:

– A montanha é nossa, senhor presidente; os monges já começaram a sair. É incrível... Como pode uma lenda de dois mil anos...? – Balançou a cabeça, atônito e desnorteado.

– Se um número suficiente de pessoas acredita numa lenda, ela se torna verdade.

– Creio que sim. Mas é mais do que isso... toda a sequência de eventos ainda parece impossível.

– É sempre arriscado usar essa palavra. Deixe-me contar uma historinha. Um querido amigo, grande cientista, já falecido, costumava me provocar dizendo que, por ser a política a arte do possível, ela só atrai as mentes de segunda classe. Pois as de *primeira classe*, ele afirmava, só se interessam pelo *impossível*. E sabe o que eu respondia?

– Não – disse Morgan polidamente.

– Que é uma sorte existirem tantos de nós... porque *alguém* tem que dirigir o mundo... De todo modo, se o impossível aconteceu, você deve aceitar com gratidão.

Eu aceito, pensou Morgan, com relutância. Há algo muito estranho num universo onde algumas borboletas mortas conseguem equilibrar uma torre de um bilhão de toneladas.

E havia o papel irônico do Venerável Parakarma, que certamente deveria estar se sentindo um peão de deuses malignos. O administrador do Controle de Monções ficara muito contrito, e Morgan aceitara suas desculpas com benevolência incomum. Ele estava certo de que o brilhante dr. Choam Goldberg revolucionara a micrometeorologia, que ninguém entendera bem o que ele estava fazendo, e que ele finalmente tivera algum tipo de colapso nervoso enquanto conduzia seus experimentos. Aquilo jamais voltaria a acontecer. Morgan estimara – com sinceridade – a recuperação do cientista e conservara o suficiente de seus instintos burocráticos para insinuar que, no devido tempo, deveria esperar futuros favores do Controle de Monções. O administrador desligara muito agradecido, sem dúvida admirado com a surpreendente magnanimidade de Morgan.

– Só por curiosidade – perguntou o xeque –, para onde os monges estão indo? Posso oferecer-lhes hospitalidade aqui. Nossa cultura sempre acolheu outras religiões.

– Não sei. Nem o embaixador Rajasinghe sabe. Mas, quando perguntei, ele respondeu: "Eles vão ficar bem. Uma ordem que viveu frugalmente por três mil anos não está exatamente na miséria".

– Hum. Talvez possamos utilizar um pouco da riqueza deles. Esse seu projeto fica mais caro a cada vez que você vem me ver.

– Na verdade, não, senhor presidente. Aquela última estimativa inclui um orçamento puramente contábil para operações em espaço profundo, que o Narodny Marte concordou em financiar. Vão localizar um asteroide carbonado e conduzi-lo até a órbita da Terra. Eles têm muito mais experiência nesse tipo de trabalho, e ele resolve um de nossos principais problemas.

– E o carbono para a própria torre deles?

– Eles têm um estoque ilimitado em Deimos... exatamente onde precisam. O Narodny já iniciou um levantamento de locais adequados para mineração. Mas o processamento em si terá que ser feito fora da Lua.

– Posso ousar perguntar por quê?

– Por causa da gravidade. Até Deimos tem alguns centímetros por segundo ao quadrado. O hiperfilamento só pode ser manufaturado em condições de gravidade totalmente zero. Não há outra maneira de garantir uma estrutura cristalina perfeita, com organização suficiente de longo alcance.

– Obrigado, Van. Será que posso perguntar por que você mudou o desenho básico? Eu gostava do feixe original de quatro tubos, dois para subir e dois para descer. Um sistema direto de metrô era algo que eu conseguia entender... *mesmo* sendo em pé, em noventa graus.

Não pela primeira vez, e sem dúvida não pela última, Morgan ficou impressionado com a memória do velho e sua compreensão dos detalhes. Com ele, nada jamais era ponto pacífico; embora suas perguntas fossem às vezes movidas por mera curiosidade – com frequência a curiosidade maliciosa de um homem tão seguro de si que não tinha necessidade de preservar a própria dignidade –, ele jamais negligenciava nada que tivesse o mínimo de importância.

– Receio que nossas primeiras ideias eram demasiadamente voltadas à Terra. Fizemos como os primeiros projetistas de automóveis, que produziam carruagens sem cavalos. Então, agora nosso desenho é uma torre oca quadrada, com uma pista em cada face. Pense nela como quatro trilhos de trem verticais. Onde começa em órbita, tem 40 metros de cada lado, e diminui de maneira gradual para vinte quando chega à Terra.

– Como uma estalag... estalac...

– *Estalactite.* Sim, eu também tive que pesquisar essa palavra! Do ponto de vista da engenharia, uma boa analogia seria a Torre Eiffel... virada de cabeça para baixo e esticada cem mil vezes.

– Tudo isso?

– Mais ou menos.

– Bem, suponho que não exista uma lei proibindo uma torre de ficar pendurada para baixo.

– Lembre que temos outra para cima também... da órbita estacionária até a massa de ancoragem que mantém toda a estrutura sob tensão.

– E a estação intermediária? Espero que não tenha mudado isso.

– Não, ela ainda está no mesmo lugar... a 25 mil quilômetros.

– Ótimo. Sei que nunca irei até lá, mas gosto de pensar nela... – Ele murmurou algo em árabe. – Existe outra lenda, sabe? O ataúde de Maomé, suspenso entre o Céu e a Terra. Exatamente como a Estação Intermediária.

– Vamos providenciar um banquete para o senhor lá, presidente, quando inaugurarmos o serviço.

– Mesmo que você cumpra o prazo... e eu admito que você só atrasou um ano na Ponte... até lá estarei com 98 anos. Não, duvido que eu chegue até lá.

Mas *eu* chegarei, pensou Vannevar Morgan. Pois agora sei que os deuses estão do meu lado; sejam eles quais forem.

IV

A TORRE

32

EXPRESSO ESPACIAL

– Por favor, não venha *você* também me dizer – suplicou Warren Kingsley – que isso nunca vai sair do chão.

– Fiquei tentado – riu Morgan, enquanto examinava a maquete em escala natural. – Parece mesmo um vagão ferroviário em pé.

– É exatamente a imagem que queremos vender – respondeu Kingsley. – Você compra o bilhete na estação, despacha a bagagem, senta-se em sua poltrona giratória e admira a paisagem. Ou então vai ao saguão do bar e passa as cinco horas enchendo a cara, até o carregarem para fora na Estação Intermediária. Aliás, o que você achou da ideia da Seção de Projeto... decoração no estilo Pullman do século 19?

– Não gostei muito. Os vagões Pullman não tinham cinco andares circulares, um em cima do outro.

– Melhor avisar o Projeto... eles já se afeiçoaram à iluminação a gás.

– Se querem dar um toque de antiguidade, isto é um pouco mais apropriado: uma vez eu vi um velho filme de ficção científica no Museu de Arte de Sydney. Havia um ônibus espacial que tinha um saguão circular de observação... é exatamente disso que precisamos.

– Você lembra o nome?

– Ah... deixe-me pensar... algo como *Guerras Espaciais 2000*. Tenho certeza de que você vai conseguir localizá-lo.

– Vou falar para o Projeto procurá-lo. Agora vamos entrar. Você quer um capacete de proteção?

– Não – respondeu Morgan bruscamente. Era uma das poucas vantagens de ser dez centímetros mais baixo que a média de altura.

Quando entraram na maquete, ele sentiu uma emoção quase infantil. Já tinha verificado os desenhos, assistido aos computadores brincando com as ilustrações e o *layout* – tudo ali era perfeitamente familiar. Mas aquilo era *real* – sólido. É verdade que nunca sairia do chão, como haviam dito na brincadeira. Mas, um dia, seus irmãos idênticos se lançariam por entre as nuvens e subiriam, em apenas cinco horas, até a Estação Intermediária, a 25 mil quilômetros da Terra. E tudo pelo valor de um dólar de eletricidade por passageiro.

Mesmo agora, era impossível perceber o pleno significado da revolução que estava por vir. Pela primeira vez, o espaço se tornaria tão acessível quanto qualquer ponto da superfície da conhecida Terra. Em mais algumas décadas, se o homem médio quiser passar o fim de semana na Lua, poderá pagar por isso. Até Marte não estará mais fora de questão; não havia limites para o que agora poderia se tornar possível.

Morgan voltou à realidade com um baque, quando quase tropeçou num pedaço de tapete mal colocado.

– Desculpe – disse o guia –, mais uma ideia do Projeto... esse verde supostamente fará os passageiros se lembrarem da Terra. Os tetos serão azuis, cada vez mais escuros nos andares superiores. E querem usar luz indireta em toda parte, para que as estrelas fiquem visíveis.

Morgan balançou a cabeça. – É uma boa ideia, mas não vai dar certo. Se a iluminação for suficiente para leitura confortável, a claridade vai apagar as estrelas. Precisamos de um saguão que possa ser completamente escuro.

– Isso já está previsto para uma parte do bar... você pode pedir a bebida e se isolar atrás das cortinas.

Estavam agora no andar mais baixo da cápsula, uma sala circular com oito metros de diâmetro e três metros de altura. Tudo em volta eram diversas caixas, cilindros e painéis de controle com rótulos como RESERVA DE OXIGÊNIO, BATERIA, CO_2, EQUIPAMENTO MÉDICO, CONTROLE DE TEMPERATURA. Tudo, evidentemente, tinha natureza temporária e provisória, sujeito a alterações a qualquer momento.

– Qualquer um pensaria que estamos construindo uma nave espacial – comentou Morgan. – Por falar nisso, qual é a última estimativa do tempo de sobrevivência?

– Desde que haja energia disponível, pelo menos uma semana, mesmo com a lotação completa de cinquenta passageiros. O que é realmente um absurdo, já que uma equipe de resgate sempre poderia alcançá-los em três horas, seja da Terra ou da Intermediária.

– Salvo uma grande catástrofe, como avarias na torre ou nos trilhos.

– Se *isso* acontecer algum dia, acho que não haverá ninguém para resgatar. Mas se uma cápsula ficar presa por qualquer motivo, e os passageiros não enlouquecerem e devorarem de uma só vez todos os tabletes da deliciosa comida comprimida de emergência, o maior problema deles será o tédio.

O segundo andar estava completamente vazio, desprovido até de equipamentos temporários. Alguém tinha desenhado a giz um grande retângulo no painel curvo de plástico da parede e escrito em seu interior: CÂMARA DE DESPRESSURIZAÇÃO AQUI?

– Aqui será o compartimento de bagagem... mas não temos certeza se vamos precisar de tanto espaço. Se não, podemos usar para passageiros extras. Agora, o andar de cima é muito mais interessante...

O terceiro nível continha uma dúzia de poltronas de avião, cada uma com um desenho diferente; duas delas estavam ocupadas por bonecos realistas, um homem e uma mulher, que pareciam muito entediados com todos os procedimentos.

– Praticamente já escolhemos esse modelo – comentou Kingsley, apontando uma luxuosa poltrona giratória e reclinável, com uma mesinha acoplada –, mas primeiro vamos fazer o levantamento de sempre.

Morgan apertou a almofada da poltrona com o punho cerrado.

– Alguém ficou *realmente* sentado aqui por cinco horas? – perguntou Morgan.

– Sim... um voluntário de cem quilos. Nenhuma assadura ou escara. Se as pessoas reclamarem, vamos lembrá-las dos tempos pioneiros da aviação, quando levava cinco horas só para atravessar o Pacífico. E, naturalmente, vamos oferecer o conforto da baixa gravidade durante quase todo o percurso.

O andar de cima tinha concepção idêntica, mas sem poltronas. Passaram por ele rapidamente e chegaram ao nível seguinte, ao qual os projetistas tinham claramente dedicado mais atenção.

O bar parecia quase pronto e, de fato, o dispensador de café estava funcionando. Acima dele, numa primorosa moldura dourada, havia uma antiga gravura, tão apropriada que Morgan ficou estupefato. Uma enorme lua cheia dominava o canto superior esquerdo e, disparando em sua direção, um trem em formato de bala, puxando quatro vagões. Das janelas do compartimento denominado "Primeira Classe", viam-se personagens vitorianos de cartola admirando a vista.

– Onde vocês arranjaram isso? – Morgan perguntou, admirado.

– Parece que a legenda caiu de novo – desculpou-se Kingsley, procurando atrás do balcão. – Ah, aqui está.

Entregou a Morgan uma placa em que estava impresso, em tipos antigos:

TRENS PROJÉTEIS PARA A LUA
Gravura da edição de 1881 de
DA TERRA À LUA

Diretamente
em 97 horas e 20 minutos
E UMA VIAGEM A SEU REDOR
Júlio Verne

– Lamento dizer que nunca li esse livro – confessou Morgan, após absorver a informação. – Talvez me poupasse muito trabalho. Mas gostaria de saber como ele se saiu sem os trilhos...

– Não devemos dar muito crédito a Júlio Verne... nem culpá-lo de nada. Essa imagem não foi feita para ser levada a sério... foi uma brincadeira do artista.

– Bem, dê meus parabéns ao Projeto. Foi uma de suas melhores ideias.

Afastando-se dos sonhos do passado, Morgan e Kingsley caminharam em direção à realidade do futuro. Da ampla janela de observação, um sistema de projeção oferecia uma estonteante vista da Terra – e não era *qualquer* vista, Morgan ficou satisfeito ao notar, mas a vista correta. A Taprobana em si estava oculta, é claro, pois ficava logo abaixo; mas lá estava todo o subcontinente do Industão, bem à direita das neves deslumbrantes do Himalaia.

– Sabe – disse Morgan, de repente –, vai ser exatamente como a Ponte, tudo de novo. As pessoas vão fazer a viagem só pela paisagem. A Estação Intermediária poderá ser a maior atração turística de todos os tempos. – Olhou de relance o teto azul-anil. – Algo que valha a pena ver no último andar?

– Não muita coisa... a câmara de despressurização superior está finalizada, mas não decidimos onde pôr o equipamento reserva de suporte de vida e os eletrônicos para os controles de centralização dos trilhos.

– Algum problema?

– Não com os novos ímãs. Na subida ou na descida, podemos garantir plena segurança até oito mil quilômetros por hora... 50% acima da velocidade máxima do projeto.

Morgan permitiu-se um suspiro mental de alívio. Aquela era uma área em que ele era inteiramente incapaz de opinar, tendo de confiar totalmente na avaliação de outras pessoas. Desde o início, era evidente que apenas alguma forma de propulsão magnética poderia operar em tais velocidades; o menor contato *físico* – a mais de um quilômetro por segundo! – resultaria em desastre. E, no entanto, os quatro pares de fendas-guias que percorriam as faces da torre tinham apenas alguns centímetros de margem em volta dos ímãs; tiveram de ser projetadas de modo que as imensas forças restauradoras entrassem em ação de imediato, corrigindo qualquer movimento da cápsula que se afastasse da linha central.

Enquanto Morgan acompanhava Kingsley na descida da escada caracol que ia de cima a baixo da maquete, ocorreu-lhe subitamente um pensamento sombrio. Estou ficando velho, disse a si mesmo. Ah, eu poderia ter ido ao sexto andar sem problema algum; mas fico contente por ter decidido não subir.

No entanto, tenho apenas 59 anos – e só daqui a cinco anos, no mínimo, se tudo correr bem, o primeiro vagão de passageiros irá viajar até a Estação Intermediária. Depois mais três anos de testes, calibragem, aperfeiçoamento de sistemas. Digamos que sejam dez anos, só por precaução...

Embora fizesse calor, ele sentiu um súbito calafrio. Pela primeira vez, ocorreu a Vannevar Morgan que o triunfo sobre o qual assentara a sua alma poderia chegar tarde demais para ele. E, de modo totalmente inconsciente, pressionou a mão contra o fino disco metálico oculto dentro da camisa.

33

ALCOR

– *Por que* você deixou chegar a esse ponto? – perguntou o dr. Sen, num tom apropriado a uma criança retardada.

– Pelo motivo de sempre – Morgan respondeu, percorrendo o polegar sadio na costura da camisa. – Eu estava muito ocupado... e, sempre que sentia falta de ar, punha a culpa na altitude.

– A altitude teve parte da culpa, é claro. É melhor checar todo o seu pessoal na montanha. Como pode ter deixado passar algo tão óbvio?

Realmente, como pude?, pensou Morgan, com certo embaraço.

– Todos aqueles monges... alguns deles tinham mais de 80 anos! Eles pareciam tão saudáveis que nunca me ocorreu...

– Os monges vivem lá em cima há anos... estão completamente adaptados. Mas *você* esteve subindo e descendo várias vezes ao dia...

– ... duas, no máximo...

– ... indo do nível do mar até a metade da atmosfera em poucos minutos. Bem, não haverá danos graves... *se* você seguir as minhas instruções. Minhas e do ALCOR.

– ALCOR?

– Alarme coronariano.

– Ah, uma daquelas coisas.

– Sim, uma *daquelas coisas.* Elas salvam cerca de dez milhões de vidas por ano. A maioria funcionários públicos de alto escalão, administradores graduados, cientistas ilustres, engenheiros importantes e outros idiotas similares. Muitas vezes me pergunto se vale a pena tanto trabalho. Talvez a natureza esteja querendo dizer alguma coisa, e não estamos ouvindo.

– Lembre-se do juramento de Hipócrates, Bill – retrucou Morgan, sorrindo ironicamente. – E você tem que admitir que eu sempre segui suas recomendações. Ora, meu peso não mudou nem um quilo nos últimos dez anos.

– Hum... Bem, você não é o pior dos meus pacientes – disse o médico, ligeiramente abrandado. Remexeu em sua mesa e exibiu um grande *holopad.* – Pode escolher... aqui estão os modelos padrão. Qualquer cor que você goste, desde que seja vermelho-médico.

Morgan acionou as imagens e olhou-as com desgosto.

– Onde eu vou ter que carregar essa coisa? – perguntou. – Ou você quer que eu implante?

– Não é necessário, pelo menos por enquanto. Daqui a cinco anos, pode ser, mas talvez nem seja preciso. Sugiro que comece com esse modelo... ele é usado logo abaixo do esterno, assim não precisa de sensores remotos. Depois de um tempo você nem vai notar que está usando. E ele não vai incomodá-lo, a não ser em caso de necessidade.

– E o que ele faz?

– Ouça.

O médico acionou um dos inúmeros interruptores no console de sua mesa e uma voz doce de meio-soprano observou, num tom de conversa: "Acho que você deveria se sentar e descansar por uns dez minutos". Após uma breve pausa, a voz continuou: "Seria uma boa ideia deitar-se por meia hora". Mais uma pausa. "Assim que possível, marque uma consulta com o dr. Sen." E então:

"Por favor, tome uma das pílulas vermelhas imediatamente."

"Chamei a ambulância. Deite-se e relaxe. Tudo vai ficar bem."

Morgan quase tapou os ouvidos com as mãos para abafar o som agudo do apito.

"ESTE É UM ALERTA CORONÁRIO. QUALQUER PESSOA AO ALCANCE DA MINHA VOZ, POR FAVOR, VENHA IMEDIATAMENTE. ESTE É UM ALERTA CORONÁRIO. QUALQUER PESSOA..."

– Acho que já deu para entender – disse o doutor, restaurando o silêncio no consultório. – É claro que os programas e as respostas são feitos sob medida para cada paciente. E há uma grande variedade de vozes, inclusive algumas famosas.

– Vai ser ótimo. Quando a minha unidade fica pronta?

– Eu ligo para você daqui a uns três dias. Ah, sim... Devo mencionar uma vantagem das unidades usadas no peito.

– Qual?

– Um dos meus pacientes é um jogador de tênis muito perspicaz. Ele me disse que, quando abre a camisa, a visão da caixinha vermelha produz um efeito absolutamente devastador no jogo do adversário...

34

VERTIGEM

Houve um tempo em que uma tarefa menor, e muitas vezes de suma importância, de todo homem civilizado era a atualização periódica de sua agenda de endereços. O código universal tornou essa tarefa desnecessária, uma vez que, se o número de identidade vitalício de uma pessoa fosse conhecido, ela poderia ser localizada em poucos segundos. E, mesmo que esse número não fosse conhecido, o programa de busca padrão geralmente localizava a pessoa bem rápido, com base na data de nascimento aproximada, na profissão e em alguns outros detalhes (havia problemas, naturalmente, quando o nome era Smith, ou Singh, ou Mohammed...).

O desenvolvimento dos sistemas globais de informação tornou obsoleta também outra tarefa irritante. Era necessário apenas fazer uma anotação especial junto aos nomes de amigos que se desejasse cumprimentar no aniversário e outras datas comemorativas, e o computador doméstico fazia o resto. No dia apropriado (a menos que, como acontecia com frequência, houvesse algum erro estúpido de programação), a mensagem adequada era enviada automaticamente ao seu destino. E, mesmo se o destinatário espertamente suspeitasse de que as palavras calorosas na tela fossem todas fruto da eletrônica – e o remetente nominal não pensasse nele há anos –, o gesto era, no entanto, bem-vindo.

Mas a mesma tecnologia que eliminara um conjunto de tarefas havia criado outras ainda mais exigentes. Destas, talvez a mais importante fosse a definição do Perfil de Interesse Pessoal.

A maioria dos homens atualizava seu PIP no dia de Ano-Novo, ou no aniversário. A lista de Morgan continha cinquenta itens; ele ouvira falar de pessoas com centenas. Deviam passar todas as horas de vigília lutando com a enxurrada de informações, a menos que fossem como aqueles notórios pregadores de peças que adoravam programar Avisos de Notícias em seus consoles para improbabilidades clássicas, como:

Ovos de, Dinossauro, chocaram
Círculo, quadratura do
Atlântida, reemergência de
Cristo, Segunda Vinda de
Monstro do Lago Ness, capturado

ou, finalmente,

Mundo, fim do

Geralmente, é claro, a vaidade e as exigências profissionais asseguravam que o próprio nome do assinante fosse o primeiro item de todas as listas. Morgan não era exceção, mas as entradas que se seguiam eram ligeiramente incomuns:

Orbital, Torre
Espacial, Torre
Geoestacionária, Torre
Espacial, Elevador
Orbital, Elevador
Geoestacionário, Elevador

Esses nomes cobriam a maior parte das variações utilizadas pela mídia e garantiam que ele visse pelo menos 90% das notícias relacionadas ao projeto. A grande maioria delas tratava de coisas triviais, e às vezes ele se perguntava se valia a pena procurá-las – as que realmente importavam sem dúvida chegariam rápido até ele.

Ele ainda esfregava os olhos, e a cama mal se recolhera para dentro da parede de seu modesto apartamento, quando Morgan percebeu que o Alerta estava piscando no console. Apertando os botões CAFÉ e LEITURA ao mesmo tempo, aguardou a última sensação da noite.

TORRE ORBITAL SEVERAMENTE CRITICADA

– Continuar? – perguntou o console.

– Claro que sim – respondeu Morgan, despertando imediatamente.

Nos segundos seguintes, enquanto lia o texto, ele passou da incredulidade à indignação, e depois à preocupação. Enviou toda a notícia para Warren Kingsley, com uma nota "Por favor, ligue-me assim que possível", e sentou-se para tomar o café da manhã, ainda furioso.

Menos de cinco minutos depois, Kingsley apareceu na tela.

– Bom, Van – ele disse, com resignação jocosa –, podemos nos considerar sortudos. Ele levou cinco anos para nos encontrar.

– É a coisa mais ridícula que eu já vi! Vamos ignorar a notícia? Se respondermos, isso só vai trazer publicidade a ele. Que é só o que ele quer.

Kingsley assentiu com um movimento da cabeça.

– É a melhor estratégia... no momento. Não devemos exagerar na reação. Ao mesmo tempo, é possível que ele tenha *certa* razão.

– Como assim?

Kingsley se tornara subitamente sério, e parecia até um pouco constrangido.

– Existem *mesmo* problemas psicológicos, assim como existem problemas de engenharia – ele disse. – Pense nisso. Vejo você no escritório.

A imagem sumiu da tela, deixando Morgan um tanto desanimado. Estava acostumado a críticas e sabia lidar com elas; de fato, apreciava as discussões com os colegas sobre detalhes técnicos e raramente ficava chateado nas raras ocasiões em que perdia. Mas não era tão fácil lidar com o Pato Donald.

Este não era, naturalmente, seu nome verdadeiro, mas o peculiar negativismo do dr. Donald Bickerstaff sempre lembrava aquele mitológico personagem do século 20. Sua formação acadêmica (adequada, mas não brilhante) era em matemática pura; seus trunfos eram uma aparência impressionante, uma voz melíflua e uma crença inabalável em sua habilidade de dar opiniões sobre *qualquer* assunto científico. Em sua própria área, de fato, ele era muito bom; Morgan lembrava-se com prazer de uma palestra pública ao velho estilo do doutor, a que ele assistira certa vez no Instituto Real. Por quase uma semana depois, ele quase entendera as propriedades peculiares dos números transfinitos...

Infelizmente, porém, Bickerstaff não reconhecia as próprias limitações. Embora tivesse um dedicado círculo de admiradores que assinavam seu serviço de informações – numa época anterior, ele teria sido chamado de cientista *pop star* –, tinha um círculo de críticos ainda maior. Os mais gentis diziam que ele recebera uma educação superior à sua inteligência. Os outros o rotulavam de idiota autônomo. Era uma pena, pensou Morgan, que Bickerstaff não pudesse ser trancafiado junto com o dr. Goldberg/Parakarma; talvez se aniquilassem mutuamente como o elétron e o pósitron – o gênio de um cancelando a estupidez fundamental do outro. Aquela estupidez inabalável contra a qual, como lamentou Goethe*, os próprios

* Na verdade, a frase "contra a estupidez os próprios deuses lutam em vão" é de autoria de outro alemão, o poeta e dramaturgo Friedrich Schiller (1759-1805), na peça *A donzela de Orleans.* [N. de T.]

deuses lutam em vão. Como não havia mais deuses disponíveis, Morgan sabia que teria de tomar a tarefa para si. Embora tivesse coisas melhores a fazer com o seu tempo, talvez aquilo servisse como um alívio cômico; e ele tinha um precedente inspirador.

Havia poucas fotografias na parede do hotel que vinha sendo uma das quatro casas "temporárias" de Morgan há quase uma década. A mais notável era uma foto tão bem montada, que alguns visitantes não conseguiam acreditar que não era perfeitamente genuína. Nela, destacava-se um gracioso navio a vapor, lindamente restaurado – ancestral de todas as embarcações que, dali em diante, chamassem a si mesmas de modernas. Ao seu lado, em pé na doca à qual o navio, por milagre, retornara 125 anos depois de seu lançamento, estava o dr. Vannevar Morgan. Ele olhava para os arabescos pintados na proa; e, a alguns metros de distância, olhando para ele de modo zombeteiro, estava Isambard Kingdom Brunel – mãos no bolso, charuto preso firmemente na boca e usando um terno muito amarrotado e sujo de lama.

Tudo na foto era real; Morgan de fato estivera ao lado do *Great Britain* num dia ensolarado em Bristol, um ano após a conclusão da Ponte Gibraltar. Mas a foto de Brunel era de 1857, ainda aguardando o lançamento de seu leviatã mais recente e famoso, *o Great Eastern*, cujos infortúnios iriam abater o corpo e o espírito do engenheiro britânico.

A fotografia tinha sido um presente a Morgan em seu aniversário de 50 anos, e era um de seus objetos mais preciosos. A intenção de seus colegas tinha sido fazer uma brincadeira solidária, pois era notória a admiração de Morgan pelo maior engenheiro do século 19. Entretanto, às vezes ele se perguntava se a escolha dos colegas não era mais apropriada do que eles imaginavam. O *Great Eastern* devorara seu criador. A Torre poderia fazer o mesmo com ele.

Brunel, naturalmente, estivera cercado de Patos Donalds. O mais persistente era um certo doutor Dionysius Lardner, que provara, sem sombra de dúvida, que nenhum navio a vapor jamais poderia cruzar o Atlântico. Um engenheiro é capaz de refutar críticas baseadas em falhas concretas ou simples erros de cálculo. Mas a questão levantada pelo Pato Donald era mais sutil e não muito fácil de responder. Morgan de repente lembrou que seu herói teve de enfrentar algo muito parecido, três séculos antes.

Estendeu a mão até sua pequena, mas inestimável, coleção de livros genuínos e retirou um que talvez tenha lido com mais frequência do que qualquer outro: a clássica biografia *Isambard Kingdom Brunel*, escrita por Rolt. Folheando as páginas gastas, logo encontrou o item que provocara a lembrança.

Brunel planejara um túnel ferroviário de quase três quilômetros de extensão – um conceito "monstruoso e extraordinário, extremamente perigoso e impraticável". Era inconcebível, diziam os críticos, que seres humanos pudessem tolerar o suplício de atravessar suas profundezas infernais. "Ninguém desejaria ser apartado da luz solar, com a consciência de ter sobre si um peso de terra suficiente para esmagá-lo em caso de acidente... o barulho de dois trens passando abalaria os nervos... nenhum passageiro seria induzido a atravessá-lo uma segunda vez..."

Era tudo tão familiar. O lema dos Lardners e dos Bickerstaffs parecia ser: "Nada será feito pela primeira vez".

E, no entanto... às vezes eles tinham razão, mesmo se devido à lei das probabilidades. A crítica do Pato Donald soava tão sensata. Ele começara dizendo, numa demonstração de modéstia tão rara quanto falsa, que não tinha a pretensão de criticar os aspectos de engenharia do elevador espacial. Queria apenas falar sobre os problemas psicológicos que ele traria. Poderiam se resumir a uma palavra: vertigem. O ser humano normal, ele salientou, tinha um medo justificado de alturas; somente acrobatas e equilibristas eram imunes a essa reação natural. A estrutura mais alta da Terra tinha menos de cinco quilômetros de altura – e não havia muitas pessoas dispostas a serem içadas verticalmente nos pilares da Ponte Gibraltar.

No entanto, isso não era *nada* comparado à perspectiva aterradora da Torre Orbital.

– Quem nunca se postou – declamara Bickerstaff – ao pé de algum edifício imenso e olhou para cima, admirando sua fachada vertical, até ela dar a impressão de que está prestes a cair? Agora imaginem um prédio assim subindo através das nuvens até a escuridão do espaço, passando pela ionosfera, pelas órbitas das grandes estações espaciais e elevando-se até uma boa parte do caminho para a Lua! Um triunfo da engenharia, sem dúvida... mas um pesadelo psicológico. Acredito que algumas pessoas vão enlouquecer só de olhar para ela. E quantas enfrentariam o suplício da viagem... *direto para cima*, penduradas no espaço vazio, por 25 mil quilômetros até a primeira parada na Estação Intermediária?...

... Dizer que qualquer indivíduo comum pode voar numa nave espacial na mesma altitude, e até além, não é resposta. A situação é completamente diferente... como também acontece nos voos comuns na atmosfera. O homem normal não sente vertigem na gôndola de um balão flutuando no ar, a alguns quilômetros acima do solo. Mas ponha esse mesmo homem na beira de um penhasco, na mesma altitude, e estude as suas reações!...

... O motivo dessa diferença é muito simples. Numa aeronave, não há uma conexão física entre o observador e o solo. Psicologicamente, portanto, ele está completamente separado do chão duro e sólido lá embaixo. O medo de cair já não o aterroriza; consegue olhar as pequeninas e longínquas paisagens lá embaixo, que ele jamais ousaria contemplar de qualquer grande elevação. Essa separação protetora é exatamente o que o elevador espacial não terá. O infeliz passageiro, arrebatado pela face vertical da torre gigantesca, estará sempre ciente de sua conexão com a Terra. Que garantia pode haver de que alguém que não esteja drogado ou anestesiado conseguiria sobreviver diante de tal experiência? Desafio o dr. Morgan a responder.

O dr. Morgan ainda estava pensando nas possíveis respostas, nenhuma delas educada, quando a tela piscou novamente com uma chamada. Quando ele apertou o botão ACEITAR, não se surpreendeu ao ver Maxine Duval.

– E então, Van – ela disse, sem nenhum preâmbulo –, o que você vai fazer?

– Estou muito tentado, mas acho que não vou discutir com aquele idiota. Aliás, você acredita que alguma organização aeroespacial está por trás disso?

– Meu pessoal já está investigando; aviso você se eles descobrirem alguma coisa. Pessoalmente, acho que isso é coisa só da cabeça dele... Eu reconheço todas as marcas de um artigo genuíno. Mas você não respondeu à minha pergunta.

– Ainda não decidi; estou tentando digerir o meu café da manhã. O que *você* acha que eu devo fazer?

– Simples. Providencie uma demonstração. Para quando pode ser?

– Daqui a cinco anos, se tudo correr bem.

– Isso é ridículo. O primeiro cabo já está em posição...

– Cabo, não... *fita*.

– Não desconverse. Que carga ele aguenta?

– Ah... na extremidade da Terra, só umas quinhentas toneladas.

– É isso aí. Ofereça um passeio ao Pato Donald.

– Eu não poderia garantir a segurança dele.

– Você garantiria *a minha*?

– Você não está falando sério!

– Eu sempre falo sério a essa hora da manhã. De qualquer maneira, está na hora de eu fazer mais uma reportagem sobre a Torre. A maquete da cápsula é muito bonita, mas ela não *faz* nada. Meus espectadores gostam de ação, e eu também. Na última vez que nos encontramos, você me mostrou aqueles carrinhos que os engenheiros vão usar para subir e descer pelo cabo... quer dizer, pela fita. Como é o nome deles?

– Aranhas.

– Argh... Isso mesmo. Fiquei fascinada com a ideia. Eis aí uma coisa que *nunca* foi possível antes, por nenhuma tecnologia. Pela primeira vez você pode ficar sentado no céu, até acima da atmosfera, e observar a Terra abaixo... algo que nenhuma espaçonave jamais poderá fazer. Gostaria de ser a primeira a descrever a sensação. E cortar as asas do Pato Donald ao mesmo tempo.

Morgan esperou por longos cinco segundos, olhando Maxine direto nos olhos, antes de concluir que ela realmente estava falando sério.

– Posso compreender – ele disse, um tanto cansado – por que uma pobre jornalista, jovem e iniciante, tentando desesperadamente fazer um nome, agarraria essa oportunidade. Não quero destruir uma carreira promissora, mas a resposta é definitivamente não.

A decana dos jornalistas emitiu várias palavras indignas de uma senhora, indignas até de um cavalheiro, e raras vezes transmitidas pelos circuitos públicos.

– Antes que eu estrangule você no seu próprio hiperfilamento, Van – ela continuou –, por que não?

– Bem, se algo desse errado, eu jamais me perdoaria.

– Poupe as lágrimas de crocodilo. É claro que a minha morte seria uma grande tragédia... para o seu projeto. Mas eu nem sonharia ir antes de você fazer todos os testes necessários e garantir 100% de segurança.

– Iria parecer um golpe publicitário.

– Como diriam os vitorianos (ou seriam os elisabetanos?)... *e daí*?

– Olhe, Maxine, está chegando a notícia de que a Nova Zelândia acabou de afundar... vão precisar de você no estúdio. Mas obrigado pela oferta generosa.

– Dr. Vannevar Morgan... Eu sei exatamente por que você está recusando a minha oferta. *Você* quer ser o primeiro.

– Como diriam os vitorianos... e daí?

– *Touché.* Mas vou lhe avisando, Van... assim que uma daquelas aranhas estiver funcionando, vou procurá-lo de novo.

Morgan balançou a cabeça.

– Sinto muito, Maxine – respondeu. – Sem chance...

35

PLANADOR ESTELAR, OITENTA ANOS DEPOIS

Extraído de Deus e o Lar Estelar (Mandala Press, Moscou, 2149)

Há exatos oitenta anos, a sonda robótica interestelar hoje conhecida como Planador Estelar entrou no sistema solar e conduziu seu breve, mas histórico, diálogo com a raça humana. Pela primeira vez, confirmamos o que sempre suspeitáramos: a nossa inteligência não é a única do universo, e lá fora, entre as estrelas, havia civilizações muito mais antigas e, talvez, muito mais sábias.

Após esse encontro, nada jamais seria como antes. E, no entanto, paradoxalmente, em muitos aspectos pouca coisa mudou. A humanidade ainda segue com seus assuntos, quase da mesma forma de sempre. Com que frequência paramos para pensar que o povo do Lar Estelar, lá em seu próprio planeta, já sabe da nossa existência há vinte e oito anos – ou que, quase com certeza, receberemos suas primeiras mensagens diretas em apenas vinte e quatro anos? E se, como já se sugeriu, eles próprios estiverem a caminho?

Os homens possuem a capacidade extraordinária, e talvez afortunada, de remover de sua consciência as possibilidades de futuro mais assombrosas. O agricultor romano, arando as encostas do Vesúvio, não pensava na montanha fumegante acima dele. Metade do sé-

culo 20 conviveu com a bomba de hidrogênio – metade do século 21, com o vírus Gólgota. Nós *aprendemos a conviver com a ameaça – ou a promessa – do Lar Estelar.*

O Planador Estelar nos mostrou muitas raças e mundos estranhos, mas não revelou quase nada sobre tecnologia avançada e, portanto, teve um impacto mínimo nos aspectos técnicos de nossa cultura. Isso foi acidental ou resultado de alguma estratégia deliberada? Há muitas perguntas que gostaríamos de fazer ao Planador Estelar, mas agora é tarde demais – ou cedo demais.

Por outro lado, ele realmente discutiu muitos temas de filosofia e religião e, nessas áreas, sua influência foi profunda. Embora a frase não apareça em nenhuma parte das transcrições, geralmente atribui-se ao Planador Estelar o famoso aforismo "A crença em Deus é, aparentemente, um produto psicológico da reprodução dos mamíferos".

Mas, e se isso for verdade? É totalmente irrelevante para a questão da real *existência de Deus, como demonstrarei a seguir...*

Swami Krishnamurti (Dr. Choam Goldberg)

36

O CÉU CRUEL

Os olhos conseguiam acompanhar a fita muito mais longe à noite do que durante o dia. Ao pôr do sol, quando se acendiam as luzes de alerta, ela se tornava uma fina faixa incandescente, lentamente sumindo no céu até, num ponto indefinido, perder-se contra o pano de fundo estrelado.

Já era considerada a maior maravilha do mundo. Antes de Morgan bater o pé e restringir o local apenas ao pessoal da engenharia, havia uma enxurrada contínua de visitantes – "peregrinos", alguém os chamara, ironicamente – que prestavam homenagem ao último milagre da montanha sagrada.

Todos se comportavam exatamente da mesma maneira. Primeiro estendiam a mão e, delicadamente, tocavam a faixa de cinco centímetros de espessura, correndo as pontas dos dedos por ela quase com reverência. Depois escutavam, pressionando o ouvido contra o material frio e liso, como se esperassem captar a música das esferas. Havia alguns que, de fato, alegavam ter ouvido uma nota baixa e grave, no limite da audição, mas estavam se iludindo. Mesmo a harmonia mais aguda da frequência natural da fita estava muito abaixo do espectro audível pelos seres humanos. E alguns iam embora balançando a cabeça e dizendo: "Ninguém jamais vai me convencer a subir *nessa* coisa!". Mas houve quem afirmasse o mesmo sobre o foguete de fusão, o ônibus espacial, o avião, o automóvel – até a locomotiva a vapor...

A esses céticos, a resposta comum era: "Não se preocupe... isso é apenas uma parte do sistema de andaimes... uma das quatro fitas que irão guiar a Torre até a Terra. Subir na estrutura final será exatamente como pegar um elevador em qualquer edifício alto. Só que a viagem será mais longa – e muito mais confortável".

A viagem de Maxine, por outro lado, seria muito curta, e não particularmente confortável. Mas, desde que tinha capitulado, Morgan fizera o possível para assegurar que fosse tranquila.

A frágil "aranha" – o protótipo de um veículo de teste semelhante a uma cadeira de andaime motorizada – já tinha feito dez subidas de 20 quilômetros, com o dobro da carga que carregava agora. Ocorreram alguns pequenos problemas, típicos de uma atividade nova, mas nada sério; as últimas cinco viagens tinham transcorrido sem nenhum problema. E o que *poderia* dar errado? Se houvesse falta de energia – quase impensável, num sistema tão simples a bateria –, a gravidade traria Maxine de volta em segurança, e os freios automáticos limitariam a velocidade da descida. O único risco real era o mecanismo acionador travar, detendo a aranha e sua passageira na alta atmosfera. E Morgan tinha uma solução até para isso.

– Só 15 quilômetros? – protestara Maxine. – Um *planador* subiria mais que isso!

– Mas *você* não pode subir, só com uma máscara de oxigênio. É claro que se você quiser esperar um ano, até termos uma unidade operacional com um sistema de suporte de vida...

– E qual é o problema em usar o traje espacial?

Morgan se recusara a ceder e tinha bons motivos para isso. Embora ele esperasse não precisar, havia um pequeno guindaste a jato de prontidão ao pé da Sri Kanda. Seus operadores, altamente capacitados, estavam acostumados a tarefas insólitas; não teriam dificuldade alguma em resgatar Maxine se ela ficasse presa, mesmo a 20 quilômetros de altitude.

Mas não existia nenhum veículo que pudesse alcançá-la no dobro dessa altitude. Acima de 40 quilômetros não era lugar para o homem – baixo demais para foguetes, alto demais para balões.

É claro que, em teoria, um foguete *poderia* pairar ao lado da fita, por vários minutos, antes de queimar todo o combustível. Os problemas de navegação e o contato com a aranha eram tão apavorantes que Morgan nem se dera ao trabalho de pensar neles. Jamais aconteceriam na vida real, e ele esperava que nenhum produtor de videodrama resolvesse que havia ali um bom material para um suspense. Era o tipo de publicidade que ele preferia dispensar.

Maxine Duval parecia uma típica turista da Antártida quando, em seu reluzente traje térmico metalizado, caminhou em direção à aranha e a um grupo de técnicos à sua volta. Ela escolhera o horário com cuidado; o sol nascera há apenas uma hora, e seus raios oblíquos mostrariam o melhor da paisagem taprobana. Seu repórter, ainda mais jovem e forte que o da última ocasião memorável, gravava a sequência de eventos para sua audiência em escala mundial.

Como sempre, Maxine havia ensaiado tudo. Não houve hesitação ou atrapalhação quando ela se prendeu na aranha, apertou o botão CARGA DE BATERIA, inalou profundamente o oxigênio de sua máscara e verificou os monitores em seus canais de vídeo e áudio. Então, como o piloto de caça de algum filme antigo, ela fez um sinal de positivo com o polegar e delicadamente acionou o controle de velocidade.

Houve uma pequena salva de palmas irônicas dos engenheiros reunidos, a maioria dos quais já tinha subido alguns quilômetros a passeio. Alguém gritou: "Ignição! Decolagem!". E, movendo-se mais ou menos com a rapidez de um elevador dos tempos do reinado da Rainha Vitória I, a aranha iniciou sua majestosa ascensão.

Isto deve ser como andar de balão, pensou Maxine. Suave, tranquilo, silencioso. Não... não completamente silencioso. Ela ouvia o ruído delicado dos motores impulsionando as rodas que agarravam a superfície plana da fita. Não havia nada do balanço e da vibração que ela esperava; apesar da fina espessura, a incrível faixa que ela estava escalando era rígida como uma barra de aço, e os giroscópios do veículo o mantinham firme como uma rocha. Se fechasse os olhos, poderia facilmente imaginar que já estava subindo na torre definitiva. Mas é claro que não fecharia os olhos; havia muita coisa para ver e absorver. Havia até muita coisa para ouvir; era impressionante como o som se propagava, pois as conversas abaixo ainda eram completamente audíveis.

Ela acenou para Vannevar Morgan, depois procurou Warren Kingsley. Para sua surpresa, não conseguiu encontrá-lo; embora a tivesse ajudado a embarcar na aranha, ele agora sumira. Então lembrou que ele admitia francamente – às vezes fazendo soar quase uma jactância zombeteira – que o melhor engenheiro estrutural do mundo tinha medo de altura... Todo mundo tem algum medo secreto – ou talvez nem tão secreto. Maxine não gostava de aranhas e preferia que o veículo no qual viajava tivesse outro nome; no entanto, poderia lidar com uma delas se fosse realmente necessário. Uma criatura que ela *jamais* suportou tocar – embora a tivesse encontrado com frequência em suas expedições de mergulho – era o tímido e inofensivo polvo.

A montanha inteira estava visível agora, embora fosse impossível apreciar sua verdadeira altura do ponto diretamente acima. As duas antigas escadarias que serpenteavam em sua face poderiam ser estranhas estradas tortuosas; ao longo de toda a sua extensão, até onde Maxine conseguia observar, não havia sinal de vida. Na verdade, um trecho estava bloqueado por uma árvore caída – como se a natureza estivesse avisando que, após três mil anos, estava prestes a retomar o que era seu.

Deixando a câmera 1 apontada para baixo, Maxine começou a fazer uma panorâmica com a número 2. Campos e florestas passaram pela tela do monitor, depois os distantes domos brancos de Ranapura – depois, as águas escuras do mar Mediterrâneo. E, em seguida, lá estava Yakkagala.

Ela deu um *zoom* na Rocha e conseguiu distinguir o desenho apagado das ruínas que cobriam toda a superfície superior. A Parede Espelhada ainda estava nas sombras, assim como a Galeria das Princesas – não que houvesse alguma esperança de vê-las daquela distância. Mas os Jardins dos Prazeres, com seus espelhos d'água e caminhos e o imenso fosso que os cercava, estavam claramente visíveis.

A fileira de pequeninas colunas brancas a intrigou por um instante, até que se deu conta de que estava vendo mais um símbolo do desafio de Kalidasa aos deuses – as chamadas Fontes do Paraíso. Ela imaginou o que o rei pensaria se pudesse vê-la subindo tão tranquilamente em direção aos céus de seus sonhos invejosos.

Já fazia quase um ano que falara com o embaixador Rajasinghe pela última vez. Num súbito impulso, ligou para a casa dele.

– Alô, Johan – ela o cumprimentou. – O que está achando *desta* vista de Yakkagala?

– Quer dizer que você convenceu Morgan. Qual é a sensação?

– Maravilhosa... é a única palavra para isto. E única. Já voei e viajei em tudo o que você possa imaginar, mas esta experiência é completamente diferente.

– "Cruzas em segurança o céu cruel"...

– Quem disse isso?

– Um poeta inglês, início do século 20: "Não me importa se atravessas o mar, ou cruzas em segurança o céu cruel".*

– Bem, *eu* me importo, e estou me sentindo segura. Agora estou vendo a ilha inteira... até a costa do Industão. Qual é a minha altitude, Van?

---

* Versos do poema *To a poet a thousand years hence* (Para um poeta daqui a mil anos), de James Elroy Flecker (1884-1915). [N. de T.]

– Chegando a 12 quilômetros, Maxine. Sua máscara de oxigênio está bem ajustada?

– Positivo. Espero que não esteja abafando a minha voz.

– Não se preocupe... ela continua inconfundível. Faltam três quilômetros.

– Quanto gás ainda resta no tanque?

– O suficiente. E, se você tentar subir acima dos 15 quilômetros, eu assumo o controle daqui e a trago de volta.

– Eu nem sonharia em fazer isso. Aliás, meus parabéns... Isto aqui é uma ótima plataforma de observação. Você pode ter clientes fazendo fila.

– Já pensamos nisso... o pessoal dos satélites de comunicação e de meteorologia já está fazendo propostas. Podemos transportar relês e sensores a qualquer altitude que eles quiserem. Tudo isso vai ajudar a pagar o aluguel.

– Estou te vendo! – exclamou Rajasinghe, de repente. – Acabei de pegar seu reflexo no telescópio. Agora você está acenando com o braço... Não está se sentindo sozinha aí em cima?

Por um momento, houve um silêncio atípico. Então Maxine Duval respondeu calmamente:

– Não tão sozinha quanto Yuri Gagarin deve ter se sentido, 100 quilômetros mais alto. Van, você trouxe algo novo para o mundo. O céu pode ainda ser cruel... mas você o domesticou. Talvez haja pessoas que nunca terão coragem de fazer esta viagem. Tenho pena delas.

37

O DIAMANTE DE UM BILHÃO DE TONELADAS

Nos últimos sete anos, muita coisa tinha sido feita, mas ainda havia muito por fazer. Montanhas – ou pelo menos asteroides – foram movidas. A Terra agora possuía uma segunda lua natural, girando bem acima da altitude estacionária. Tinha menos de um quilômetro de diâmetro, e rapidamente diminuía de tamanho, à medida que lhe roubavam o carbono e outros elementos leves. O que sobrasse – o núcleo de ferro, resíduos e escória industrial – formaria o contrapeso que manteria a Torre em tensão. Seria a pedra no estilingue de 40 mil quilômetros de comprimento que agora girava com o planeta a cada vinte e quatro horas.

Cinquenta quilômetros a leste da estação Ashoka flutuava o imenso complexo industrial que processava os megatons sem peso – mas não sem massa – de matéria-prima e os convertia em hiperfilamento. Como o produto final continha mais de 90% de carbono, com seus átomos combinados numa estrutura precisa e cristalina, a Torre havia adquirido o apelido popular de "Diamante de um bilhão de toneladas". A Associação dos Joalheiros de Amsterdã havia salientado, acidamente, que: a) hiperfilamento não era diamante de modo algum; b) se *fosse*, a Torre pesaria 5 vezes 10 à décima quinta potência em quilates.

Quilates ou toneladas, quantidades tão imensas de material haviam sobrecarregado até o limite os recursos das colônias espaciais e a capacidade dos técnicos orbitais. Boa parte do engenho humano, penosamente adquirido em duzentos anos de exploração espacial, tinha sido empregado em minas automáticas, usinas de produção e sistemas de montagem em gravidade zero. Em breve, todos os componentes da Torre – algumas unidades padronizadas, manufaturadas aos milhões – seriam reunidos em enormes pilhas flutuantes, aguardando os montadores robôs.

Então a Torre cresceria em duas direções opostas – para baixo, em direção à Terra e, simultaneamente, para cima, em direção à âncora orbital, todo o processo sendo ajustado para que sempre estivesse em equilíbrio. Seu corte transversal decresceria com regularidade a partir da órbita, onde estaria sob estresse máximo, até a Terra; também se afilaria na direção do contrapeso de ancoragem.

Quando concluísse sua tarefa, todo o complexo de construção seria transferido para a órbita de Marte. Essa parte do contrato causara certo ressentimento entre políticos e financistas terrestres, agora que, tardiamente, percebiam o potencial do elevador espacial.

Os marcianos fizeram um negócio sólido. Embora devessem esperar mais cinco anos antes de obterem qualquer retorno do investimento, teriam depois um virtual monopólio de construção, por talvez mais uma década. Morgan suspeitava que a torre do Monte Pavonis seria apenas a primeira de várias; Marte parecia destinado a ser um local de sistemas de elevadores espaciais, e era improvável que seus vigorosos habitantes fossem perder tal oportunidade. Se tornassem o seu mundo o centro do comércio interplanetário nos anos à frente, sorte deles; Morgan tinha outros problemas com que se preocupar, e alguns deles ainda sem solução.

A Torre, apesar do tamanho descomunal, era apenas o suporte para algo muito mais complexo. Ao longo de cada um dos quatro lados, deviam correr 36 mil quilômetros de trilhos, capazes de operar a velocidades jamais experimentadas. O sistema tinha de ser alimentado, em toda a sua extensão, por cabos supercondutores, conectados a enormes geradores de fusão, tudo isso controlado por uma rede de computadores incrivelmente elaborada e à prova de falhas.

O Terminal Superior, onde passageiros e cargas seriam transferidos entre a Torre e a nave espacial atracada a ela, era em si um projeto de grande importância. Bem como a Estação Intermediária. E bem como o Terminal Terrestre, que naquele momento estava sendo escavado a *laser* no coração da montanha sagrada. E, além de tudo isso, havia a Operação Limpeza...

Por duzentos anos, satélites de todas as formas e tamanhos, desde peças soltas até vilas espaciais inteiras, vinham se acumulando na órbita terrestre. Tudo o que passasse abaixo da elevação máxima da Torre, a qualquer hora, tinha agora de ser catalogado, uma vez que criava um possível risco. Três quartos desse material eram lixo abandonado, a maior parte esquecida há muito tempo. Agora tinha de ser localizado e, de alguma forma, descartado.

Por sorte, os antigos fortes orbitais estavam soberbamente equipados para a tarefa. Seus radares – feitos para localizar mísseis em aproximação a distâncias extremas e sem alerta – eram capazes de localizar com facilidade os destroços de uma era espacial primitiva. Então seus *lasers* vaporizavam os satélites menores, enquanto os maiores eram empurrados para órbitas mais altas e inofensivas. Alguns, de interesse histórico, eram recuperados e trazidos à Terra. Durante essa operação houve várias surpresas – por exemplo, três astronautas chineses que haviam morrido em alguma missão secreta, e vários satélites de reconhecimento construídos com uma mistura tão engenhosa de componentes que era impossível descobrir que país os havia lançado. Não que isso fosse muito importante, é claro, já que tinham pelo menos cem anos de idade.

A profusão de satélites ativos e estações espaciais – obrigados, por razões operacionais, a permanecerem próximo à Terra – tivera suas órbitas cuidadosamente verificadas e, em alguns casos, modificadas. Mas, claro, não era possível fazer nada a respeito dos visitantes aleatórios e imprevisíveis que poderiam chegar a qualquer momento dos confins do sistema solar. Como todas as criações da humanidade, a Torre estaria exposta a meteoritos. Várias vezes ao dia, sua rede de sismômetros detectava impactos de miligramas; e, uma ou duas vezes ao ano, um pequeno dano estrutural era de se esperar. E, mais cedo ou mais tarde, no decorrer dos séculos, ela poderia deparar com um gigante que poria um ou mais trilhos fora de ação por algum tempo. No pior caso possível, a Torre poderia até ser seccionada em algum ponto de sua extensão.

A probabilidade de isso acontecer era a mesma do impacto de um grande meteorito sobre Londres ou Tóquio – que apresentavam mais ou menos a mesma área de alvo. Os habitantes dessas cidades não perdiam o sono por causa dessa possibilidade. Nem Vannevar Morgan. Quaisquer que fossem os problemas ainda por vir, ninguém duvidava agora que a Torre Orbital era uma ideia cujo momento havia chegado.

V

ASCENSÃO

38

UM LUGAR DE TEMPESTADES SILENCIOSAS

(Extraído do discurso do professor Martin Sessui, ao receber o Prêmio Nobel de Física, Estocolmo, 16 de dezembro de 2154.)

Entre o Céu e a Terra, existe uma região invisível com a qual os antigos filósofos jamais sonharam. Somente no alvorecer do século 20 – no dia 12 de dezembro de 1901, para ser exato –, ela causou seu primeiro impacto sobre as relações humanas.

Naquele dia, Guglielmo Marconi transmitiu pelo rádio os três pontos da letra "S", em código Morse, para o outro lado do Atlântico. Muitos especialistas tinham declarado que isso seria impossível, já que as ondas eletromagnéticas só viajavam em linha reta e não poderiam fazer a curva ao redor do planeta. O feito de Marconi não apenas introduziu a era das comunicações globais, mas também provou que, no alto da atmosfera, existe um espelho eletrificado capaz de refletir ondas de rádio de volta à Terra.

A Camada Kennelly-Heaviside, como foi chamada originalmente, logo mostrou ser uma região de grande complexidade, contendo pelo menos três camadas principais, todas sujeitas a grandes variações em altitude e intensidade. No limite superior, elas se fundiam aos Cinturões de Radiação Van Allen, cuja descoberta foi o primeiro triunfo dos primórdios da exploração espacial.

Essa vasta região, que começa a uma altitude de aproximadamente 50 quilômetros e se estende para o espaço por vários raios da Terra, é conhecida como ionosfera; sua exploração por foguetes, satélites e ondas de rádio tem sido um processo contínuo há mais de dois séculos. Gostaria de prestar uma homenagem aos meus precursores nessa empreitada – os americanos Tuve e Breit, o inglês Appleton, o norueguês Størmer – e, em especial, o homem que, em 1970, ganhou este mesmo prêmio que tenho agora a honra de receber, meu conterrâneo Hannes Alfvén...

A ionosfera é a filha volúvel do Sol; mesmo hoje, seu comportamento não é sempre previsível. Nos tempos em que as transmissões de rádio de longo alcance dependiam de suas idiossincrasias, ela salvou muitas vidas – mas muito mais homens do que jamais saberemos foram condenados quando ela engoliu seus sinais desesperados sem deixar rastro.

Durante menos de um século, antes que os satélites de comunicação assumissem a tarefa, ela foi uma servidora inestimável, mas errática – um fenômeno natural anteriormente insuspeitado, valendo incontáveis bilhões de dólares às três gerações que a exploraram.

Por apenas um breve momento na história ela foi uma preocupação direta da humanidade. No entanto, se nunca tivesse existido, nós não estaríamos aqui! De certo modo, portanto, ela foi de vital importância mesmo à humanidade pré-tecnológica, até os primeiros homens-macaco – na verdade, até as primeiras criaturas vivas deste planeta. Pois a ionosfera faz parte do escudo que nos protege contra os mortíferos raios X e radiações ultravioleta do Sol. Se estes tivessem penetrado até o nível do mar, talvez algum tipo de vida ainda tivesse surgido na Terra; mas jamais teria evoluído a nada remotamente parecido conosco...

Por ser a ionosfera, bem como a atmosfera abaixo dela, em última análise controlada pelo Sol, ela também tem seu clima. Durante a época de distúrbios solares, ela é atingida por rajadas de partículas carregadas em todo o planeta, e também é retorcida em laçadas e rodopios pelo campo magnético da Terra. Nessas ocasiões, ela não fica mais invisível, pois se revela nas cortinas resplandecentes da aurora polar – um dos espetáculos mais impressionantes da natureza, iluminando as frias noites polares com seu misterioso esplendor.

Mesmo hoje, não compreendemos todos os processos que ocorrem na ionosfera. Um dos motivos pelos quais ela se mostra tão difícil de estudar é que nossos instrumentos, transportados por foguetes e satélites, passam por ela a milhares de quilômetros por hora; nunca pudemos ficar parados ali para fazer observações! Agora, pela primeira vez, a construção da Torre Orbital nos dá uma chance de instalar observatórios fixos *na ionosfera. Também é possível que a própria Torre talvez modifique as características da ionosfera – embora certamente não vá, como sugeriu o dr. Bickerstaff, provocar um curto-circuito!*

Por que devemos estudar essa região, agora que ela não é mais importante à engenharia de comunicações? Bem, além da beleza, da estranheza e do interesse científico, seu comportamento é estreitamente ligado ao do Sol – o senhor de nosso destino. Hoje sabemos que o Sol não *é a estrela estável e bem-comportada que nossos antepassados acreditavam; ele sofre flutuações de períodos longos e curtos. No presente momento, ele ainda está saindo do chamado "Mínimo de Maunder", de 1645 a 1715; como consequência, o clima é hoje mais ameno do que em qualquer época desde a Alta Idade Média. Mas quanto tempo durará esse período? E, ainda mais importante, quando irá começar o inevitável declínio e que efeito terá sobre o clima e todos os aspectos da civilização humana – não apenas neste planeta, mas nos outros também? Pois são todos filhos do Sol...*

Algumas teorias muito especulativas sugerem que o Sol está entrando agora num período de instabilidade que poderá provocar uma nova Era do Gelo, mais universal do que qualquer outra no passado. Se for verdade, precisamos de cada fragmento de informação que pudermos reunir, para nos preparar. Mesmo um alerta com um século de antecedência pode não ser suficiente.

A ionosfera ajudou a nos criar, lançou a revolução das comunicações e pode ainda determinar boa parte de nosso futuro. É por isso que precisamos continuar a estudar sua vasta e turbulenta arena de forças elétricas e solares – esse misterioso lugar de tempestades silenciosas.

39

O SOL FERIDO

Da última vez que Morgan vira seu sobrinho Dev, ele ainda era criança. Agora estava no início da adolescência; nesse ritmo, no próximo encontro já seria um homem.

O engenheiro sentiu apenas um leve remorso. Laços familiares vinham enfraquecendo nos últimos dois séculos: ele e sua irmã tinham pouco em comum, exceto o acidente genético. Embora se cumprimentassem e conversassem amenidades talvez umas seis vezes por ano, e tivessem a melhor das relações, ele nem se lembrava direito de quando e onde tinham se encontrado pela última vez.

No entanto, quando cumprimentou o garoto impetuoso e inteligente (e, aparentemente, nem um pouco intimidado diante do tio famoso), Morgan sentiu certo anseio agridoce. Ele não tinha um filho para dar continuidade ao nome da família; muito tempo atrás, fizera uma opção entre trabalho e vida que raramente se pode evitar nos níveis mais altos da realização humana. Em três ocasiões – não incluindo a ligação com Ingrid – ele poderia ter seguido um caminho diferente; mas o acaso ou a ambição o desviaram.

Ele sabia dos termos do contrato que havia assinado com a vida, e os aceitou; agora era tarde demais para se queixar das letras miúdas. Qualquer idiota sabia misturar genes, e a maioria o fazia. Mas, quer a posteridade lhe desse crédito ou não, poucos homens poderiam ter realizado o que ele tinha feito – e estava prestes a fazer.

Nas últimas três horas, Dev já vira mais do Terminal Terra do que qualquer visitante ilustre. Tinha entrado na montanha ao nível do solo, pelo acesso quase concluído da Estação Sul, e feito um passeio rápido pelas instalações de passageiros e bagagens, pelo centro de controle e pelo pátio de comutação, onde as cápsulas seriam transferidas dos trilhos de DESCIDA Leste e Oeste para os de SUBIDA Norte e Sul. Tinha admirado o poço de cinco quilômetros de altura – semelhante a um gigantesco cano de espingarda apontando para as estrelas, como centenas de repórteres já tinham comentado em voz baixa – ao longo do qual as linhas de tráfego subiriam e desceriam. E suas perguntas tinham esgotado três guias, até que o último, aliviado, o entregasse ao tio.

– Aqui está ele, Van – disse Warren Kingsley, quando chegaram, pelo elevador de alta velocidade, ao topo mutilado da montanha. – Leve-o logo daqui, antes que ele roube meu emprego.

– Não sabia que você gostava tanto de engenharia, Dev.

O garoto pareceu magoado, e um pouco surpreso.

– Não se lembra, tio, daquele Meccamax número 12 que você me deu no meu aniversário de 10 anos?

– Claro... claro. Eu só estava brincando... – E, para dizer a verdade, ele não tinha mesmo se esquecido do *kit* de construção; apenas lhe escapara da mente por um instante. – Não está com frio aqui em cima? – Ao contrário dos adultos bem agasalhados, o garoto tinha desprezado o costumeiro termocasaco leve.

– Não, tudo bem. Que tipo de jato é aquele? Quando vão abrir o poço? Posso tocar nas fitas?

– Está me entendendo agora? – perguntou Kingsley, rindo.

– Um: aquele é o jato especial do xeque Abdullah... o filho dele, Feisal, está fazendo uma visita. Dois: vamos manter essa tampa até a Torre chegar aqui na montanha e entrar no poço... precisamos dela como uma plataforma de trabalho, e ela protege contra a chuva. Três: pode tocar nas fitas se quiser... *não corra*... não faz bem nesta altitude!

– Se você tem 12 anos, duvido – disse Kingsley, olhando na direção de Dev, que se afastava rapidamente. Caminhando devagar, eles o alcançaram na âncora da Face Leste.

O garoto estava admirando, como milhares antes dele já tinham feito, a estreita faixa cinza que brotava direto do solo e subia verticalmente para o céu. O olhar de Dev fluiu para cima... para cima... para cima... até a cabeça inclinar o máximo que podia. Morgan e Kingsley não seguiram o exemplo, embora a tentação, após todos esses anos, fosse ainda forte. Nem avisaram Dev que alguns visitantes ficavam tão tontos que desmaiavam e não conseguiam sair dali sem ajuda.

O garoto era resistente: olhou atentamente para o zênite por quase um minuto, como se esperasse ver os milhares de homens e milhões de toneladas de material suspensos além do céu azul. Então fechou os olhos com uma careta, balançou a cabeça e olhou para os pés por um instante, como se quisesse se certificar de que ainda estava em terra firme e segura.

Esticou a mão com cautela e afagou a fita estreita que ligava o planeta e sua nova lua.

– O que aconteceria se ela quebrasse? – perguntou.

Era uma velha pergunta; a maioria das pessoas se surpreendia com a resposta.

– Muito pouco. Nesse ponto, ela praticamente não está sob tensão. Se você cortasse a fita, ela só ia ficar pendurada aí, balançando na brisa.

Kingsley fez uma expressão de desagrado; ambos sabiam, é claro, que aquilo era uma simplificação considerável. No momento, cada uma das quatro fitas estava tensionada em cerca de cem toneladas – mas isso não era nada, comparado às cargas projetadas com que lidariam quando o sistema estivesse em operação e integrado à estrutura da Torre. Não fazia sentido, entretanto, confundir o garoto com esses detalhes.

Dev refletiu; então deu um piparote experimental na fita, como se esperasse extrair uma nota musical. Mas a única resposta foi um "clique" sem graça que sumiu imediatamente.

– Se você batesse nela com um martelo – disse Morgan – e voltasse depois de dez horas, chegaria a tempo de ouvir o eco da Estação Intermediária.

– Não mais – observou Kingsley. – Muito amortecimento no sistema.

– Não seja um desmancha-prazeres, Warren. Agora venha ver algo muito interessante.

Caminharam até o centro do disco metálico que agora era o cume da montanha e lacrava o poço como uma gigantesca tampa de panela. Ali, equidistante das quatro fitas que desciam e guiavam a Torre na direção da Terra, havia uma barraca geodésica que parecia ainda mais temporária do que a superfície sobre a qual fora erigida. Abrigava um telescópio de desenho estranho, apontando direto para cima e aparentemente incapaz de mirar em qualquer outra direção.

– Esta é a melhor hora para observar, logo antes do pôr do sol; é quando a base da Torre fica bem iluminada.

– Por falar em sol – disse Kingsley –, olhem para ele agora. Está ainda mais claro do que ontem. – Havia um certo assombro em sua voz, quando apontou para a elipse plana e brilhante mergulhando na bruma, a oeste. A névoa do horizonte esmaecera tanto sua luminosidade que era possível contemplá-lo confortavelmente.

Há mais de um século aquelas manchas não apareciam; estendiam-se por quase a metade do disco dourado, fazendo parecer que o Sol tinha sido acometido de alguma doença maligna, ou perfurado por mundos cadentes. No entanto, nem mesmo o poderoso planeta Júpiter poderia ter criado tais ferimentos na atmosfera solar; a maior mancha tinha 250 mil quilômetros de diâmetro e poderia engolir cem planetas Terra.

– Está prevista mais uma grande aurora polar para hoje à noite... o professor Sessui e seus companheiros com certeza cronometraram bem.

– Vamos ver como eles estão se saindo – disse Morgan, enquanto fazia alguns ajustes no telescópio. – Dê uma olhada, Dev.

O garoto olhou atentamente por um instante, e então respondeu:

– Estou vendo quatro fitas entrando... quer dizer, saindo... até desaparecerem.

– Nada no meio?

Mais uma pausa.

– Não... nem sinal da Torre.

– Correto... ela está a 600 quilômetros acima, e estamos usando a menor potência do telescópio. Agora vou dar um *zoom*. Aperte o cinto.

Dev riu do velho clichê, conhecido por meio de dezenas de dramas históricos. No entanto, a princípio, não notou nenhuma alteração, a não ser as quatro linhas que apontavam para o centro do campo, que se tornavam menos nítidas. Ele levou alguns segundos para perceber que não se podia esperar nenhuma alteração, já que seu ponto de vista acompanhava o eixo do sistema; o quarteto de fitas teria exatamente a mesma aparência em qualquer ponto de sua extensão.

Então, repentinamente, ela estava *lá*, pegando-o de surpresa, embora ele a estivesse esperando. Um pontinho brilhante se materializara no centro exato do campo. O ponto se expandiu enquanto Dev o observava, e agora, pela primeira vez, ele teve uma sensação real de velocidade.

Alguns segundos depois, identificou um pequeno círculo... não, agora cérebro e olho concordavam que era um quadrado. Ele estava olhando diretamente para a base da Torre lá em cima, movendo-se devagar em direção à Terra, a dois quilômetros por dia, ao longo das fitas-guias. As quatro fitas tinham sumido, pois eram pequenas demais para serem visíveis a essa distância. Mas aquele quadrado magicamente fixo no céu continuava a crescer, embora tivesse se tornado indistinto, por causa da extrema ampliação.

– O que você está vendo? – perguntou Morgan.

– Um pequeno quadrado brilhante.

– Ótimo... é o lado de baixo da Torre, ainda iluminado pelo Sol. Quando estiver escuro aqui embaixo, dará para ver a olho nu por mais uma hora, antes de ele entrar na sombra da Terra. Agora, está vendo mais alguma coisa?

– Nããão... – respondeu o garoto, após uma longa pausa.

– Deveria ver. Há uma equipe de cientistas visitando a seção mais baixa para instalar equipamentos de pesquisa. Eles acabaram de descer da Intermediária. Se olhar com atenção, vai ver o transportador deles... está no trilho sul... à direita da imagem. Procure um ponto brilhante, cerca de um quarto do tamanho da Torre.

– Desculpe, tio... não consigo achar. Dê uma olhada.

– Bem, a vista deve ter piorado. Às vezes a Torre desaparece completamente, mesmo que a atmosfera esteja...

Antes mesmo de Morgan ocupar o lugar do sobrinho no telescópio, dois estridentes bipes duplos soaram em seu receptor pessoal. Um segundo depois, o alarme de Kingsley também disparou.

Era a primeira vez que a Torre emitia um alerta de emergência quatro estrelas.

40

O FIM DA LINHA

Não era à toa que a chamavam de "Ferrovia Transiberiana". Mesmo na fácil corrida descendente, a viagem da Estação Intermediária até a base da Torre durava cinquenta horas.

No futuro, levaria apenas cinco, mas só dali a dois anos, quando os trilhos fossem energizados e seus campos magnéticos, ativados. Os veículos de inspeção e manutenção que agora corriam para cima e para baixo nas faces da Torre eram impulsionados por antigos pneus, que aderiam às fendas-guias. Mesmo se as baterias limitadas permitissem, não era seguro operar esse sistema a mais de 500 quilômetros por hora.

No entanto, todos estavam ocupados demais para sentir tédio. O professor Sessui e seus três alunos observavam, verificavam seus instrumentos e se certificavam de que não haveria perda de tempo quando se transferissem para a Torre. O condutor da cápsula, seu engenheiro assistente e o comissário de bordo, que compunham toda a tripulação da cabine, também estavam totalmente ocupados, pois aquela não era uma viagem de rotina. O "Porão", 25 mil quilômetros abaixo da Intermediária – e agora a apenas 600 quilômetros da Terra –, nunca tinha sido visitado desde que fora construído. Até aquele momento, não havia por que ir até lá, já que os monitores nunca relataram nada de errado. Não que houvesse muita coisa que pudesse dar errado, uma vez que o Porão era apenas uma sala quadrada pressurizada de 15 metros de lado – um dos vários refúgios de emergência que existiam a intervalos ao longo da Torre.

O professor Sessui tinha se valido de sua considerável influência para tomar emprestado aquele local singular, que agora descia com lentidão, a dois quilômetros por dia, atravessando a ionosfera em direção ao seu encontro com a Terra. Era essencial, ele argumentara impetuosamente, instalar seu equipamento antes que o atual surto de manchas solares atingisse o pico.

A atividade solar já alcançara níveis inéditos e os jovens assistentes de Sessui muitas vezes achavam difícil se concentrar em seus instrumentos; as magníficas auroras lá fora eram uma distração muito grande. Por horas a fio, os hemisférios norte e sul eram preenchidos por cortinas e serpentinas de luz esverdeada, que se moviam lentamente – lindas e impressionantes, mas apenas um pálido fantasma se comparadas aos fogos de artifício em torno dos polos. De fato, era muito raro uma aurora vaguear tão longe de seus domínios normais; apenas uma vez em várias gerações ela invadia os céus equatoriais.

Sessui reconduzira seus alunos ao trabalho com a advertência de que teriam tempo de sobra para turismo durante a longa subida de volta à Intermediária. Mas era perceptível que até o próprio professor às vezes parava à janela de observação por vários minutos seguidos, arrebatado pelo espetáculo dos céus incandescentes.

Alguém batizara o projeto de "Expedição à Terra" – que, no que se referia à distância, era 98% exato. À medida que a cápsula descia lentamente pela face da Torre a míseros 500 quilômetros por hora, a proximidade crescente do planeta abaixo já era evidente. Pois a gravidade aumentava pouco a pouco, da prazerosa flutuação lunar da Intermediária a quase seu valor terrestre total. A qualquer viajante espacial experiente, isso seria, de fato, estranho: sentir qualquer gravidade antes do momento da reentrada atmosférica parecia uma inversão da ordem natural das coisas.

Fora as reclamações sobre a comida, toleradas estoicamente pelo sobrecarregado comissário de bordo, a viagem transcorrera sem incidentes. A cem quilômetros do Porão, os freios foram delicadamente acionados, e a velocidade caíra para a metade. Caiu pela metade novamente a 50 quilômetros – pois, como um dos alunos observou: "Não seria constrangedor se passássemos o fim da linha?".

O condutor (que insistia em ser chamado de piloto) retrucou que isso era impossível, pois as fendas-guias por onde a cápsula estava descendo terminavam vários metros antes do final da Torre; havia também um elaborado sistema de amortecedores, caso os quatro conjuntos independentes de freios parassem de funcionar. E todos concordaram que a brincadeira, além de ser perfeitamente ridícula, era de extremo mau gosto.

41

METEORO

O vasto lago artificial, conhecido há dois mil anos como Mar de Paravana, jazia calmo e plácido sob o olhar pétreo de seu construtor. Embora poucas pessoas atualmente visitassem a estátua solitária do pai de Kalidasa, sua obra, se não sua fama, durara mais que a do filho e servira infinitamente melhor ao país, trazendo água e comida a cem gerações de homens. E a um número ainda maior de gerações de pássaros, cervos, búfalos, macacos e seus predadores, como o leopardo esguio e bem alimentado que, naquele momento, bebia à beira d'água. Os grandes felinos estavam se tornando comuns demais e tendiam a se tornar um incômodo, agora que não tinham mais caçadores a temer. Mas eles nunca atacavam homens, a menos que fossem encurralados ou molestados.

Confiante em sua segurança, o leopardo bebia sem pressa, enquanto as sombras em torno do lago se alongavam e o crepúsculo avançava a partir do leste. De repente, ele aguçou os ouvidos e logo ficou alerta; mas nenhum dos sentidos meramente humanos poderia ter detectado mudança alguma na terra, água ou céu. A noite caía tranquila como sempre.

E então, diretamente do zênite, veio um silvo fraco que foi crescendo até se tornar um estrondo, com timbres violentos e dilacerantes, completamente diferente do ruído da reentrada de uma espaçonave. Lá em cima no céu, algo metálico cintilava aos últimos raios de sol, aumentando de tamanho cada vez mais e deixando atrás de si um rastro de fumaça. Ao se expandir, desintegrou-se; pedaços dispararam em todas as direções, alguns deles em chamas. Por alguns segundos, um olho agudo como o do leopardo poderia ter vislumbrado um objeto mais ou menos cilíndrico, antes de ele explodir numa miríade de fragmentos. Mas o leopardo não esperou pela catástrofe final; já tinha desaparecido na selva.

O Mar de Paravana entrou numa erupção súbita e estrondosa. Um gêiser de lama e borrifo projetou-se a cem metros no ar – uma fonte que ultrapassou em muito às de Yakkagala e que, na verdade, tinha quase a mesma altura da própria Rocha. Pairou suspensa por um instante, num inútil desafio à gravidade, e tombou de volta no lago despedaçado.

O céu já estava repleto de aves aquáticas rodando num voo assustado. Quase em mesmo número, batendo as asas no meio delas como pterodáctilos de couro que, de algum modo, sobreviveram até os tempos modernos, voavam os grandes morcegos frugívoros, que em geral só saíam após o anoitecer. Agora, igualmente terrificados, pássaros e morcegos compartilhavam o céu.

Os últimos ecos do impacto morreram na selva ao redor; o silêncio logo retornou ao lago. Mas longos minutos se passaram até que a superfície espelhada se restaurasse e as pequenas ondas parassem de se agitar para a frente e para trás, sob os olhos cegos de Paravana, o Grande.

42

MORTE EM ÓRBITA

Diz-se que toda grande obra ceifa vidas; catorze nomes estavam gravados nos pilares da Ponte Gibraltar. Mas, graças a uma campanha de segurança quase fanática, o número de fatalidades na Torre tinha sido notavelmente baixo. Na verdade, tinha havido um ano sem uma única morte.

E tinha havido um com quatro – duas delas particularmente angustiantes. Um supervisor de montagem da estação espacial, acostumado a trabalhar sob gravidade zero, esqueceu que, embora estivesse no espaço, não estava em órbita – e a experiência de uma vida toda o traiu. Mergulhou mais de 15 mil quilômetros, queimando como um meteoro na entrada da atmosfera. Infelizmente, o rádio de seu traje ficou ligado durante aqueles poucos últimos minutos...

Tinha sido um ano ruim para a Torre; a segunda tragédia foi muito mais prolongada, e também pública. Uma engenheira no contrapeso, muito além da órbita estacionária, não tinha prendido seu cinto de segurança adequadamente – e foi arremessada ao espaço como a pedra de um estilingue. Ela não estava em perigo, naquela altitude, nem de cair na Terra nem de ser lançada numa trajetória de escape; infelizmente, seu traje tinha menos de duas horas de ar. Não havia possibilidade de resgate em prazo tão curto; e, apesar do clamor público, não se fez nenhuma tentativa. A vítima cooperou com nobreza. Transmitiu mensagens de despedida e depois – com trinta minutos de oxigênio ainda sem uso – abriu o traje no vácuo. O corpo foi recuperado alguns dias depois, quando as inexoráveis leis da mecânica celeste o trouxeram de volta ao perigeu de sua longa elipse.

Essas tragédias passaram pela mente de Morgan enquanto ele descia, no elevador de alta velocidade, até a Sala de Operações, seguido de perto pelo sombrio Warren Kingsley e pelo agora quase esquecido Dev. Mas *aquela* catástrofe era de um tipo totalmente diferente, envolvendo uma explosão próxima à base da Torre. Que o transportador tinha caído na Terra era óbvio, mesmo antes de receberem o confuso relato de uma "gigantesca chuva de meteoros" em algum lugar no centro da Taprobana.

Era inútil especular antes de ele ter conhecimento dos fatos; e, nesse caso, em que todas as provas provavelmente tinham sido destruídas, os fatos talvez jamais estivessem disponíveis. Ele sabia que acidentes espaciais raras vezes tinham uma única causa; eram, em geral, a consequência de uma cadeia de eventos, muitas vezes completamente inofensivos em si. Nem todas as precauções dos engenheiros de segurança podiam garantir confiabilidade absoluta, e às vezes suas próprias medidas ultraelaboradas contribuíam para o desastre. Morgan não se envergonhava de que a segurança do projeto agora o preocupava muito mais do que qualquer perda de vida. Nada se podia fazer quanto aos mortos, exceto garantir que o mesmo acidente jamais ocorresse outra vez. Mas pensar que a Torre quase pronta pudesse estar em perigo era uma perspectiva terrível.

O elevador parou suavemente, e ele entrou na Sala de Operações – bem a tempo para a segunda surpresa atordoante da noite.

43

SISTEMA DE PROTEÇÃO

A cinco quilômetros do terminal, o condutor-piloto Rupert Chang tinha reduzido a velocidade de novo. Agora, pela primeira vez, os passageiros podiam ver a face da Torre como algo mais do que um borrão indistinto que desaparecia no infinito em ambas as direções. Para cima, é verdade, os sulcos duplos pelos quais eles corriam ainda se estendiam eternamente – ou, pelo menos, a 25 mil quilômetros, o que, pela escala humana, era quase a mesma coisa. Mas, para baixo, o fim já estava à vista. A base truncada da Torre desenhava-se claramente contra o fundo verdejante da Taprobana, que ela alcançaria e ao qual se uniria dentro de pouco mais de um ano.

No mostrador do painel, os símbolos vermelhos do ALARME piscaram de novo. Chang os estudou com o cenho franzido de irritação e apertou o botão RESET. Os símbolos tremularam uma vez, e então desapareceram.

A primeira vez que isso acontecera, 200 quilômetros acima, tinha havido uma consulta apressada ao Controle da Intermediária. Uma rápida verificação de todos os sistemas não revelara nenhum problema; na verdade, se todos os avisos fossem levados a sério, os passageiros do transportador já estariam mortos. *Tudo* havia ultrapassado os limites de tolerância.

Tratava-se, obviamente, de uma falha nos próprios circuitos de alarme, e a explicação do professor Sessui foi aceita, para alívio geral. O veículo não estava mais em ambiente de puro vácuo, para o qual tinha sido projetado; a turbulência da ionosfera onde ele entrara agora tinha disparado os sensíveis sensores dos sistemas de alarme.

"Alguém deveria ter pensado nisso", Chang resmungara. Mas, faltando menos de uma hora de viagem, ele não ficara realmente preocupado. Faria verificações manuais constantes de todos os parâmetros críticos; a Intermediária aprovara e, de qualquer maneira, não havia outra alternativa.

A condição da bateria era, talvez, o item que mais o preocupava. O ponto de recarga mais próximo ficava dois mil quilômetros acima e, se não pudessem subir de volta até lá, estariam em apuros. Mas Chang estava satisfeito com esse resultado; durante o processo de frenagem, os motores do transportador funcionaram como dínamos, e 90% de sua energia gravitacional tinha sido rebombeada para as baterias. Agora que estavam completamente carregadas, as centenas de quilowatts excedentes que ainda estavam sendo gerados seriam desviadas para o espaço, através das aletas de resfriamento na traseira. Aquelas aletas, como os colegas de Chang tinham observado, faziam aquele veículo singular parecer uma antiga bomba aérea. Àquela altura, no fim do processo de frenagem, elas deviam estar incandescendo em um vermelho-fosco. Chang teria ficado muito preocupado se soubesse que elas ainda estavam confortavelmente frias. Pois jamais se pode destruir a energia; ela tem de ir para *algum lugar*. E, com frequência, vai para o lugar errado.

Quando o sinal FOGO-COMPARTIMENTO DE BATERIA apareceu pela terceira vez, Chang não hesitou em apertar o botão RESET. Ele sabia que um incêndio de verdade teria acionado os extintores; de fato, uma das maiores preocupações era a de que estes funcionassem sem necessidade. Havia várias anomalias no painel agora, especialmente nos circuitos de carga das baterias. Assim que a viagem terminasse e ele desligasse o transportador, Chang iria subir até a sala do motor e fazer uma velha e boa inspeção visual.

Por acaso, seu nariz o avisou primeiro, quando faltava pouco mais de um quilômetro. Mesmo quando viu, incrédulo, a fina coluna de fumaça escorrendo para fora do painel de controle, a parte fria e analítica de sua mente dizia: "Que feliz coincidência ela ter esperado até o fim da viagem!".

Então se lembrou de toda a energia produzida durante a frenagem final e teve um palpite inteligente sobre a sequência de eventos. Os circuitos protetores devem ter falhado, e as baterias ficaram sobrecarregadas. Um sistema de proteção atrás do outro havia falhado; auxiliados pela tempestade ionosférica, a absoluta perversidade das coisas inanimadas atacara novamente.

Chang apertou o botão do extintor de incêndio do compartimento de bateria; pelo menos *isso* funcionou, pois ele ouviu o ruído abafado dos jatos de nitrogênio do outro lado da antepara. Dez segundos depois, acionou a DESCARGA NO VÁCUO, que varreria o gás para o espaço – junto, assim esperava, com a maior parte do calor do fogo. Isso também funcionou corretamente; foi a primeira vez que Chang ouviu, com alívio, o inconfundível som agudo de atmosfera escapando de um veículo espacial; e ele esperava que fosse a última.

Não ousou confiar na sequência automática de frenagem, enquanto o veículo enfim entrava com lentidão no terminal. Felizmente, Chang tinha recebido um bom treinamento e reconheceu todos os sinais visuais; assim, conseguiu parar a um centímetro do adaptador da doca. Com pressa frenética, as câmaras de despressurização se acoplaram, e provisões e equipamentos foram arremessados no tubo conector...

... assim como o professor Sessui, pelo esforço combinado do piloto, do engenheiro assistente e do comissário de bordo, quando ele tentou voltar para buscar seus preciosos instrumentos. As portas da câmara de despressurização foram fechadas segundos antes de a antepara do compartimento do motor finalmente ceder.

Depois disso, os refugiados não puderam fazer mais nada, a não ser aguardar na sombria sala quadrada de 15 metros, com muito menos instalações que uma cela de prisão bem mobiliada, e esperar que o incêndio se apagasse sozinho. Talvez fosse bom para a paz de espírito dos passageiros que apenas Chang e seu engenheiro soubessem de uma estatística vital: as baterias sobrecarregadas continham a energia de uma grande bomba química, que agora estava se armando do lado de fora da Torre.

Dez minutos após a chegada apressada dos passageiros, a bomba explodiu. Houve uma explosão abafada, que causou apenas leves vibrações na Torre, seguida do som de metal se rompendo e se dilacerando. Embora os ruídos não fossem muito impressionantes, gelaram os corações dos ouvintes; seu único meio de transporte estava sendo destruído, deixando-os abandonados a 25 mil quilômetros da segurança.

Houve outra explosão, mais demorada... e então, silêncio; os refugiados concluíram que o veículo tinha caído da face da Torre. Ainda entorpecidos, começaram a fazer um levantamento dos recursos disponíveis; e, lentamente, perceberam que sua fuga milagrosa poderia ter sido em vão.

44

UMA CAVERNA NO CÉU

Nas profundezas da montanha, em meio aos monitores e equipamentos de comunicação do Centro de Operações Terra, Morgan e sua equipe de engenharia rodeavam o holograma, em escala de um por dez, da parte inferior da Torre. Ele era perfeito em cada detalhe, até nas quatro delgadas fitas-guias ao longo de cada face. Elas sumiam no ar logo acima do chão, e era difícil compreender que, mesmo naquela escala reduzida, elas deveriam continuar para baixo por mais 60 quilômetros – atravessando completamente a crosta da Terra.

– Dê o corte transversal – pediu Morgan – e levante o Porão até a altura dos olhos.

A Torre perdeu sua solidez aparente e tornou-se um fantasma luminoso – uma caixa longa, quadrada, de paredes finas e vazia, exceto pelos cabos supercondutores do suprimento de energia. A parte inferior – "Porão" era de fato um bom nome, mesmo estando a uma altura cem vezes maior que a daquela montanha – tinha sido lacrada para formar uma única sala quadrada, com 15 metros de lado.

– Acesso? – perguntou Morgan.

Duas partes da imagem começaram a brilhar com mais intensidade. Claramente definidas nas faces norte e sul, entre os sulcos das fendas-guias, estavam as portas externas das câmaras de despressurização duplicadas – com a maior distância possível entre elas, segundo as habituais normas de segurança para todos os *habitats* espaciais.

– Eles entraram pela porta sul, é claro – explicou o oficial de serviço. – Não sabemos se ela foi danificada na explosão.

Bem, havia três outras entradas, pensou Morgan – e eram as duas inferiores que lhe interessavam. Tinha sido uma daquelas ideias tardias, incorporadas num estágio avançado do projeto. Na verdade, o Porão todo foi uma ideia tardia; antes, construir um refúgio ali tinha sido considerado desnecessário, pois era uma seção da Torre que, no fim, se tornaria parte do próprio Terminal Terra.

– Incline a face inferior na minha direção – ordenou Morgan.

A Torre tombou num arco de luz e ficou flutuando no ar, na horizontal, com a extremidade inferior voltada para Morgan. Agora ele podia ver todos os detalhes do piso quadrado de 20 metros – ou do teto, se olhado do ponto de vista de seus construtores orbitais.

Próximo aos cantos norte e sul, conduzindo às duas câmaras de despressurização independentes, estavam as escotilhas que permitiam acesso por baixo. O único problema era alcançá-las – seis quilômetros acima no céu.

– Suporte de vida?

As câmaras de despressurização se dissolveram na estrutura; o foco visual moveu-se para um pequeno armário no centro da sala.

– *Esse* é o problema, doutor – respondeu o oficial de serviço, num tom sombrio. – Só há um sistema de manutenção de pressão. Nenhum purificador e, é claro, nenhuma energia. Agora que eles perderam o transportador, não vejo como vão conseguir sobreviver a esta noite. A temperatura já está baixando... caiu dez graus desde o pôr do sol.

Morgan sentiu como se o frio do espaço tivesse entrado em sua própria alma. A euforia da descoberta de que todos os ocupantes do transportador perdido ainda estavam vivos rapidamente se esvaiu. Mesmo que houvesse oxigênio suficiente no Porão para mantê-los por vários dias, isso não teria nenhuma importância se eles congelassem antes do amanhecer.

– Gostaria de falar com o professor Sessui.

– Não podemos ligar diretamente para ele... o telefone de emergência do Porão só se comunica com a Intermediária. Mas não há problema.

Isso não se mostrou de todo verdade. Quando a conexão foi feita, o condutor-piloto Chang atendeu.

– Desculpe – ele disse –, o professor Sessui está ocupado.

Após um momento de silêncio incrédulo, Morgan retrucou, pausando entre cada palavra e enfatizando seu nome.

– Fale que o dr. Vannevar Morgan quer conversar com ele.

– Vou falar, doutor... mas não vai fazer a menor diferença. Ele está trabalhando num equipamento com os alunos dele. Foi a única coisa que conseguiram salvar... algum tipo de espectroscópio... estão apontando para uma das janelas de observação...

Morgan controlou-se com dificuldade. Estava prestes a responder "Eles estão malucos?", quando Chang o antecedeu.

– O senhor não conhece o professor... mas *eu* passei a última semana com ele. Ele é... bem, acho que se pode dizer que ele é obstinado. Foram necessários três homens para impedi-lo de voltar à cabine e pegar mais equipamentos. E ele acabou de me dizer que, se vamos todos morrer de qualquer jeito, ele quer ter certeza de que pelo menos *um* equipamento esteja funcionando adequadamente.

Morgan percebeu pela voz de Chang que, por mais que ele estivesse irritado, sentia uma admiração considerável pelo ilustre passageiro. E, de fato, o professor tinha a lógica a seu favor. Fazia sentido salvar o que pudesse, em nome dos anos de esforço despendidos na malfadada expedição.

– Muito bem – disse Morgan, enfim, cooperando com o inevitável. – Já que não posso falar com ele, gostaria de ouvir o *seu* resumo da situação. Até agora, só tive notícias de segunda mão.

Ocorria agora a Morgan que, em todo caso, Chang provavelmente faria um relatório muito mais útil do que o do professor. Embora a insistência do condutor-piloto na segunda parte de seu título muitas vezes provocasse escárnio entre os verdadeiros astronautas, ele era um técnico altamente qualificado, com bom treinamento em engenharia mecânica e elétrica.

– Não há muito o que dizer. Tivemos tão pouco tempo, que não conseguimos salvar nada... exceto aquele maldito espectrômetro. Francamente, nunca pensei que conseguiríamos passar pela câmara de despressurização. Temos a roupa do corpo... e só. Uma aluna conseguiu pegar sua bolsa de viagem. Adivinhe... a mala continha o rascunho da tese dela, escrita em *papel*, pelo amor de Deus! Nem era à prova de fogo, apesar do regulamento. Se pudéssemos gastar oxigênio, nós a queimaríamos, para ter um pouco de calor.

Ouvindo aquela voz do espaço, e olhando o holograma transparente – mas aparentemente sólido – da Torre, Morgan teve uma ilusão muito curiosa. Imaginou que havia pequeninos seres humanos, em escala de um por dez, movendo-se ali no compartimento inferior; bastaria estender a mão e trazê-los para fora, em segurança...

– Além do frio, o outro grande problema é o ar. Não sei quanto tempo vai levar antes que o aumento do CO_2 nos derrube... talvez alguém calcule *isso* também. Qualquer que seja a resposta, receio que será muito otimista. – A voz de Chang caiu vários decibéis, e ele começou a falar num tom quase de conspiração, obviamente para evitar ser ouvido. – O professor e seus alunos não sabem, mas a câmara de despressurização sul foi danificada na explosão. Há um vazamento... um chiado constante em volta da vedação. Não sei dizer se é muito sério. – Sua voz voltou ao tom normal. – Bem, essa é a situação. Estaremos aguardando notícias suas.

E o que diabos *podemos* dizer, pensou Morgan, exceto "Adeus"?

A administração de crises era uma habilidade que Morgan admirava, mas não invejava. Janos Bartok, oficial de segurança da Torre na Intermediária, era agora o responsável pela situação; os que estavam dentro da montanha, cinco mil quilômetros abaixo – e a meros 600 da cena do acidente – só poderiam ouvir os relatórios, dar conselhos úteis e satisfazer a curiosidade do noticiário da melhor maneira possível.

Não é preciso dizer que Maxine Duval entrou em contato minutos após o desastre e, como sempre, suas perguntas iam direto ao ponto.

– A Estação Intermediária consegue chegar até eles a tempo?

Morgan hesitou; a resposta, sem dúvida, era "Não". No entanto, seria imprudência, para não dizer crueldade, abandonar a esperança tão cedo. E houvera um lance de sorte...

– Não quero levantar falsas esperanças, mas talvez não precisemos da Intermediária. Há uma equipe trabalhando muito mais perto, na 10K... a estação a dez mil quilômetros. O transportador deles pode chegar até o Porão em vinte horas.

– Então por que esse transportador ainda não está descendo?

– O oficial de segurança Bartok vai tomar essa decisão em breve... mas pode ser um desperdício de esforço. Achamos que eles só têm oxigênio para metade desse tempo. E o problema da temperatura é ainda mais sério.

– O que você quer dizer?

– É noite lá em cima, e eles não têm fonte de calor. Não divulgue isso ainda, Maxine, mas pode haver uma corrida entre o congelamento e a anoxia.

Houve uma pausa de vários segundos; então Maxine Duval disse, num tom de voz atipicamente reservado: – Posso estar falando bobagem, mas com certeza as estações meteorológicas, com seus grandes raios *laser* infravermelhos...

– Obrigado, Maxine... *eu* é que fiz bobagem. Só um minuto, enquanto falo com a Intermediária...

Bartok foi educado quando Morgan ligou, mas a resposta brusca deixou bem clara a sua opinião sobre amadores intrometidos.

– Desculpe tê-lo incomodado – despediu-se Morgan, e voltou a falar com Maxine. – Às vezes o perito realmente conhece o seu trabalho – disse a ela, com orgulho arrependido. – *Nosso* homem conhece o trabalho dele. Ele ligou para o Controle das Monções há dez minutos. Estão computando a força do feixe agora... naturalmente, não querem exagerar na dose e queimar todo mundo.

– Então eu estava certa – disse Maxine, com doçura. – *Você* deveria ter pensado nisso, Van. O que mais esqueceu?

Não havia resposta possível, e Morgan não tentou encontrar uma. Podia ver a mente computadorizada de Maxine pensando lá na frente e adivinhou qual seria a próxima pergunta. Estava certo.

– Não podem usar as aranhas?

– Mesmo os últimos modelos têm limite de altitude... as baterias só aguentam até 300 quilômetros. Elas foram projetadas para inspecionar a Torre quando ela já tivesse entrado na atmosfera.

– Então instale baterias maiores.

– Em poucas horas? Mas não é *esse* o problema. O único modelo testado até o momento não pode carregar passageiros.

– Você poderia mandá-la vazia.

– Sinto muito... já pensamos nisso. Tem que haver um operador a bordo para manobrar na atracação, quando a aranha chegar ao Porão. E, ainda assim, levaria dias para retirar sete pessoas, uma de cada vez.

– Com certeza você tem algum plano!

– Vários, mas são todos malucos. Se algum deles fizer sentido, eu aviso. Enquanto isso, há uma coisa que você pode fazer por nós.

– O quê? – Maxine perguntou, desconfiada.

– Explique ao seu público por que naves espaciais podem se atracar umas às outras, 600 quilômetros acima... mas *não* podem se atracar à Torre. Quando fizer isso, talvez já tenhamos notícias para você.

Quando a imagem ligeiramente indignada de Maxine sumiu da tela, e Morgan voltou-se mais uma vez para o caos bem orquestrado da Sala de Operações, tentou deixar sua mente vagar o mais livremente possível por todos os aspectos do problema. Apesar da rejeição educada do oficial de segurança, cumprindo com eficiência seu dever lá em cima na Intermediária, Morgan talvez tivesse algumas ideias úteis. Embora não acreditasse haver soluções mágicas, ele entendia a Torre melhor do que ninguém – com a possível exceção de Warren Kingsley. Warren provavelmente conhecia melhor os pequenos detalhes, mas Morgan tinha uma visão geral mais clara.

Sete homens e mulheres estavam presos no céu, numa situação única em toda a história da tecnologia espacial. *Tinha* de haver um modo de salvá-los, antes que se envenenassem pelo CO_2 ou a temperatura baixasse tanto que a sala se tornasse, literalmente, uma tumba como a de Maomé – suspensa entre o Céu e a Terra.

45

O HOMEM CERTO PARA A MISSÃO

– Podemos fazer isso – disse Warren Kingsley com um sorriso largo. – A aranha pode chegar até o Porão.

– Vocês conseguiram acrescentar energia extra suficiente nas baterias?

– Sim, mas será por um triz. Terá que ser uma subida em dois estágios, como os foguetes primitivos. Assim que a bateria acabar, ela terá que ser ejetada, para nos livrarmos do peso morto. Isso será por volta dos 400 quilômetros; então, a bateria interna da aranha terá que durar pelo resto da viagem.

– E qual a carga que *isso* aguenta?

O sorriso de Kingsley desapareceu.

– Muito restrita. Cerca de 50 quilos, com as melhores baterias que temos.

– Só cinquenta? De que adianta *isso*?

– Deve ser suficiente. Dois daqueles novos tanques de mil atmosferas, cada um com cinco quilos de oxigênio. Máscaras com filtros moleculares, para impedir a entrada de CO_2. Um pouco de água e comida condensada. Alguns suprimentos médicos. Dá para levar tudo em menos de 40 quilos.

– Ufa! E tem certeza de que isso é suficiente?

– Sim... vai supri-los até chegar o transportador da Estação 10K. E, se for necessário, a aranha pode fazer uma segunda viagem.

– O que Bartok acha?

– Aprovou. Afinal, ninguém teve ideia melhor.

Morgan sentiu que um grande peso tinha sido retirado dos seus ombros. Muita coisa ainda podia dar errado, mas, finalmente, havia um raio de esperança; a sensação de completa impotência se dissipara.

– Quando tudo isso vai estar pronto? – ele perguntou.

– Se não houver nenhum impedimento, em duas horas. Três, no máximo. Felizmente, são todos equipamentos-padrão. A aranha está sendo verificada neste momento. Só há uma questão ainda a ser decidida...

Vannevar Morgan balançou a cabeça.

– Não, Warren – ele respondeu devagar, numa voz calma e implacavelmente determinada, que seu amigo jamais tinha ouvido. – Não há mais nada a decidir.

– Não estou tentando impor hierarquia, Bartok – disse Morgan. – É simples questão de lógica. É verdade que qualquer um pode dirigir uma aranha... mas só meia dúzia de homens conhecem *todos* os detalhes técnicos envolvidos. Pode haver alguns problemas operacionais quando chegarmos à Torre, e eu estou na melhor posição para resolvê-los.

– Devo lembrá-lo, dr. Morgan – disse o oficial de segurança – que o senhor tem 65 anos. Seria mais sensato mandar um homem mais jovem.

– *Não* tenho 65, tenho 66. E idade não tem absolutamente nada a ver com isso. Não há perigo, e certamente não há necessidade de força física.

E, ele poderia ter acrescentado, os fatores psicológicos eram muito mais importantes do que os físicos. Quase todo mundo podia subir e descer passivamente numa cápsula, como Maxine Duval tinha feito e milhões de outros fariam nos anos seguintes. Porém, enfrentar algumas das situações que facilmente poderiam surgir, a 600 quilômetros no céu vazio, seria algo completamente diferente.

– Ainda acho – disse o oficial de segurança Bartok, com persistência cortês – que seria melhor mandar um homem mais jovem. O dr. Kingsley, por exemplo.

Atrás de si, Morgan ouviu (ou teria imaginado?) o colega subitamente parar de respirar. Durante anos eles tinham brincado com o fato de Warren ter tamanha aversão a alturas que ele nunca inspecionava as estruturas que projetava. Seu medo não chegava a uma verdadeira acrofobia, e conseguia superá-lo quando absolutamente necessário; afinal, ele estivera com Morgan quando caminharam da África até a Europa. Mas esta fora a única vez que ele ficara bêbado em público, e não fora mais visto por ninguém nas vinte e quatro horas seguintes.

Warren estava fora de questão, embora Morgan soubesse que ele estaria disposto a subir. Havia momentos em que a capacidade técnica e simples coragem não bastavam; nenhum homem podia lutar contra medos implantados nele no nascimento, ou durante a primeira infância.

Felizmente, não foi preciso explicar isso ao oficial de segurança. Havia um motivo mais simples e igualmente válido pelo qual Warren não deveria ir. Poucas vezes na vida Morgan ficou tão contente por sua baixa estatura; esta era uma delas.

– Sou 15 quilos mais leve do que Kingsley – ele disse a Bartok. – Numa operação com margem tão estreita, isso deve encerrar o assunto. Então, não vamos mais perder tempo precioso discutindo.

Sentiu uma ligeira dor na consciência, pois sabia que estava sendo injusto. Bartok estava apenas fazendo o seu trabalho, com muita eficiência, e a cápsula só iria estar pronta dali a uma hora. Ninguém estava perdendo tempo algum.

Por longos segundos, os dois homens se olharam nos olhos, como se os 25 mil quilômetros entre eles não existissem. Se houvesse um teste direto de força, a situação poderia se complicar. Bartok estava nominalmente encarregado de todas as operações de segurança e poderia, em teoria, desautorizar até o engenheiro-chefe e gerente de projeto. Mas talvez encontrasse dificuldade em impor sua autoridade; tanto Morgan quanto a aranha estavam muito abaixo dele na Sri Kanda, e a posse, na prática, vale mais do que a letra da lei.

Bartok deu de ombros, e Morgan relaxou.

– Você tem razão. Ainda não estou satisfeito, mas concordo. Boa sorte.

– Obrigado – Morgan respondeu com calma, enquanto a imagem sumia na tela. Virando-se para o ainda silencioso Kingsley, disse: – Vamos.

Só quando estavam saindo da Sala de Operações, de volta ao topo da montanha, Morgan automaticamente apalpou o pequeno pingente escondido sob sua camisa. O ALCOR não o incomodara em meses, e nem mesmo Warren Kingsley sabia de sua existência. Estaria ele brincando com a vida alheia, além da própria, apenas para satisfazer um orgulho egoísta? Se o oficial de segurança Bartok soubesse *disto*...

Agora era tarde demais. Quaisquer que fossem suas motivações, ele havia se comprometido.

46

ARANHA

Como a montanha tinha mudado, pensou Morgan, desde que a vira pela primeira vez! O cume tinha sido ceifado por completo, tornando-se um platô perfeitamente plano; no centro, estava a gigantesca "tampa de panela", lacrando o poço que em breve carregaria o tráfego de muitos planetas. Estranho pensar que o porto espacial mais grandioso do sistema solar ficaria no coração de uma montanha.

Ninguém imaginaria que um antigo monastério existira ali, concentrando as esperanças e os medos de bilhões de pessoas, durante pelo menos três mil anos. O único símbolo que ainda restava era o ambíguo legado do Maha Thero, agora encaixotado e aguardando ser removido. Mas, até agora, nem as autoridades de Yakkagala nem o diretor do Museu de Ranapura haviam demonstrado entusiasmo pelo agourento sino de Kalidasa. A última vez que badalara, o pico tinha sido varrido por aquele breve, mas memorável vendaval – de fato, um vento de mudança. Agora o ar estava quase imóvel, enquanto Morgan e seus assistentes caminhavam lentamente até a cápsula que os aguardava, cintilando sob as luzes de inspeção. Alguém estampara o nome ARANHA MARK II na parte inferior do veículo; e, abaixo, rabiscaram a promessa: ENTREGAMOS AS MERCADORIAS. Espero que sim, pensou Morgan...

Sempre que subia até ali, achava cada vez mais difícil respirar e ansiava pela inundação de oxigênio que logo jorraria para seus ávidos pulmões. Mas o ALCOR, para sua surpresa e alívio, nunca emitira sequer a advertência preliminar nas vezes em que visitou o cume; as instruções que o dr. Sen prescrevera pareciam estar funcionando admiravelmente.

Tudo fora carregado a bordo da Aranha, que tinha sido elevada para que a bateria extra pudesse ficar pendurada na parte de baixo. Os mecânicos ainda faziam os ajustes finais e desconectavam cabos de energia; o emaranhado de fios sob os pés era um risco razoável para um homem desacostumado a andar num traje espacial.

O Flexitraje de Morgan chegara de Gagarin trinta minutos antes e, por um momento, ele considerara seriamente viajar sem ele. A Aranha Mark II era um veículo muito mais sofisticado que o simples protótipo em que Maxine Duval tinha viajado no passado; na verdade, era uma pequena nave espacial, com seu próprio sistema de suporte de vida. Se tudo corresse bem, Morgan deveria ser capaz de atracá-lo à câmara de despressurização no fundo da Torre, projetada anos antes exatamente com essa finalidade. Porém, um traje espacial ofereceria não apenas garantia em caso de problemas na atracação, mas lhe daria uma liberdade de ação imensamente maior. Quase ajustado à forma do corpo, o Flexitraje era bem diferente da armadura desajeitada dos primeiros astronautas e, mesmo quando pressurizado, quase não restringia os movimentos. Morgan certa vez vira uma demonstração dos fabricantes, que incluía algumas acrobacias e culminava com uma luta de esgrima e um balé. Este último fora hilariante – mas comprovara as explicações do projetista.

Morgan subiu o curto lance de degraus, parou por um instante no vestíbulo da pequena cápsula e entrou com cuidado. Enquanto se ajeitava no assento e prendia o cinto de segurança, ficou agradavelmente surpreso com a quantidade de espaço. Embora o Mark II fosse sem dúvida um veículo para uma pessoa só, não era tão claustrofóbico como ele temera – mesmo com o equipamento extra acondicionado em seu interior.

Os dois cilindros de oxigênio tinham sido alojados sob o assento, e as máscaras de CO_2 estavam numa pequena caixa atrás da escada que conduzia à câmara de despressurização, no teto. Parecia espantoso que uma quantidade tão pequena de equipamentos pudesse significar a diferença entre a vida e a morte para tantas pessoas.

Morgan levara um item pessoal – uma recordação daquele primeiro dia, há muito tempo, em Yakkagala, onde, de certo modo, tudo começara. A fiandeira ocupava pouco espaço e pesava só um quilo. Ao longo dos anos, tornara-se uma espécie de talismã; ainda era uma das maneiras mais eficazes de se demonstrar as propriedades do hiperfilamento e, sempre que a deixava para trás, quase invariavelmente descobria que precisava dela. Nesta viagem, mais do que em todas, o dispositivo poderia ser útil.

Conectou o cordão umbilical de desengate rápido em seu traje espacial e testou o fluxo de ar do suprimento interno e externo. Do lado de fora, os cabos de energia estavam desconectados; a Aranha estava por sua própria conta.

Discursos brilhantes quase nunca surgem espontaneamente nesses momentos – e aquela, afinal, seria uma operação fácil e direta. Morgan deu um sorriso um tanto afetado e tenso para Kingsley e disse: – Cuide dos negócios até eu voltar, Warren. – Então notou a figura pequena e solitária no grupo em volta da cápsula. Meu Deus, pensou consigo, quase tinha me esquecido do pobre menino... – Dev – chamou. – Desculpe por eu não ter podido cuidar de você. Vou compensar quando voltar.

E vou mesmo, pensou consigo. Quando a Torre fosse concluída, haveria tempo para tudo – até para as relações humanas que ele tanto negligenciara. Valeria a pena observar Dev; um garoto que sabia quando não atrapalhar representava uma promessa incomum.

A porta curva da cápsula – a metade superior de plástico transparente – fechou-se batendo delicadamente nas vedações. Morgan apertou o botão VERIFICAÇÃO e as estatísticas vitais da Aranha apareceram, uma a uma, na tela. Todas estavam em letra verde, portanto não havia necessidade de ler os números. Se qualquer dos valores estivesse fora do normal, teria piscado em vermelho, duas vezes por segundo. Mesmo assim, com sua habitual cautela de engenheiro, Morgan observou que o oxigênio continuava a 102%, a energia da bateria principal a 101%, a bateria de impulso a 105%...

A voz calma e tranquila do controlador – o mesmo perito imperturbável que acompanhara todas as operações da primeira e fracassada descida, anos antes – soou em seus ouvidos:

– Todos os sistemas nominais. Assuma o controle.

– Assumi o controle. Vou aguardar o próximo minuto.

Era difícil imaginar um contraste maior entre este lançamento e o dos foguetes antigos, com sua elaborada contagem regressiva, a cronometragem em fração de segundo, o som e a fúria. Morgan apenas aguardou até que os dois últimos dígitos zerassem e então acionou a partida na configuração mais baixa.

Suavemente – e *silenciosamente* –, o topo da montanha iluminado por refletores afastou-se abaixo dele. Nem mesmo a subida de um balão teria sido mais silenciosa. Se prestasse atenção, poderia ouvir o zumbido dos dois motores que impeliam as grandes rodas de fricção agarradas à fita, tanto acima quanto abaixo da cápsula.

Velocidade de ascensão, cinco metros por segundo, dizia o indicador; em etapas lentas e regulares, Morgan aumentou a força até o mostrador indicar 50 metros por segundo – pouco abaixo de 200 quilômetros por hora. Isso daria máxima eficiência com a carga atual da Aranha; quando a bateria auxiliar fosse descartada, a velocidade poderia aumentar 25%, atingindo quase 250 quilômetros por hora.

– Diga *alguma coisa*, Van! – disse a voz bem-humorada de Warren do mundo lá embaixo.

– Me deixe em paz – Morgan respondeu, no mesmo tom. – Pretendo relaxar e aproveitar a vista nas próximas duas horas. Se você queria comentários contínuos, deveria ter enviado Maxine Duval.

– Faz uma hora que ela está ligando para você.

– Mande lembranças a ela e diga que estou ocupado. Talvez quando eu chegar à Torre... Quais as últimas notícias de lá?

– A temperatura se estabilizou em 20... O Controle de Monções dispara um feixe de megapotência moderada a cada dez minutos. Mas o professor Sessui está furioso... reclama que isso prejudica os instrumentos dele.

– E o ar?

– Não muito bom. A pressão caiu e, naturalmente, o CO_2 está aumentando. Mas eles devem ficar bem, se você chegar no tempo previsto. Todos estão evitando qualquer movimento desnecessário, para conservar oxigênio.

Todos exceto o professor Sessui, aposto, pensou Morgan. Seria interessante conhecer o homem cuja vida estava tentando salvar. Tinha lido vários dos famosos, e muito elogiados, livros do cientista, e os considerava floreados e excessivos. Morgan desconfiava de que o homem combinaria com o estilo literário.

– E a situação na 10K?

– Mais duas horas para o transportador poder sair; estão instalando alguns circuitos especiais para garantir que nada vai pegar fogo *nessa* viagem.

– Muito boa ideia... de Bartok, suponho.

– Provavelmente. E, por precaução, vão descer pelo trilho norte. O sul pode ter sido danificado pela explosão. Se tudo correr bem, eles vão chegar em... ah... vinte e uma horas. Tempo de sobra, mesmo se não mandarmos a Aranha outra vez, com uma segunda carga.

Apesar de sua observação a Kingsley – um gracejo apenas em parte –, Morgan sabia ser cedo demais para começar a relaxar. No entanto, tudo realmente parecia estar correndo bem, conforme o esperado; e de fato não havia mais nada que ele pudesse fazer nas próximas três horas, a não ser apreciar a vista que não parava de se expandir.

Já estava a 30 quilômetros no céu, subindo rápida e silenciosamente através da noite tropical. Não havia lua, mas a terra abaixo se revelava pelas constelações cintilantes de suas cidades e aldeias. Quando olhou as estrelas acima e as estrelas abaixo, Morgan achou fácil imaginar que estava longe de qualquer planeta, perdido nas profundezas do espaço. Logo poderia ver toda a ilha da Taprobana, levemente delineada pelas luzes dos povoados litorâneos. Distante ao norte, uma mancha radiante e indistinta avançava lentamente no horizonte, como o arauto de uma alvorada fora de hora. Aquilo o intrigou por um instante, até ele perceber que estava vendo uma das grandes cidades do sul do Industão.

Estava mais alto agora do que qualquer aeronave era capaz de subir, e o que já tinha feito era único na história dos transportes. Embora a Aranha e suas precursoras tivessem realizado inúmeras viagens de até 20 quilômetros de altitude, ninguém foi autorizado a subir mais, pela impossibilidade de resgate. O planejado era começar operações importantes apenas quando a base da Torre estivesse bem mais próxima, e a Aranha tinha pelo menos duas companheiras capazes de subir e descer nas outras fitas do sistema. Morgan nem quis pensar no que aconteceria se o mecanismo propulsor emperrasse; isso significaria a morte para os refugiados no Porão, e também para ele.

Cinquenta quilômetros; ele atingira o que, em épocas normais, teria sido o nível mais baixo da ionosfera. Naturalmente, não esperava ver nada, mas estava enganado.

O primeiro sinal foi um tênue estalido no alto-falante da cápsula; então, pelo canto do olho, viu uma cintilação de luz. Estava imediatamente abaixo dele, captada de relance no espelho voltado para baixo, instalado na janela da Aranha. Ele inclinou o espelho o máximo possível, até que refletisse um ponto dois metros abaixo. Por um instante, olhou perplexo, e com mais do que uma pontada de medo; depois, chamou a montanha.

– Tenho companhia – informou. – Acho que é algo do departamento do professor Sessui. Há uma bola de luz... cerca de 20 centímetros de diâmetro... subindo pela fita logo abaixo de mim. Está mantendo uma distância constante, e espero que fique ali. Mas devo dizer que é linda... um bonito brilho azulado, cintilando a cada poucos segundos. E posso ouvi-la no rádio.

Só depois de um minuto Kingsley respondeu, num tom de voz tranquilizador.

– Não se preocupe... é só fogo de santelmo. Já tivemos fenômenos semelhantes na fita durante trovoadas; a bordo da Mark I, seus cabelos ficariam em pé. Mas na Mark II você não vai sentir nada... está muito bem protegido.

– Não fazia ideia de que isso pudesse acontecer nesta altitude.

– Nem nós. É melhor você fazer amizade com o professor.

– Ah... está sumindo... expandindo e se dissipando... agora desapareceu... suponho que o ar aqui seja muito rarefeito... que pena...

– *Isso* foi só um prelúdio – disse Kingsley. – Veja o que está acontecendo bem acima de você.

Uma porção retangular do campo de estrelas reluziu quando Morgan inclinou o espelho na direção do zênite. A princípio, não viu nada incomum, então desligou os mostradores do painel de controle e aguardou na escuridão total.

Lentamente seus olhos se adaptaram e, nas profundezas do espelho, um tênue brilho vermelho começou a arder, espalhando-se e consumindo as estrelas. Ficou cada vez mais brilhante e fluiu além dos limites do espelho; agora Morgan o via diretamente, pois se estendia pela metade do céu. Uma gaiola de luz, com barras móveis e cintilantes, descia para a Terra; e agora Morgan pôde entender por que um homem como o professor dedicou sua vida a desvendar os seus segredos.

Em uma de suas raras visitas ao equador, a aurora polar se desprendera dos polos da Terra.

47

ALÉM DA AURORA POLAR

Morgan duvidava que o professor Sessui, mesmo estando 500 quilômetros acima, tinha uma vista tão espetacular. A tempestade se formava rapidamente; as ondas curtas de rádio – ainda utilizadas para muitos serviços não essenciais – àquela altura já estariam interrompidas em todo o mundo. Morgan não tinha certeza se ouvia ou sentia um leve sussurro, como o ruído de areia caindo ou de gravetos secos estalando. Ao contrário da estática da bola de fogo, o ruído certamente não vinha do sistema de alto-falantes, pois continuou depois que ele desligou o circuito.

Cortinas de um fogo verde-pálido, com bordas vermelhas, eram arrastadas pelo céu, depois sacudidas devagar para a frente e para trás, como que por uma mão invisível. Tremiam diante das rajadas de vento solar, o vendaval que soprava a um milhão de quilômetros por hora do Sol para a Terra... e muito além. Até mesmo acima de Marte um débil fantasma auroral cintilava naquele momento; e, na direção do Sol, os céus venenosos de Vênus flamejavam. Acima das cortinas plissadas, longos raios como os de um leque semiaberto envolviam o horizonte; às vezes brilhavam diretamente nos olhos de Morgan, como os feixes de um gigantesco holofote, deixando-o ofuscado por alguns minutos. Não havia mais necessidade de desligar a iluminação da cápsula para impedi-la de cegá-lo; era possível ler sob a luz dos fogos de artifício celestes que brilhavam lá fora.

Duzentos quilômetros; a Aranha ainda subia em silêncio, sem esforço. Era difícil acreditar que ele deixara a Terra há exatamente uma hora. Difícil acreditar, na verdade, que a Terra ainda existisse, pois ele agora ascendia entre os paredões de um cânion de fogo.

A ilusão durou apenas alguns segundos; então, o momentâneo equilíbrio instável entre campos magnéticos e nuvens elétricas invasoras se rompeu. Mas, naquele breve instante, Morgan poderia acreditar estar saindo de um abismo que superava em muito até o Valles Marineris – o Grand Canyon de Marte. Depois, os penhascos luminosos com pelo menos 100 quilômetros de altura tornaram-se translúcidos e foram trespassados pelas estrelas. Ele podia vê-los pelo que de fato eram: meros espectros de fluorescência.

E agora, como um avião atravessando um teto de nuvens baixas, a Aranha subia acima da aurora polar. Morgan emergia de uma névoa faiscante que se contorcia e girava abaixo dele. Muitos anos antes, ele viajara num navio turístico, cruzando a noite tropical, e lembrou como se juntara a outros passageiros na popa, arrebatados pela beleza e maravilha do rastro bioluminescente. Alguns dos verdes e azuis cintilando abaixo dele agora pareciam as cores geradas pelo plâncton que ele vira, e poderia facilmente imaginar estar vendo mais uma vez os subprodutos da vida – o jogo de gigantescas feras invisíveis, habitantes da atmosfera superior...

Ele quase se esquecera de sua missão e teve um choque quando foi chamado de volta ao dever.

– Como está a energia? – perguntou Kingsley. – Temos só mais vinte minutos nessa bateria.

Morgan olhou de relance o painel de instrumentos. – Caiu para 95%... mas meu ritmo de subida *aumentou* 5%. Estou a 220 quilômetros por hora.

– Tudo bem, a Aranha está sentindo a gravidade mais baixa... já caiu 10% a essa altitude.

A queda da gravidade não era suficiente para ser perceptível, particularmente para quem estivesse amarrado a uma poltrona e vestindo vários quilos de traje espacial. No entanto, Morgan sentia-se positivamente leve e flutuante, e imaginou se não estaria inalando muito oxigênio.

Não, o fluxo estava normal. Devia ser a absoluta euforia causada pelo maravilhoso espetáculo abaixo dele – embora estivesse diminuindo agora, recuando para norte e sul, como se batesse em retirada rumo a suas fortalezas. Isso e a satisfação de uma tarefa até ali bem-sucedida, utilizando uma tecnologia que nenhum homem testara antes até aqueles limites.

A explicação era perfeitamente razoável, mas ele não ficou satisfeito. Ela não esclarecia totalmente a sensação de felicidade – até mesmo de júbilo. Warren Kingsley, que gostava de mergulhar, muitas vezes lhe dissera que sentia uma emoção assim no ambiente sem peso do mar. Morgan nunca a experimentara, mas agora sabia como devia ser. Parecia ter deixado todas as preocupações lá embaixo, no planeta escondido sob os laços e adereços evanescentes da aurora polar.

As estrelas retomavam o brilho, não mais desafiadas pela estranha intrusa dos polos. Morgan começou a procurar o zênite, sem muita expectativa, imaginando se a Torre já estaria à vista. Mas conseguiu divisar apenas os primeiros poucos metros, ainda iluminados pelo fraco brilho da aurora polar, da estreita fita na qual a Aranha subia rápida e suavemente. Aquela faixa delgada da qual sua própria vida – e a de outras sete pessoas – dependia agora era tão uniforme e indistinta que não dava sinal da velocidade da cápsula; Morgan achava difícil acreditar que estava percorrendo o mecanismo a mais de 200 quilômetros por hora. E, com esse pensamento, subitamente voltou à infância e descobriu a fonte de seu contentamento.

Logo se recuperara da perda daquela primeira pipa e passara a empinar modelos maiores e mais elaborados. Depois, pouco antes de descobrir o Meccano e abandonar as pipas para sempre, experimentara brevemente o paraquedas de brinquedo. Morgan gostava de imaginar que ele próprio o inventara, embora pudesse tê-lo visto em algum lugar em suas leituras ou em vídeos. A técnica era tão simples que gerações de garotos devem tê-lo redescoberto.

Primeiro ele cortara um pedacinho de madeira, de mais ou menos cinco centímetros de comprimento, e prendera nele dois clipes de papel. Depois os enganchara na linha da pipa, de modo que o pequeno dispositivo pudesse deslizar facilmente para cima e para baixo. Em seguida, fizera um paraquedas de papel do tamanho de um lenço, com cordões de seda; um pequeno quadrado de papelão servia como carga. Após prender o quadrado no pedaço de madeira com um elástico – não muito firme –, estava pronto para entrar em ação.

Levado pelo vento, o pequeno paraquedas navegava pela linha, subindo a graciosa catenária até a pipa. Então Morgan dava um súbito puxão, e o peso de papelão se soltava do elástico. O paraquedas flutuava no céu, enquanto o paraquedista feito de madeira e clipes voltava rapidamente à sua mão, pronto para o próximo lançamento.

Com que inveja ele observara suas frágeis criações flutuarem sem esforço até o mar! A maioria caía na água antes de viajar um quilômetro, mas às vezes um pequeno paraquedas mantinha bravamente a altitude até desaparecer de vista. Ele gostava de imaginar que aqueles afortunados viajantes chegavam às ilhas encantadas do Pacífico; mas, embora tivesse escrito seu nome e endereço nos quadrados de papelão, nunca recebeu uma resposta.

Morgan não pôde evitar o sorriso diante daquelas lembranças tão remotas. No entanto, elas explicavam muitas coisas. Os sonhos da infância tinham sido ultrapassados de longe pela realidade da vida adulta; ele havia conquistado o direito à alegria.

– Chegando a 380 – disse Kingsley. – Como está o nível de energia?

– Começando a cair... 80%... a bateria está começando a enfraquecer.

– Bem, se ela aguentar mais 20 quilômetros, terá cumprido seu papel. Como se sente?

Morgan ficou tentado a responder com superlativos, mas sua natural cautela o dissuadiu.

– Estou bem – ele disse. – Se pudéssemos garantir um espetáculo como este para todos os nossos passageiros, não seríamos capazes de conter as multidões.

– Talvez a gente possa dar um jeito – riu Kingsley. – Poderíamos pedir ao Controle de Monções para despejar alguns barris de elétrons nos lugares certos. Não é bem a especialidade deles, mas eles são bons em improvisação... não são?

Morgan riu à socapa, mas não respondeu. Seus olhos estavam fixos no painel de instrumentos, onde a energia e a velocidade da subida caíam visivelmente. Mas isso não era motivo para alarme; a Aranha atingira 385 dos 400 quilômetros esperados, e a bateria de impulso ainda tinha alguma carga.

A 390 quilômetros de altitude, Morgan começou a desacelerar, até a Aranha subir cada vez mais devagar. No fim, a cápsula mal se movia – e finalmente parou, pouco antes de alcançar 405 quilômetros.

– Vou soltar a bateria – Morgan relatou. – Protejam as cabeças.

Haviam pensado em várias maneiras de recuperar aquela bateria pesada e cara, mas não houve tempo de improvisar um sistema de freios que lhe permitisse deslizar de volta em segurança, como um daqueles brinquedos na linha da pipa de Morgan. E, embora um paraquedas estivesse disponível, temeu-se que ele se emaranhasse na fita. Felizmente, a área de impacto, a apenas dez quilômetros a leste do Terminal Terra, ficava numa região de selva densa. A vida selvagem da Taprobana teria de correr o risco, e Morgan estava pronto para discutir com o Departamento de Preservação mais tarde.

Girou a chave de segurança e apertou o botão vermelho que detonava as cargas explosivas; a Aranha balançou rapidamente e elas explodiram. Então ligou a bateria interna, soltou devagar os freios de fricção e, novamente, alimentou os motores.

A cápsula começou a subir a última etapa da viagem. Mas um olhar de relance no painel de instrumentos revelou a Morgan que havia algo errado. A Aranha deveria estar ascendendo a 200 quilômetros por hora, mas estava a menos de 100, mesmo com força total. Morgan nem precisou fazer testes e cálculos; seu diagnóstico foi instantâneo, pois os números falavam por si. Aborrecido e frustrado, contatou a Terra.

– Estamos com um problema – disse. – As cargas explodiram... mas a bateria não caiu. Ainda está presa em alguma coisa.

Naturalmente, era desnecessário acrescentar que a missão deveria ser abortada. Todos sabiam muito bem que não havia como a Aranha alcançar a base da Torre carregando várias centenas de quilos de peso morto.

48

NOITE EM YAKKAGALA

Nos últimos tempos, o embaixador Rajasinghe não precisava de muitas horas de sono; era como se a natureza benevolente estivesse lhe concedendo uso máximo dos anos de vida que lhe restavam. E, num momento como aquele, quando os céus da Taprobana flamejavam com a maior maravilha em séculos, quem poderia ter ficado na cama?

Como gostaria que Paul Sarath estivesse ali para compartilhar o espetáculo! Sentia mais falta de seu velho amigo do que julgava possível; não havia ninguém capaz de irritá-lo ou estimulá-lo como Paul – ninguém com os mesmos laços de experiências em comum, partilhadas desde a mocidade. Rajasinghe jamais pensou que fosse sobreviver a Paul, ou que veria a fantástica estalactite da Torre, com um bilhão de toneladas, estendendo-se, quase inteira, no abismo entre sua fundação orbital e a Taprobana, 36 mil quilômetros abaixo. Até o fim, Paul opôs-se frontalmente ao projeto; ele o chamara de Espada de Dâmocles e nunca cessara de prever que ela acabaria despencando na Terra. No entanto, até Paul admitira que a Torre já rendera alguns benefícios.

Talvez pela primeira vez na história, o resto do mundo tomava conhecimento da existência da Taprobana e estava descobrindo sua antiga cultura. Yakkagala, com sua presença soturna e lendas sinistras, despertara especial atenção; como consequência, Paul conseguira apoio para alguns de seus projetos mais acalentados. A enigmática personalidade do criador de Yakkagala já ensejara o surgimento de inúmeros livros e videodramas, e o espetáculo de luz e som ao pé da Rocha estava sempre lotado. Pouco antes de morrer, Paul comentara, ironicamente, que uma pequena indústria em torno de Kalidasa estava se formando, e era cada vez mais difícil distinguir entre ficção e realidade.

Logo após a meia-noite, quando ficou evidente que o clímax da aurora polar já tinha passado, Rajasinghe foi carregado de volta ao seu quarto. Como sempre fazia ao dizer boa noite aos seus empregados domésticos, relaxou com um copo de chocolate quente e ligou o resumo das últimas notícias. A única coisa que realmente o interessava era a missão de Morgan; àquela altura, ele deveria estar se aproximando da base da Torre.

O editor de notícias já apresentara os últimos acontecimentos; um letreiro em movimento contínuo na tela anunciava:

MORGAN IMOBILIZADO A 200 KM DO OBJETIVO.

As pontas dos dedos de Rajasinghe solicitaram detalhes, e ele ficou aliviado ao descobrir que seus primeiros temores eram infundados. Morgan não estava *imobilizado*, mas incapaz de completar a jornada. Poderia retornar à Terra quando quisesse – mas, se retornasse, o professor Sessui e seus colegas certamente estariam condenados.

Bem acima de sua cabeça, o drama silencioso se desenrolava naquele exato momento. Rajasinghe mudou de texto para vídeo, mas não havia nada de novo – na verdade, a cena que o resumo das notícias mostrava na tela era a subida de Maxine Duval, anos antes, numa precursora da Aranha.

– *Eu* posso fazer coisa melhor – resmungou Rajasinghe, acionando o seu adorado telescópio.

Nos primeiros meses depois de cair de cama, não pudera usá-lo. Então Morgan fez uma de suas breves visitas de cortesia, analisou a situação e rapidamente encontrou a solução. Uma semana depois, para surpresa e alegria de Rajasinghe, uma pequena equipe de técnicos chegou à sua casa em Yakkagala e modificou o instrumento para operação remota. Agora Rajasinghe podia ficar confortavelmente deitado na cama e, ainda assim, explorar o céu estrelado e o imenso vulto da Rocha. Ficou profundamente agradecido a Morgan pelo gesto, que revelara uma faceta inesperada da personalidade do engenheiro.

Não tinha certeza do que veria na escuridão da noite – mas sabia exatamente onde olhar, pois há muito tempo observava a lenta descida da Torre. Quando o sol estava no ângulo correto, ele conseguia até vislumbrar as quatro fitas-guias convergindo no zênite, um quarteto de fios brilhantes estendidos no céu.

Ajustou a posição azimute no controle do telescópio e girou o instrumento até ele apontar acima da Sri Kanda. Enquanto rastreava o céu devagar, procurando qualquer sinal da cápsula, imaginou o que o Maha Thero estaria pensando sobre os últimos acontecimentos. Embora Rajasinghe não tivesse falado com o prelado – que agora tinha bem mais de 90 anos – desde que a Ordem se mudara para Lassa, sabia que o Potala não havia fornecido a acomodação esperada. O enorme palácio decaía lentamente, enquanto os executores do testamento do Dalai Lama discutiam com o governo federal chinês sobre os custos de manutenção. Segundo as últimas informações de Rajasinghe, o Maha Thero estava agora negociando com o Vaticano – também em dificuldades financeiras crônicas, mas pelo menos ainda donos da própria casa.

De fato, todas as coisas são transitórias, mas não era fácil discernir qualquer padrão cíclico. Talvez o gênio matemático do Parakarma-Goldberg fosse capaz de fazê-lo; a última vez que Rajasinghe o vira, estava recebendo um importante prêmio científico por suas contribuições à meteorologia. Rajasinghe jamais o teria reconhecido; estava barbeado e vestindo um terno cortado à última moda neonapoleônica. Mas, agora, parece que havia novamente trocado de religião... As estrelas deslizavam devagar na grande tela monitora, ao pé da cama, enquanto o telescópio se inclinava na direção da Torre. Mas não havia sinal da cápsula, embora Rajasinghe tivesse certeza de que, naquele momento, ela deveria estar no campo de visão.

Estava prestes a voltar ao canal regular de notícias quando um clarão, como uma estrela em nova, lampejou no canto inferior da imagem. Por um instante, Rajasinghe pensou que a cápsula tivesse explodido; então viu que ela brilhava com uma luz perfeitamente estável. Centralizou a imagem e deu *zoom* máximo.

Muito tempo atrás, ele tinha visto um documentário feito há dois séculos sobre as primeiras batalhas aéreas e, de repente, lembrou-se de uma cena que mostrava um ataque noturno a Londres. Um bombardeiro inimigo tinha sido flagrado pela luz do holofote e ficara suspenso no céu como uma partícula incandescente. Ele via o mesmo fenômeno agora, numa escala centenas de vezes maior; mas, desta vez, todos os recursos em terra estavam unidos para ajudar, e não destruir, o resoluto invasor da noite.

49

UM PASSEIO TURBULENTO

A voz de Warren Kingsley recobrara o controle; agora estava apenas sombria e desesperadora.

– Estamos tentando evitar que aquele mecânico se suicide – ele disse. – Mas é difícil culpá-lo. Ele foi interrompido por *outra* tarefa urgente na cápsula e simplesmente se esqueceu de remover a correia de segurança.

Portanto, como sempre, tinha sido falha humana. Enquanto prendiam os fios do explosivo, seguraram a bateria no lugar com duas correias metálicas. E só *uma* delas tinha sido removida... Essas coisas aconteciam com monótona regularidade; às vezes eram só um aborrecimento, outras vezes, um desastre, e o homem responsável tinha de carregar a culpa pelo resto da vida. De qualquer modo, recriminações eram inúteis. A única coisa que importava agora era o que fazer.

Morgan ajustou o espelho visor em sua inclinação máxima para baixo, mas era impossível ver a causa do problema. Agora que a aurora polar desaparecera, a parte inferior da cápsula estava mergulhada na escuridão, e ele não tinha como iluminá-la. Mas esse problema, pelo menos, logo poderia ser resolvido. Se o Controle de Monções podia despejar quilowatts de infravermelho na base da Torre, poderia facilmente transferir-lhe alguns fótons visíveis.

– Podemos usar nossos próprios holofotes – sugeriu Kingsley, quando Morgan transmitiu sua solicitação.

– Não adianta... vão brilhar direto nos meus olhos e eu não conseguirei ver nada. Quero uma luz atrás e acima de mim... deve haver alguém na posição certa.

– Vou verificar – respondeu Kingsley, com evidente alegria por fazer algo de útil. Pareceu um longo tempo antes que ele chamasse de novo; Morgan ficou surpreso ao ver em seu temporizador que apenas três minutos tinham se passado.

– O Controle de Monções pode dar um jeito, mas vão ter que ressintonizar e desfocalizar... Acho que estão com medo de fritar você. Mas a Estação Kinte pode iluminar imediatamente; eles têm um *laser* pseudobranco... e estão bem na posição. Posso autorizar?

Morgan conferiu sua posição... vejamos, a Kinte estaria muito alto a oeste... isso seria ótimo.

– Estou pronto – respondeu, fechando os olhos.

Quase instantaneamente, a cápsula explodiu em luz. Com muita cautela, ele abriu os olhos de novo. O feixe vinha do alto, a oeste, ainda com brilho estonteante, apesar da jornada de quase 40 mil quilômetros. Parecia puramente branco, mas Morgan sabia que, na verdade, era uma mistura exata das porções vermelha, verde e azul do espectro.

Após um ajuste de alguns segundos no espelho, ele conseguiu ter uma visão clara da correia inoportuna, meio metro abaixo de seus pés. A ponta que via estava presa à base da Aranha por uma grande porca borboleta; tudo o que tinha a fazer era soltar *aquilo*, e a bateria cairia.

Morgan ficou sentado em silêncio, analisando a situação por tantos minutos que Kingsley o chamou de novo. Pela primeira vez, havia um traço de esperança na voz do engenheiro assistente.

– Fizemos alguns cálculos, Van... O que acha dessa ideia?

Morgan o ouviu e então assobiou baixinho.

– Vocês têm certeza quanto à margem de segurança? – perguntou.

– Claro – respondeu Kingsley, um tanto ressentido; Morgan não o culpava, mas não era *ele* quem estaria arriscando o pescoço.

– Bem, vou tentar. Mas só por um segundo, da primeira vez.

– Não vai ser suficiente. Mesmo assim, é uma boa ideia... você vai ver como é.

Delicadamente, Morgan soltou os freios de fricção que mantinham a Aranha imóvel na fita. No mesmo instante, pareceu subir para fora do assento, quando o peso sumiu. Contou "Um, DOIS!" e acionou os freios de novo.

A Aranha deu um solavanco e, por uma fração de segundo, Morgan foi comprimido no assento de modo desconfortável. Houve um rangido sinistro no mecanismo de frenagem, e a cápsula tornou a ficar parada, exceto por uma leve vibração de torção, que logo cessou.

– Foi um passeio turbulento – disse Morgan. – Mas ainda estou aqui... assim como aquela bateria infernal.

– Eu avisei. Você vai ter que se esforçar mais. Dois segundos, pelo menos.

Morgan sabia que não podia discutir com Kingsley, já que todos os números e o poder de computação estavam sob o comando dele, mas, ainda assim, sentiu necessidade de um pouco de aritmética para tranquilizá-lo. Dois segundos de queda livre... digamos, meio segundo para acionar os freios... considerando uma tonelada da massa da Aranha... A questão era: o que quebraria primeiro, a correia de contenção da bateria, ou a fita que o segurava ali, a 400 quilômetros de altitude? Como sempre, o hiperfilamento venceria qualquer teste de resistência, em comparação ao aço comum. Mas se ele acionasse os freios muito bruscamente... ou se eles travassem, devido a esse abuso... ambas poderiam se romper. Daí, ele e a bateria chegariam ao chão quase ao mesmo tempo.

– Dois segundos, então – ele disse a Kingsley. – Vamos lá.

Desta vez, o solavanco foi torturante em sua violência, e as oscilações de torção demoraram muito mais para cessar. Morgan estava certo de que sentiria – ou ouviria – a correia quebrando. Não ficou surpreso quando um olhar de relance no espelho confirmou que a bateria ainda estava lá.

Kingsley não pareceu muito preocupado.

– Pode ser que sejam necessárias três ou quatro tentativas – ele disse.

Morgan ficou tentado a retrucar: "Você está querendo o meu emprego?". Mas pensou melhor. Warren iria achar engraçado; outros ouvintes desconhecidos, talvez não.

Após a terceira queda – ele sentiu como se caísse quilômetros, mas foram apenas cem metros –, até o otimismo de Kingsley começou a desaparecer. Era evidente que o truque não iria funcionar.

– Gostaria de parabenizar as pessoas que fizeram essa correia de segurança – disse Morgan, com ironia. – O que você sugere agora? Uma queda de *três* segundos antes de eu acionar os freios?

Quase pôde ver Warren balançando a cabeça. – O risco é muito grande. Não me preocupo tanto com a fita, mas com o mecanismo de frenagem. Ele não foi projetado para esse tipo de coisa.

– Bem, valeu a tentativa – respondeu Morgan. – Mas não vou desistir ainda. Não é uma simples porca borboleta, a 50 centímetros do meu pé, que vai me derrotar. Vou lá fora dar um jeito nisso.

50

OS VAGA-LUMES CADENTES

01 15 24

Aqui é Friendship 7. Vou tentar descrever onde estou. Estou numa grande massa de partículas muito pequenas e brilhantes, como se fossem luminescentes... Estão passando pela cápsula e parecem estrelas. Uma chuva delas passando...

01 16 10

São muito lentas; não passam por mim a mais de, talvez, um ou dois quilômetros por hora...

01 19 38

O pôr do sol acabou de surgir atrás de mim no periscópio... quando olhei pela janela, vi literalmente milhares de pequenas partículas luminosas, num turbilhão em volta na cápsula...

(Comandante John Glenn, *Mercury "Friendship 7"*, 20 de fevereiro de 1962)

Com os antigos trajes espaciais, chegar até aquela porca borboleta estaria completamente fora de cogitação. Mesmo com o Flexitraje que Morgan usava agora talvez ainda fosse difícil – mas pelo menos ele faria a tentativa.

Com muito cuidado, pois outras vidas além da sua dependiam daquilo, ensaiou a sequência de eventos. Deveria verificar o traje, despressurizar a cápsula e abrir a escotilha – que, felizmente, era quase da sua altura. Depois, tinha de soltar o cinto de segurança, ajoelhar-se – se pudesse! – e esticar o braço até a porca borboleta. Tudo dependeria de quão apertada estivesse. Não havia ferramentas de nenhum tipo a bordo da Aranha, mas Morgan estava preparado para fazer seus dedos – mesmo de luvas – funcionarem como uma pequena chave inglesa.

Estava prestes a descrever seu plano de ação, caso alguém em terra pudesse encontrar algum erro fatal, quando sentiu um ligeiro desconforto. Poderia tolerá-lo prontamente por muito mais tempo, se necessário, mas não havia por que se arriscar. Se usasse a tubulação da própria cápsula, não precisaria se incomodar com o embaraçoso dispositivo incorporado no traje.

Quando terminou, girou a chave da Descarga de Urina – e levou um susto com a pequena explosão perto da base da cápsula. Quase instantaneamente, para seu espanto, formou-se uma nuvem de estrelas cintilantes, como se, de repente, uma galáxia microscópica tivesse sido criada. Morgan teve a ilusão, apenas por uma fração de segundo, de que ela pairava imóvel do lado de fora da cápsula; depois começou a cair direto para baixo, com a mesma velocidade de uma pedra jogada na Terra. Em segundos, tinha se reduzido a um ponto, e então desapareceu.

Nada poderia ter lhe lembrado com mais clareza de que ele ainda era, inteiramente, um cativo do campo gravitacional da Terra. Recordou-se de como, nos primórdios do voo orbital, os primeiros astronautas ficavam perplexos, e depois entretidos, com os halos de cristais de gelo que os acompanhavam ao redor do planeta; faziam umas piadas fracas sobre a "Constelação de Urinon". Isso não poderia acontecer ali; qualquer coisa que caísse, por mais frágil que fosse, iria direto para a atmosfera. Jamais poderia esquecer que, apesar de sua altitude, ele não era um astronauta, deleitando-se na liberdade da falta de peso. Era um homem dentro de um edifício de 400 quilômetros de altura, preparando-se para abrir a janela e subir no parapeito.

51

NO VESTÍBULO

Apesar do frio e do desconforto no topo da montanha, a multidão continuava a crescer. Havia algo hipnótico naquela estrelinha brilhante no zênite, na qual os pensamentos do mundo, bem como o feixe de *laser* da Kinte, agora estavam concentrados. À medida que iam chegando, todos os visitantes se dirigiam à fita norte e tocavam nela de modo tímido e meio desafiador, como se dissessem: "Sei que é tolice, mas isso me faz sentir em contato com Morgan". Depois se aglomeraram em volta da máquina de café e ouviram os relatos que chegavam pelo alto-falante. Não havia novidades dos refugiados na Torre; estavam todos dormindo – ou tentando dormir –, numa tentativa de poupar oxigênio. Como Morgan ainda não estava atrasado, eles não foram informados do problema; mas, em uma hora, sem dúvida chamariam a Intermediária para saber o que tinha acontecido.

Maxine Duval chegara à Sri Kanda dez minutos após a partida de Morgan. Houve um tempo em que um atraso assim a teria deixado furiosa; desta vez, apenas deu de ombros e se consolou com a ideia de que seria a primeira a agarrar o engenheiro quando ele voltasse. Kingsley não lhe permitira falar com Morgan, e até essa decisão ela aceitara de bom grado. Sim, Maxine estava envelhecendo...

Nos últimos cinco minutos, o único som vindo da cápsula era uma série de "o.k.s", à medida que Morgan verificava o traje com um perito da Intermediária. A verificação terminara; todos aguardavam, tensos, pelo próximo passo crucial.

– Controlando o fluxo de ar – disse Morgan, a voz coberta por um leve eco, agora que fechara o visor do capacete. – Pressão da cápsula, zero. Nenhum problema para respirar. – Uma pausa de trinta segundos; depois: – Abrindo a porta da frente... pronto. Agora soltando o cinto de segurança.

Houve agitação e murmúrio inconsciente entre os observadores. Na imaginação, todos estavam lá em cima, na cápsula, cientes do vazio que subitamente se abrira diante dele.

– Fivela do cinto solta. Estou esticando as pernas. Sem muito espaço para a cabeça...

... Testando o traje... bem flexível... agora estou indo para o vestíbulo... não se preocupem! Estou com cinto de segurança enrolado no braço esquerdo.

... Ufa. Tarefa difícil, me curvar desse jeito. Mas estou vendo a porca borboleta, debaixo da grade do vestíbulo. Estou estudando como alcançá-la.

... De joelhos agora... não muito confortável... Peguei! Vamos ver se gira...

Os ouvintes ficaram rígidos, em silêncio – então, em uníssono, relaxaram com suspiros de alívio praticamente simultâneos.

– Sem problema! Consigo girar com facilidade. Já dei duas voltas... a qualquer momento, agora... só mais um pouco... estou sentindo sair... CUIDADO AÍ EMBAIXO!

Houve uma explosão de palmas e alegria; por brincadeira, algumas pessoas colocaram as mãos na cabeça e se curvaram, fingindo pavor. Uma ou duas, não entendendo completamente que a porca só chegaria em cinco minutos e cairia dez quilômetros a leste, pareciam verdadeiramente alarmadas.

Só Warren Kingsley não aderiu à euforia.

– Não se anime tão cedo – disse para Maxine. – Ainda não estamos fora de perigo.

O tempo se arrastava... um minuto... dois minutos...

– Não adianta – disse Morgan, enfim, a voz carregada de raiva e frustração. – Não consigo remover a correia. Está esmagada nos fios pelo peso da bateria. Aqueles solavancos que demos devem tê-la soldado ao parafuso da porca.

– Volte o mais depressa que puder – disse Kingsley. – Uma nova bateria está a caminho, e podemos dar meia-volta em menos de uma hora. Assim, ainda conseguimos subir até a Torre em, digamos, seis horas. Salvo se houver outros acidentes, é claro.

Precisamente, pensou Morgan; e ele não estava disposto a continuar subindo com a Aranha sem uma verificação completa no mecanismo de frenagem, que fora tão castigado. Nem confiaria em si mesmo para uma segunda viagem; já estava sentindo o esforço das últimas horas, e o cansaço logo prejudicaria sua mente e seu corpo, justamente quando precisaria da máxima eficiência de ambos.

Estava de volta ao assento agora, mas a cápsula ainda estava aberta para o espaço, e ele ainda não prendera o cinto de segurança. Fazê-lo seria admitir a derrota; e isso nunca fora fácil para Morgan.

O clarão vigilante do *laser* da Kinte, vindo quase imediatamente de cima, ainda o trespassava com sua luz impiedosa. Tentou focar a mente no problema, com a mesma intensidade com que aquele facho luminoso estava focado nele.

Tudo o que precisava era de um cortador de metal – uma serra, ou uma tesoura – que pudesse cortar a correia. Mais uma vez, amaldiçoou o fato de não haver nenhuma caixa de ferramentas a bordo da Aranha; mesmo que houvesse, dificilmente conteria o que ele precisava.

Havia *megawatts*-hora de energia armazenados na bateria da própria Aranha; poderia usá-los de alguma forma? Teve uma breve fantasia de criar um arco e queimar a correia até quebrá-la; mas, mesmo se condutores adequados estivessem disponíveis – e, naturalmente, não estavam –, o suprimento principal de energia era inacessível da cabine de controle.

Warren e todos os cérebros especializados à sua volta não tinham conseguido encontrar uma solução. Estava sozinho, física e intelectualmente. Era, afinal, a situação que sempre preferira.

E então, no momento em que estava prestes a esticar o braço e fechar a porta da cápsula, Morgan soube o que tinha de fazer. O tempo todo, a resposta estivera bem ali, ao alcance de sua mão.

52

O OUTRO PASSAGEIRO

Para Morgan, parecia que um enorme peso tinha sido tirado de suas costas. Sentia-se completa e irracionalmente confiante. Desta vez, com certeza, *tinha* de funcionar.

Mesmo assim, não se mexeu do assento até planejar suas ações nos mínimos detalhes. E quando Kingsley, com a voz um pouco ansiosa, mais uma vez insistiu para que voltasse depressa, ele deu uma resposta evasiva. Não queria levantar falsas esperanças – na Terra, ou na Torre.

– Estou fazendo uma experiência – disse. – Aguarde alguns minutos.

Pegou o dispensador do filamento que utilizara em tantas demonstrações – a pequena fiandeira que, anos atrás, lhe permitira descer a face da Yakkagala. Uma mudança tinha sido feita, por motivo de segurança; o primeiro metro de filamento tinha sido revestido com uma camada de plástico, podendo ser manuseado com cuidado, mesmo sem luvas.

Quando Morgan olhou a pequena caixa em sua mão, percebeu quanto tinha passado a considerá-la um talismã – quase um amuleto de boa sorte. É claro que não acreditava nessas coisas; ele sempre tinha um motivo perfeitamente lógico para carregar a fiandeira por toda a parte. Naquela subida, tinha-lhe ocorrido que o dispositivo pudesse ser útil por sua resistência e singular capacidade de erguer pesos. Quase se esquecera de suas outras habilidades...

Mais uma vez, levantou-se do assento e ajoelhou-se na grade de metal do pequeno vestíbulo para examinar a causa de todo o problema. O parafuso causador do contratempo estava apenas dez centímetros do outro lado da grade e, embora as barras fossem muito juntas para atravessar com a mão, Morgan já tinha provado que poderia alcançá-lo sem muita dificuldade.

Soltou o primeiro metro do filamento revestido e, usando a argola da ponta como prumo, baixou-o através da grade. Prendendo firmemente o próprio dispensador num canto da cápsula, para que não o derrubasse por acidente ele então estendeu a mão em torno da grade, para agarrar o peso pendurado. Isso não foi tão fácil quanto imaginara, pois mesmo aquele incrível traje espacial não permitia que seu braço dobrasse livremente, e a argola se esquivava de sua mão, balançando como um pêndulo.

Depois de meia dúzia de tentativas – cansativas, mas não irritantes, pois sabia que, cedo ou tarde, teria êxito –, enlaçou o corpo do parafuso com o filamento, bem atrás da correia que ele ainda segurava no lugar. Agora, a parte realmente mais difícil.

Soltou apenas filamento suficiente da fiandeira para que a fibra sem revestimento alcançasse o parafuso, envolvendo-o; então, puxou as duas pontas com firmeza – até sentir o laço preso na rosca. Morgan nunca tentara aquele truque com uma haste de aço temperado de mais de um centímetro de espessura, e não fazia ideia de quanto tempo levaria. Apoiando-se no vestíbulo, começou a operar sua serra invisível.

Após cinco minutos, ele suava muito e não sabia se havia feito algum progresso. Tinha medo de diminuir a tensão da fibra e deixá-la escapar da ranhura igualmente invisível que ela estava – assim esperava – cortando no parafuso. Warren o chamara diversas vezes, com a voz cada vez mais alarmada, e ele dera uma breve resposta tranquilizadora. Logo descansaria um pouco, recobraria o fôlego e explicaria o que estava tentando fazer. Era o mínimo que devia aos seus amigos, tão ansiosos.

– Van – disse Kingsley –, o que exatamente você está tramando? O pessoal na Torre já ligou... o que digo a eles?

– Só mais alguns minutos... estou tentando cortar o parafuso...

A voz feminina calma, mas impositiva, que interrompeu Morgan causou-lhe tal choque que ele quase soltou a preciosa fibra. As palavras estavam abafadas pelo traje, mas não importava. Ele as conhecia muito bem, embora não as ouvisse há meses.

– Dr. Morgan – disse o ALCOR –, por favor, deite-se e descanse pelos próximos dez minutos.

– Você se contentaria com cinco? – suplicou. – Estou muito ocupado no momento.

O ALCOR não se dignou a responder; embora houvesse algumas unidades capazes de conduzir conversas simples, aquele modelo não era um deles.

Morgan manteve a promessa, respirando fundo e com regularidade por cinco minutos. Depois começou a serrar de novo. Para a frente e para trás, para a frente e para trás ele operou o filamento, debruçado sobre a grade e sobre a Terra, a 400 quilômetros de distância. Sentia uma resistência considerável, portanto deveria estar fazendo progresso naquele aço obstinado. Mas não sabia dizer exatamente quanto já havia cortado.

– Dr. Morgan – disse o ALCOR –, o senhor realmente deve se deitar por meia hora.

Morgan praguejou baixinho.

– Está enganada, minha jovem – ele retorquiu –, estou me sentindo bem. – Mas estava mentindo; o ALCOR sabia sobre a dor no peito...

– Com quem diabos você está conversando, Van? – Kingsley perguntou.

– Com um anjo que passou – respondeu Morgan. – Desculpe ter me esquecido de desligar o microfone. Vou descansar mais um pouco.

– Está conseguindo cortar?

– Não sei. Mas tenho de certeza que o corte já está bem profundo a essa altura. Deve estar...

Gostaria de poder desligar o ALCOR, mas é claro que isso era impossível, mesmo se o aparelho não estivesse fora de alcance, entre o esterno e o tecido de seu traje espacial. Um monitor cardíaco que pudesse ser silenciado era pior do que inútil – era perigoso.

– Dr. Morgan – chamou a voz do ALCOR, agora claramente irritada. – Eu realmente *preciso* insistir. Pelo menos meia hora de repouso *completo*.

Desta vez, Morgan não teve vontade de responder. Sabia que o ALCOR estava certo; mas não esperava que o dispositivo entendesse que a sua vida não era a única em jogo. E ele também tinha certeza de que – como em suas pontes – o monitor tinha um fator de segurança embutido. Seu diagnóstico seria pessimista; seu estado não era tão sério quanto ele fingia. Ou, sinceramente, assim esperava.

A dor no peito com certeza não parecia estar piorando; decidiu ignorar tanto a dor quanto o ALCOR, e começou a serrar devagar, mas firmemente, com o laço da fibra. Prosseguiria, disse a si mesmo, inflexível, o tempo que fosse necessário.

O aviso que ele esperava não ocorreu. A Aranha deu um tranco violento quando o peso morto de um quarto de tonelada se soltou, e Morgan quase foi arremessado para fora, em direção ao abismo. Soltou a fiandeira e procurou o cinto de segurança.

Tudo pareceu acontecer em onírica câmera lenta. Ele não teve nenhuma sensação de medo, apenas total determinação de não se render à gravidade sem lutar. Mas não conseguiu encontrar o cinto de segurança; devia ter caído de volta para dentro da cabine.

Ele nem sequer teve consciência de ter utilizado a mão esquerda, mas, subitamente, percebeu que estava agarrado às dobradiças da porta aberta. Ainda assim, não fez força para entrar de volta na cabine; estava hipnotizado pela visão da bateria que caía, girando devagar como um estranho corpo celeste, enquanto sumia de vista. Demorou a desaparecer completamente; só então Morgan arrastou-se de volta para a segurança da Aranha, desabando sobre o assento.

Sentou-se ali por um longo tempo, com o coração aos pulos, aguardando mais um protesto indignado do ALCOR. Para sua surpresa, o monitor ficou quieto, quase como se também estivesse em choque. Bem, Morgan não lhe daria mais motivos para reclamação; dali em diante, permaneceria sentado tranquilamente aos controles, tentando relaxar os nervos alterados.

Quando se acalmou, chamou a montanha.

– Consegui me livrar da bateria – informou, e ouviu os gritos de alegria vindos da Terra. – Assim que eu fechar a escotilha, vou prosseguir a viagem. Diga ao professor Sessui e aos outros para me esperarem daqui a pouco mais de uma hora. E agradeça à Estação Kinte pela luz... Não preciso mais dela.

Repressurizou a cabine, abriu o capacete do traje espacial e regalou-se com um gole refrescante de suco de laranja fortificado. Então acionou o impulso e soltou os freios, recostando-se com enorme sensação de alívio quando a Aranha atingiu a velocidade máxima.

Já estava subindo há vários minutos quando percebeu o que estava faltando. Numa esperança ansiosa, olhou atentamente a grade metálica do vestíbulo. Não, ela não estava ali. Bem, sempre poderia obter outra fiandeira, para substituir a que agora seguia a bateria descartada de volta à Terra; era um sacrifício pequeno, diante do que ele conseguira fazer. Estranho, portanto, estar tão aborrecido e ser incapaz de usufruir seu triunfo... Sentiu como se tivesse perdido um velho e leal amigo.

53

AGONIZANDO

O fato de, apesar de tudo, estar apenas trinta minutos atrasado parecia bom demais para ser verdade; Morgan estava disposto a jurar que a cápsula tinha parado por pelo menos uma hora. Lá em cima na Torre, agora a muito menos de 200 quilômetros de distância, o comitê de recepção estaria se preparando para lhe dar as boas-vindas. Ele se recusava sequer a cogitar a possibilidade de quaisquer outros problemas.

Quando ultrapassou a marca de 500 quilômetros, firme e forte, recebeu uma mensagem de parabéns da equipe de terra.

– A propósito – acrescentou Kingsley –, o Couteiro do Santuário de Ruhana relatou a queda de uma aeronave. Conseguimos tranquilizá-lo... Se acharmos a cratera, talvez tenhamos um suvenir para você.

Morgan não teve dificuldade em conter o entusiasmo; ficou feliz ao ver o fim daquela bateria. Agora, se pudessem encontrar a fiandeira... Mas *essa* seria uma tarefa impossível...

O primeiro sinal de problema surgiu aos 550 quilômetros. Àquela altura, a velocidade da subida deveria estar acima de 200 quilômetros por hora. mas era de apenas 198 quilômetros por hora. Por menor que fosse a discrepância – e não faria diferença alguma no seu horário de chegada –, ela deixou Morgan preocupado.

Quando estava a apenas 30 quilômetros da Torre, ele diagnosticou o problema e sabia que, desta vez, não havia absolutamente nada que pudesse fazer. Embora devesse haver uma ampla reserva, a bateria começava a descarregar. Talvez aqueles solavancos e reinícios tivessem causado o mal; possivelmente, tinha havido até algum dano físico aos delicados componentes. Qualquer que fosse a explicação, a corrente baixava devagar e, com ela, a velocidade da cápsula.

Houve consternação quando Morgan relatou a leitura dos indicadores à equipe de terra.

– Receio que você esteja certo – lamentou Kingsley, parecendo quase em lágrimas. – Sugerimos que diminua a velocidade para 100 quilômetros por hora. Vamos tentar calcular a duração da bateria... mas vai ser apenas um palpite.

Faltavam apenas 25 quilômetros – meros quinze minutos, mesmo na velocidade reduzida! Se Morgan soubesse rezar, teria rezado.

– Pelos nossos cálculos, você tem entre dez e vinte minutos, a julgar pelo índice de queda da corrente. Receio que será por um triz.

– Devo reduzir a velocidade de novo?

– Por enquanto, não. Estamos tentando otimizar a taxa de descarga, e essa velocidade parece correta.

– Bem, pode ligar o feixe luminoso agora. Se eu não conseguir chegar à Torre, pelo menos quero vê-la.

Nem a Kinte nem as outras estações orbitais podiam ajudá-lo, agora que ele queria olhar para cima e ver o lado de baixo da Torre. Esta era uma tarefa para o holofote da própria Sri Kanda, apontando verticalmente para o zênite.

Um instante depois, a cápsula foi empalada por um facho ofuscante vindo do coração da Taprobana. A apenas alguns metros de distância – tão perto, na verdade, que ele se sentia capaz de tocá-las –, as outras três fendas-guias eram fitas de luz convergindo na direção da Torre. Ele acompanhou com o olhar a perspectiva decrescente das fitas – e lá estava ela.

Apenas 20 quilômetros de distância! Deveria chegar lá em doze minutos, atravessando o piso daquela pequena construção quadrada que ele via cintilando no céu, trazendo presentes como um Papai Noel troglodita. Apesar de sua determinação em relaxar, e obedecer às ordens do ALCOR, isso era completamente impossível. Percebeu que retesava os músculos, como se, através dos próprios esforços físicos, ele pudesse ajudar a Aranha no último trecho de sua jornada.

Faltando dez quilômetros, houve uma nítida alteração no som do motor de impulso; Morgan já esperava por isso e reagiu imediatamente. Sem esperar a recomendação da equipe de terra, diminuiu a velocidade para 50 quilômetros por hora. Nessa velocidade, *ainda* faltavam doze minutos, e ele começou a imaginar, desesperado, se não estaria envolvido numa aproximação assintótica – uma variante da corrida entre Aquiles e a tartaruga: se reduzisse a velocidade à metade toda vez que reduzisse a distância à metade, alcançaria a Torre num tempo finito? Em outros tempos, saberia a resposta imediatamente; agora, estava muito cansado para calcular.

Faltando cinco quilômetros, conseguiu ver os detalhes estruturais da Torre – a passarela e as grades de proteção, a inútil rede de segurança providenciada para acalmar a opinião pública. Embora forçasse os olhos, ainda não conseguia discernir a câmara de despressurização em direção à qual agora se arrastava com lentidão tão angustiante.

E, então, isso não tinha mais importância. Faltando dois quilômetros para a chegada, os motores da Aranha pararam completamente. A cápsula até deslizou alguns metros para baixo, antes de Morgan acionar os freios.

No entanto, desta vez, para surpresa de Morgan, Kingsley não pareceu totalmente abatido.

– Você ainda pode conseguir – ele disse. – Dê dez minutos para a bateria se recuperar. Ela ainda tem energia suficiente para esses dois últimos quilômetros.

Foram os dez minutos mais longos da vida de Morgan. Embora pudesse ter feito o tempo passar mais depressa respondendo aos apelos cada vez mais desesperados de Maxine Duval, ele se sentia emocionalmente exausto demais para conversar. Lamentava isso sinceramente e esperava que Maxine o compreendesse e perdoasse.

Entretanto, trocou algumas palavras com o condutor-piloto Chang, que relatou que os refugiados no Porão ainda estavam em boas condições e muito animados com a sua proximidade. Estavam se revezando para observar a Aranha através da pequena vigia da porta externa da câmara de despressurização e simplesmente não podiam acreditar que ela talvez não conseguisse transpor o espaço insignificante entre eles.

Morgan concedeu um minuto extra à bateria, por precaução. Para seu alívio, os motores responderam com força e com uma animadora carga de energia. A Aranha entrou meio quilômetro na Torre antes de parar de novo.

– Da próxima vez, ela vai até o fim – Kingsley afirmou, embora Morgan tenha tido a impressão de que a confiança do seu amigo agora soava um pouco forçada. – Desculpe por todos esses atrasos...

– Mais dez minutos? – perguntou Morgan, com resignação.

– Receio que sim. E, desta vez, dê arrancadas de trinta segundos, com um minuto entre elas. Assim você vai extrair até o último erg da bateria.

E de mim também, pensou Morgan. Estranho o ALCOR estar quieto há tanto tempo. Porém, desta vez, ele não estava se excedendo fisicamente; apenas *parecia* que sim.

Em sua preocupação com a Aranha, tinha negligenciado a si mesmo. Pela última hora, tinha se esquecido completamente dos tabletes energéticos glicosados com zero resíduo e do pequeno tubo de plástico com suco de frutas. Depois de consumir ambos, sentiu-se muito melhor e gostaria de poder transferir algumas daquelas calorias excedentes à bateria moribunda.

E, agora, a hora da verdade – o esforço final. O fracasso era impensável, estando ele tão perto de seu objetivo. O destino não poderia ser tão malévolo, agora que faltavam apenas alguns metros...

Estava apenas tentando ser confiante, é claro. Quantas aeronaves tinham caído na cabeceira da pista, depois de cruzarem um oceano em segurança? Quantas vezes máquinas ou músculos falharam quando só faltavam milímetros? Todo tipo de sorte possível, boa ou má, já acontecera a alguém, em algum lugar. Ele não tinha o direito de esperar um tratamento especial.

A cápsula se arrastava para cima aos trancos e barrancos, como um animal agonizante à procura do último abrigo. Quando a bateria finalmente expirou, a base da Torre parecia preencher metade do céu.

Mas ainda estava 20 metros acima dele.

54

TEORIA DA RELATIVIDADE

Num pensamento louvável, Morgan sentiu que seu próprio destino estava selado, no momento desolador em que as últimas gotas de energia se esgotaram, e as luzes do painel da Aranha finalmente se apagaram. Somente vários segundos depois lembrou que tinha apenas de soltar os freios e deslizaria de volta à Terra. Em três horas, estaria seguro em sua cama. Ninguém o culparia pelo fracasso da missão; ele havia feito tudo o que era humanamente possível.

Por um breve instante, olhou fixamente, numa espécie de fúria inerte, para aquele quadrado inacessível, no qual se projetava a sombra da Aranha. Sua mente avaliou inúmeros esquemas malucos, rejeitando todos. Se ainda tivesse sua fiel fiandeira... Mas não teria havido como fazê-la alcançar a Torre. *Se* os refugiados tivessem um traje espacial, alguém poderia ter baixado uma corda até ele – mas não houvera tempo de pegarem um traje do transportador em chamas.

Naturalmente, se aquilo fosse um videodrama, e não um problema da vida real, algum herói voluntário – ou, melhor ainda, uma voluntária – poderia se sacrificar, entrando na câmara de despressurização e jogando uma corda, usando os quinze segundos de consciência no vácuo para salvar os outros. Pode-se avaliar o desespero de Morgan pelo fato de que, por um instante fugaz, ele até considerou essa ideia, antes de o bom senso prevalecer.

Do momento em que a Aranha desistira de lutar contra a gravidade até Morgan enfim aceitar que não havia mais nada que ele pudesse fazer, provavelmente se passara menos de um minuto. Então, Warren Kingsley fez uma pergunta que, numa hora como aquela, pareceu de uma irrelevância irritante.

– Repita qual a sua distância, Van... A quantos metros, *exatamente*, você está da Torre?

– E o que diabo isso importa? Poderia ser um ano-luz.

Houve um breve silêncio; então Kingsley falou de novo, num tom que se usa com uma criança pequena ou um inválido teimoso.

– Faz toda a diferença do mundo. Você disse 20 metros?

– Sim... mais ou menos isso.

Warren soltou um inacreditável, inequívoco e claramente audível suspiro de alívio. Havia até júbilo em sua voz quando ele respondeu:

– E eu achando todos esses anos, Van, que *você* fosse o engenheiro-chefe deste projeto. Suponhamos que sejam 20 metros, exatamente...

O grito explosivo de Morgan interrompeu Kingsley no meio da frase.

– Que idiota! Diga a Sessui que vou atracar em... quinze minutos.

– Catorze e meio, se você calculou a distância corretamente. E nada no mundo pode deter você agora.

Ainda era uma afirmação arriscada, e Morgan gostaria que Kingsley não a tivesse feito. Adaptadores de atracação algumas vezes não conseguiam um engate adequado, devido a falhas diminutas na manufatura das tolerâncias. E, naturalmente, nunca tinham testado aquele sistema em particular.

Morgan sentiu apenas um ligeiro constrangimento pelo seu bloqueio mental. Afinal, sob *stress* extremo, um homem poderia esquecer o próprio número de telefone, e mesmo a data do próprio aniversário. E, até aquele exato momento, o fator dominante da situação era tão desimportante que pôde ser completamente ignorado.

Era tudo uma questão de relatividade. Ele não podia alcançar a Torre; mas a Torre o alcançaria – nos seus inexoráveis dois quilômetros por dia.

55

ATRACAÇÃO

O recorde de um dia de construção tinha sido de 30 quilômetros, quando estava sendo montada a seção mais fina e leve da Torre. Agora que a parte maior – a própria raiz da estrutura – estava chegando ao término em órbita, a velocidade caíra para dois quilômetros por dia. Isso era rápido o bastante; daria a Morgan tempo para verificar o alinhamento do adaptador e ensaiar mentalmente os perigosos segundos entre confirmar a atracação e soltar os freios da Aranha. Se ele os acionasse por muito tempo, haveria um braço de ferro muito desigual entre a cápsula e os megatons em movimento da Torre.

Seriam longos, mas tranquilos, quinze minutos – tempo suficiente, esperava Morgan, para acalmar o ALCOR. Perto do fim, tudo parecia estar acontecendo muito depressa e, no momento final, ele se sentiu como uma formiga prestes a ser esmagada numa prensa, à medida que o teto sólido do céu descia sobre ele. Num segundo, a base da Torre estava ainda a seis metros de distância; um instante depois, ele sentiu e ouviu o impacto do mecanismo de acoplamento.

Agora, muitas vidas dependiam da habilidade e do cuidado com que os engenheiros e mecânicos, anos antes, haviam realizado seu trabalho. Se as junções não se alinhassem dentro das tolerâncias permitidas; se o mecanismo de engate não funcionasse corretamente; se o lacre não fosse hermético... Morgan tentou interpretar a miscelânea de sons que chegavam a seus ouvidos, mas não estava suficientemente capacitado para interpretar suas mensagens.

Então, como um sinal de vitória, o aviso ATRACAÇÃO CONCLUÍDA piscou no painel. Durante dez segundos, os elementos telescópicos ainda poderiam absorver o movimento da Torre que avançava; Morgan deixou passar metade desse tempo antes de, com cautela, soltar os freios. Estava preparado para acioná-los imediatamente outra vez, se a Aranha começasse a cair – mas os sensores diziam a verdade. Torre e cápsula estavam agora firmemente unidos. Morgan tinha apenas de subir alguns degraus de escada para alcançar seu objetivo.

Depois de informar os exultantes ouvintes da Terra e da Intermediária, sentou-se por um momento, recuperando o fôlego. Estranho pensar que aquela era a sua segunda visita à Torre, mas se lembrava pouco da primeira, doze anos antes, e a 36 mil quilômetros de distância. Durante o que, por falta de melhor designação, se chamou de lançamento da pedra fundamental, tinha havido uma festinha no Porão, e todos brindaram com esguichos de bebida na gravidade zero. Pois aquela não era apenas a primeira parte da Torre a ser construída; seria também a primeira a fazer contato com a Terra, ao final de sua longa descida a partir da órbita. Portanto, parecia adequado haver algum tipo de cerimônia, e Morgan lembrava agora que até seu velho inimigo, o senador Collins, tinha feito a cortesia de comparecer, e desejou-lhe boa sorte com um discurso cheio de farpas, mas bem-humorado. Agora, havia um motivo muito melhor para comemorar.

Morgan já conseguia ouvir leves batidas de boas-vindas do outro lado da câmara de despressurização. Soltou o cinto de segurança, escalou desajeitadamente o assento e começou a subir a escada.

A escotilha no teto ofereceu certa resistência, como se as forças reunidas contra ele estivessem fazendo um débil gesto final, e o ar assobiou brevemente enquanto a pressão se igualava. Então, a chapa circular se abriu para baixo, e mãos ansiosas o ajudaram a entrar na Torre. Logo que inspirou o ar fétido, imaginou como alguém poderia ter sobrevivido ali; se a sua missão tivesse sido abortada, tinha certeza de que uma segunda tentativa teria sido em vão.

A sala vazia e lúgubre estava iluminada apenas pelos painéis solares fluorescentes que vinham pacientemente acumulando e liberando a luz do sol há mais de uma década, para a emergência que finalmente chegara. A iluminação revelava uma cena que poderia ter ocorrido em alguma guerra antiga: ali estavam refugiados desgrenhados, vindos de uma cidade devastada, comprimidos num abrigo antiaéreo com as poucas coisas que tinham conseguido salvar. Entretanto, não eram muitos os refugiados que teriam levado bolsas com os dizeres PROJEÇÃO, CORPORAÇÃO HOTEL LUNAR, PROPRIEDADE DA REPÚBLICA FEDERAL DE MARTE, ou o ubíquo NÃO/PODE/SER ARMAZENADO NO VÁCUO. Nem teriam ficado tão contentes; até os que estavam deitados, a fim de poupar oxigênio, conseguiram dar um sorriso e um aceno lânguido. Morgan tinha acabado de retribuir o cumprimento, quando suas pernas se dobraram e tudo escureceu. Jamais, em toda a sua vida, ele havia desmaiado, e, quando a rajada de oxigênio frio o despertou, sua primeira emoção foi um intenso constrangimento. Seus olhos entraram em foco lentamente, e ele viu vultos mascarados pairando sobre ele. Por um momento, pensou que estivesse num hospital; o cérebro e a visão retornaram ao normal; enquanto ainda estava desacordado, sua preciosa carga deve ter sido desembarcada.

Aquelas máscaras eram os filtros moleculares que ele havia trazido para a Torre; usadas sobre o nariz e a boca, bloqueavam o CO_2, porém permitiam a passagem do oxigênio. Simples, mas tecnologicamente sofisticadas, possibilitavam a sobrevivência humana numa atmosfera que, de outro modo, causaria asfixia imediata. Era preciso um pouco mais de esforço para respirar através delas, mas a natureza nunca dá nada de graça – e aquele era um preço baixo a pagar.

Um pouco atordoado, mas recusando qualquer ajuda, Morgan pôs-se de pé e foi apresentado tardiamente aos homens e mulheres que ele havia salvado. Uma questão ainda o preocupava: enquanto estava inconsciente, o ALCOR teria dado um de seus avisos? Não queria levantar o assunto, mas ficou se perguntando...

– Em nome de todos nós – disse o professor Sessui, com sinceridade, mas com a inabilidade óbvia de um homem que raramente era educado com alguém –, quero agradecer ao senhor pelo que fez. Devemos nossas vidas ao senhor.

Qualquer resposta lógica ou coerente a essas palavras teria soado como falsa modéstia, de modo que Morgan usou a desculpa do ajuste de sua máscara para murmurar alguma coisa ininteligível. Estava prestes a começar a verificação de todos os equipamentos desembarcados, quando o professor Sessui acrescentou, um tanto ansioso:

– Desculpe não podermos lhe oferecer uma cadeira... isso é tudo o que temos. – Apontou para duas caixas de instrumentos, uma em cima da outra. – O senhor realmente precisa descansar um pouco.

A frase era conhecida; então, o ALCOR *tinha* falado. Houve uma pausa ligeiramente embaraçosa, enquanto Morgan registrava esse fato, e os outros admitiam que sabiam, e ele demonstrava que sabia que eles sabiam – tudo sem que uma única palavra fosse proferida, na espécie de retrocesso psicológico infinito que ocorre quando um grupo de pessoas partilha completamente um segredo que ninguém jamais voltará a mencionar.

Morgan respirou fundo algumas vezes – era incrível como uma pessoa se acostumava rapidamente às máscaras – e sentou-se no assento oferecido. Não vou desmaiar de novo, pensou, com austera determinação. Tenho de entregar a mercadoria e sair daqui o mais depressa possível – e espero que antes de outros pronunciamentos do ALCOR.

– Aquela lata de selador – ele comentou, apontando para o menor dos recipientes que havia trazido – deve resolver o vazamento. Borrifem em volta das vedações da câmara de despressurização; o produto endurece em poucos segundos. Usem o oxigênio só quando for necessário; podem precisar dele para dormir. Há uma máscara de CO_2 para cada um, e duas a mais. E ali há comida e água para três dias... deve dar e sobrar. O transportador da estação 10K chega aqui amanhã. Quanto ao estojo médico... espero que *não* precisem dele para nada.

Morgan fez uma pausa para tomar fôlego; não era fácil conversar usando um filtro de CO_2, e ele sentia uma necessidade crescente de poupar energia. O pessoal de Sessui agora podia cuidar de si mesmo, mas ele ainda tinha uma tarefa a cumprir – e quanto antes, melhor.

Morgan voltou-se para o condutor Chang e pediu, calmamente:

– Ajude-me a vestir o traje espacial de novo, por favor. Quero inspecionar o trilho.

– Mas o traje que o senhor está usando só tem trinta minutos de oxigênio!

– Vou precisar de dez... quinze minutos, no máximo.

– Dr. Morgan, *eu* sou um operador espacial qualificado... o senhor não. Ninguém é autorizado a sair num traje de trinta minutos sem uma carga de oxigênio sobressalente ou um cordão umbilical. Salvo numa emergência, é claro.

Morgan deu um sorriso cansado. Chang tinha razão, e a desculpa de perigo imediato não mais se aplicava. Mas uma emergência era qualquer coisa que o engenheiro-chefe dissesse que fosse.

– Quero avaliar os danos – ele respondeu – e examinar os trilhos. Será uma pena se o pessoal da 10K não chegar até aqui por não ter sido avisado sobre algum obstáculo.

Era evidente que Chang não estava muito satisfeito com a situação (afinal, o que aquele fofoqueiro do ALCOR teria tagarelado enquanto ele estava inconsciente?), mas não argumentou mais, enquanto acompanhava Morgan à câmara norte.

Pouco antes de baixar o visor, Morgan perguntou:

– Mais algum problema com o professor?

Chang balançou a cabeça negativamente.

– Acho que o CO_2 o deixou mais calmo. Mas se ele começar de novo... bem, somos seis contra um, embora eu não tenha certeza se posso contar com os alunos dele. Alguns são tão malucos quanto ele; olhe aquela moça, que passa o tempo todo escrevendo no canto. Ela está convencida de que o Sol vai se apagar, ou explodir... não sei bem qual dos dois... e quer alertar o mundo antes de morrer. Que grande ajuda *isso* seria! Prefiro não saber.

Morgan não pôde deixar de sorrir, mas tinha certeza absoluta de que nenhum dos alunos do professor era louco. Excêntricos, talvez... mas também brilhantes; do contrário, não estariam trabalhando com Sessui. Algum dia, precisaria saber mais sobre os homens e mulheres cujas vidas havia salvado; mas isso teria de esperar até que todos tivessem voltado à Terra, separadamente.

– Vou fazer uma caminhada rápida em volta da Torre – disse Morgan – e vou descrever qualquer avaria, para que você possa informar a Intermediária. Isso vai levar menos de dez minutos. E se levar mais tempo... bem, não tente me trazer de volta.

A resposta de Chang, enquanto fechava a porta interna da câmara de despressurização, foi muito prática e muito breve:

– Como diabos eu faria isso? – perguntou.

56

VISTA DA SACADA

A porta externa da câmara de despressurização norte abriu-se sem dificuldade, emoldurando um retângulo de completa escuridão. Atravessando horizontalmente aquela escuridão, havia uma linha de fogo – o corrimão protetor da passarela, reluzindo no feixe do holofote apontado diretamente para cima, a partir da montanha tão distante lá embaixo. Morgan respirou fundo e flexionou o traje. Sentia-se perfeitamente confortável e acenou para Chang, que o observava pela janela da porta interna. Então, saiu da Torre.

A passarela que circundava o Porão era uma grade de metal com cerca de dois metros de largura; além dela, a rede de segurança se estendia por mais 30 metros. A parte que Morgan podia ver não havia capturado absolutamente nada durante os muitos anos de espera paciente.

Começou a circum-navegação da Torre, protegendo os olhos contra o clarão que vinha lá de baixo. A luz oblíqua revelava as mínimas saliências e imperfeições da superfície que se estendia acima dele como uma estrada para as estrelas – o que, num certo sentido, ela era.

Confirmando sua esperança e expectativa, a explosão do outro lado da Torre não causara nenhum dano ali; isso teria exigido uma bomba atômica, e não uma simples bomba eletroquímica. As fendas duplas do trilho, que agora aguardavam sua primeira chegada, estendiam-se interminavelmente para o alto, em sua perfeição impecável. E, a 50 metros abaixo da sacada – embora fosse difícil olhar naquela direção, por causa do clarão –, ele conseguiu discernir os amortecedores do terminal, prontos para uma tarefa que jamais deveriam ter de cumprir.

Sem pressa, e mantendo-se perto da face vertical da Torre, Morgan caminhou devagar na direção oeste, até chegar à primeira esquina. Ao dobrá-la, olhou para trás, para a porta aberta da câmara de despresurização e a segurança – relativa, na verdade! – que ela representava. Então, prosseguiu audaciosamente ao longo da parede lisa da face oeste.

Sentia uma curiosa mistura de euforia e medo, como jamais sentira desde que aprendera a nadar e se viu, pela primeira vez, em águas que não davam pé. Embora tivesse certeza de que não havia nenhum perigo real, *poderia* haver. Tinha profunda consciência do ALCOR, que aguardava uma oportunidade para protestar; mas Morgan detestava deixar qualquer tarefa incompleta, e sua missão ainda não terminara.

A face oeste era exatamente igual à norte, exceto pela ausência de uma câmara de despressurização. Ali também não havia nenhum sinal de avaria, embora fosse mais próximo do local da explosão.

Contendo o impulso de se apressar – afinal, estava fora há apenas três minutos –, Morgan andou calmamente até a próxima esquina. Mesmo antes de contorná-la, percebeu que não iria completar o circuito da Torre, como planejara. A passarela tinha sido arrancada e estava pendurada no espaço, uma língua retorcida de metal. Toda a rede de segurança havia sumido, sem dúvida rasgada pelo transportador em queda.

Não vou abusar da sorte, pensou Morgan. Mas não pôde resistir a dar uma olhada além da esquina, segurando-se no pedaço da grade protetora que ainda restava.

Havia muitos destroços presos no trilho, e a face da Torre tinha sido descolorida pela explosão. Mas, até onde Morgan podia ver, até mesmo ali não havia nada que não pudesse ser reparado em duas horas por alguns homens com maçaricos. Fez uma descrição cuidadosa a Chang, que expressou alívio e insistiu para que Morgan retornasse à Torre o mais rápido possível.

– Não se preocupe – disse Morgan. – Ainda tenho dez minutos e menos de 30 metros para percorrer. Poderia fazer isso com o ar que tenho nos pulmões agora.

No entanto, não pretendia pôr isso à prova. Já tivera emoções suficientes naquela noite. Mais que suficientes, a se acreditar no ALCOR; dali em diante, obedeceria cegamente às suas ordens.

Quando voltou até a porta aberta da câmara de despressurização, deteve-se por alguns últimos momentos ao lado da grade protetora, encharcado pela fonte de luz que brotava do topo da Sri Kanda. A luz projetava sua sombra, imensamente alongada, pela superfície da Torre, verticalmente em direção às estrelas. Aquela sombra devia estender-se por milhares de quilômetros, e ocorreu a Morgan que poderia chegar até mesmo ao transportador que, naquele momento, descia com rapidez, vindo da estação 10K. Se ele acenasse com os braços, a equipe de resgate talvez visse seus sinais; poderia conversar com eles em código Morse.

Essa fantasia divertida inspirou uma ideia mais séria. Seria melhor ele esperar ali, com os demais, e não se arriscar num retorno à Terra na Aranha? Mas a viagem até a Intermediária, onde poderia receber cuidados médicos, levaria uma semana. A alternativa não era sensata, já que poderia estar de volta à Sri Kanda em menos de três horas.

Hora de entrar – sua reserva de ar devia estar baixando e não havia mais nada para ver. Isso era uma ironia decepcionante, considerando a vista espetacular que normalmente se teria dali, de dia ou de noite. Agora, no entanto, o planeta abaixo e os céus acima estavam ambos ofuscados pelo clarão cegante vindo da Sri Kanda; ele estava flutuando num minúsculo universo de luz, cercado pela escuridão total de todos os lados. Era quase impossível acreditar que estivesse no espaço, até mesmo por causa da sensação de peso. Sentia-se tão seguro como se estivesse na própria montanha, em vez de 600 quilômetros acima dela. Era um pensamento a ser saboreado e levado de volta à Terra.

Morgan bateu na superfície lisa e inflexível da Torre, muito maior, comparada a ele, do que um elefante comparado a uma ameba. Mas nenhuma ameba era capaz de conceber um elefante – muito menos criar um.

– Vejo você na Terra daqui a um ano – sussurrou Morgan, e lentamente fechou a porta da câmara atrás de si.

57

A ÚLTIMA ALVORADA

Morgan ficou no Porão apenas cinco minutos; aquilo não era hora para amabilidades sociais, e ele não queria consumir o oxigênio que havia levado até ali com tanta dificuldade. Despediu-se de todos e arrastou-se de volta para a Aranha.

Era bom poder respirar novamente sem máscara - melhor ainda saber que sua missão tinha sido um completo sucesso e que em menos de três horas estaria de volta à Terra, em segurança. Entretanto, depois de todo o esforço despendido para chegar à Torre, ele relutava em soltar as amarras e render-se mais uma vez à atração da gravidade - muito embora essa gravidade o estivesse levando de volta para casa. Mas logo soltou os engates de atracação e começou a cair, ficando sem peso por vários segundos.

Quando o indicador de velocidade atingiu 300 quilômetros por hora, o sistema de frenagem automática foi acionado e o peso voltou. A bateria brutalmente esgotada estaria recarregando agora, mas com certeza não tinha mais conserto e teria de ser descartada. Havia um paralelo funesto ali: Morgan não podia deixar de pensar na sobrecarga que seu próprio corpo havia sofrido, mas um orgulho teimoso ainda o impedia de solicitar que um médico o aguardasse. Ele tinha feito uma pequena aposta consigo mesmo; só pediria o médico se o ALCOR falasse de novo.

O monitor estava calado agora, enquanto ele caía com rapidez em meio à noite. Morgan sentia-se inteiramente relaxado e deixou a Aranha cuidar de si mesma enquanto ele admirava os céus. Poucas naves espaciais proporcionavam uma vista tão panorâmica, e não muitos homens veriam as estrelas sob condições tão magníficas. A aurora polar havia desaparecido completamente, o holofote tinha sido apagado, e não restava mais nada para desafiar as constelações.

Exceto, claro, as estrelas feitas pelo próprio homem. Quase diretamente acima, via-se o farol deslumbrante de Ashoka, suspensa para sempre sobre o Industão – e a apenas algumas centenas de quilômetros do complexo da Torre. Abaixo, na metade do caminho a leste, estava Confúcio e, ainda mais abaixo, Kamehameha, enquanto lá em cima, no ocidente, brilhavam Kinte e Imhotep. Estas eram apenas as mais brilhantes ao longo do equador; havia, literalmente, inúmeras outras, todas elas muito mais brilhantes do que Sírius. Como ficaria atônito um dos antigos astrônomos, se visse aquele colar em torno do céu; e como ficaria confuso quando, depois de mais ou menos uma hora de observação, descobrisse que estavam completamente imóveis – nem nascendo, nem se pondo, enquanto as estrelas conhecidas seguiam seus antigos cursos.

Enquanto fitava o colar de diamantes estendido no céu, a mente sonolenta de Morgan transformou-o aos poucos em algo muito mais impressionante. Com apenas um leve esforço de imaginação, aquelas estrelas feitas pelo homem tornaram-se as luzes de uma ponte titânica... Deixou-se levar por fantasias ainda mais desenfreadas. Como era mesmo o nome da ponte para o Valhalla, pela qual os heróis das lendas nórdicas passavam deste mundo para o outro? Não se lembrava, mas era um sonho glorioso. E será que outras criaturas, muito antes do homem, teriam tentado em vão transpor os céus de seus próprios mundos? Pensou nos esplêndidos anéis circundando Saturno, nos arcos fantasmagóricos de Urano e Netuno. Embora soubesse perfeitamente que nenhum desses mundos jamais havia experimentado o toque da vida, divertia-o imaginar que ali estavam os fragmentos despedaçados de pontes fracassadas.

Queria dormir, mas, contra sua vontade, sua imaginação se agarrara àquela ideia. Como um cão que acabara de descobrir um novo osso, ele não a largava. O conceito não era absurdo; não era sequer original. Muitas das estações geoestacionárias já tinham quilômetros de extensão, ou estavam conectadas por cabos que se estendiam por frações apreciáveis de sua órbita. Reuni-las, formando assim um anel completo ao redor do mundo, seria uma tarefa de engenharia muito mais simples do que a construção da Torre, e envolveria muito menos material.

Não... não um anel... uma *roda.* Aquela Torre era apenas o primeiro raio. Haveria outros (quatro? seis? inúmeros?) espaçados ao longo do equador. Quando estivessem todos interligados rigidamente lá em cima, em órbita, os problemas de estabilidade que afligiam uma torre única desapareceriam. A África, a América do Sul, as ilhas Gilbert, a Indonésia – todas poderiam fornecer locais para os terminais terrestres, caso se desejasse. Pois algum dia, à medida que os materiais se aperfeiçoassem e o conhecimento avançasse, as Torres poderiam se tornar invulneráveis até mesmo aos piores furacões, e não haveria mais necessidade de construí-las em montanhas. Se ele tivesse esperado mais cem anos, talvez não precisasse ter perturbado o Maha Thero...

Enquanto sonhava, o delgado crescente da lua minguante se erguera discretamente no horizonte a leste, já incendiado com os primeiros indícios da alvorada. O brilho da Terra iluminava todo o disco lunar, com tanta intensidade que Morgan conseguia ver grande parte dos detalhes da Lua noturna; forçou os olhos, na esperança de vislumbrar uma das visões mais adoráveis, jamais vista em eras anteriores: uma estrela dentro dos braços da lua crescente. Mas nenhuma das cidades do segundo lar do homem estava visível naquela noite.

Apenas 200 quilômetros – menos de uma hora de viagem. Não havia sentido em tentar permanecer acordado; a Aranha tinha programação terminal automática e pousaria delicadamente, sem perturbar seu sono...

A dor o despertou. O aviso do ALCOR veio uma fração de segundo depois. – Não tente se mexer – disse a calma voz feminina. – Chamei ajuda pelo rádio. A ambulância está a caminho.

Aquilo foi engraçado. Mas não ria, Morgan ordenou a si mesmo. Ele está apenas fazendo tudo o que pode. Morgan não sentiu medo; embora a dor sob o esterno fosse intensa, não era insuportável. Tentou concentrar a atenção nela, e o próprio ato de concentração aliviou os sintomas. Há muito tempo havia descoberto que a melhor maneira de lidar com a dor era estudá-la objetivamente.

Warren o estava chamando, mas as palavras pareciam distantes e sem sentido. Conseguiu perceber a ansiedade na voz do amigo e desejava fazer alguma coisa para aliviá-la; mas não lhe restavam forças para resolver aquele problema – ou qualquer outro. Agora, nem sequer conseguia ouvir as palavras. Um estrondo fraco, mas contínuo, havia obliterado todos os outros sons. Embora soubesse que aquele barulho só existia em seu cérebro – ou nos canais labirínticos de seus ouvidos –, parecia totalmente real. Poderia acreditar estar ao pé de uma gigantesca catarata...

O ruído se tornava mais fraco, mais suave... *mais musical.* E, de repente, ele o reconheceu. Que prazer ouvir novamente, na fronteira silenciosa do espaço, o som que lembrava sua primeira visita a Yakkagala!

A gravidade o estava arrastando de volta para casa, do mesmo modo que, por séculos, sua mão invisível havia moldado a trajetória das Fontes do Paraíso. Mas ele havia criado algo que a gravidade não poderia jamais recapturar, enquanto os homens possuíssem conhecimento e vontade para preservá-la.

Como suas pernas estavam frias! O que teria acontecido ao sistema de suporte de vida da Aranha? Mas logo chegaria a alvorada; então, haveria calor suficiente.

As estrelas estavam se apagando, muito mais rápido do que tinham o direito de fazer. Aquilo era estranho – embora o dia já estivesse quase ali, tudo a seu redor escurecia. E as fontes caíam de volta para a Terra, suas vozes se tornando mais distantes... mais distantes... mais distantes...

E agora havia outra voz, mas Vannevar Morgan não a ouviu. Entre sinais estridentes, breves e agudos, o ALCOR gritava para a alvorada que chegava:

SOCORRO! QUALQUER PESSOA QUE ESTEJA ME OUVINDO, VENHA IMEDIATAMENTE! EMERGÊNCIA ALCOR! SOCORRO! QUALQUER PESSOA QUE ESTEJA ME OUVINDO, VENHA IMEDIATAMENTE!

A voz ainda clamava quando o sol nasceu, e seus primeiros raios acariciaram o cume da montanha outrora sagrada. Lá embaixo, ao longe, a sombra da Sri Kanda saltou sobre as nuvens, com seu cone perfeito ainda imaculado, apesar de tudo o que o homem havia feito.

Não havia mais peregrinos para contemplar aquele símbolo da eternidade cobrindo a face da terra que despertava. Mas milhões de pessoas a veriam, nos séculos seguintes, ao viajarem com conforto e segurança em direção às estrelas.

Epílogo

O TRIUNFO DE KALIDASA

Nos últimos dias daquele breve verão, antes que as mandíbulas de gelo se fechassem em torno do equador, um dos enviados do Lar Estelar chegou a Yakkagala.

Um Mestre dos Enxames, recentemente havia se conjugado na forma humana. Afora um ou outro detalhe sem importância, a semelhança era excelente; mas as doze crianças que haviam acompanhado o Habitante do Lar Estelar no autocóptero estavam num estado constante de leve histeria – as mais jovens com frequência morriam de rir.

– O que há de tão engraçado? – perguntara ele, em sua perfeita linguagem solar. – Ou será uma brincadeira particular?

Mas elas não explicavam ao Habitante, cuja visão colorida normal se limitava inteiramente ao infravermelho, que a pele humana não era um mosaico aleatório de verdes, vermelhos e azuis. Mesmo quando ele ameaçou se transformar num *Tyrannosaurus rex* e devorar todo mundo, as crianças se recusaram a satisfazer sua curiosidade. Na verdade, elas rapidamente observaram – para uma entidade que havia atravessado tantos anos-luz e colhera informações durante trinta séculos – que uma massa de apenas cem quilos dificilmente daria um dinossauro impressionante.

O Habitante não se importava; era paciente, e as crianças da Terra eram infinitamente fascinantes, tanto em sua biologia como em sua psicologia. Assim eram as crianças de todas as criaturas – todas, é claro, que *tinham* crianças. Como já estudara nove dessas espécies, o Habitante quase conseguia imaginar o que significava crescer, amadurecer e morrer... *quase* conseguia, mas não completamente.

Diante dos doze humanos e do não humano, estendia-se a terra vazia, com seus campos e florestas, outrora luxuriantes, arrasados pelos sopros frios que vinham do norte e do sul. Os graciosos coqueiros há muito haviam desaparecido, e até os pinheiros sombrios que os substituíram eram esqueletos nus, com as raízes destruídas pelo avanço do gelo permanente. Nenhuma vida restava sobre a superfície da Terra; somente nos abismos oceânicos, onde o calor interno do planeta mantinha o gelo afastado, algumas criaturas cegas e famintas rastejavam, nadavam e se devoraram mutuamente.

Entretanto, para um ser cujo planeta girava em torno de uma débil estrela vermelha, o sol que brilhava no céu sem nuvens ainda possuía uma claridade intolerável. Embora não emitisse mais calor, drenado pela doença que atacara seu núcleo mil anos antes, sua luz fria e impiedosa revelava cada detalhe da terra acometida, e refletia-se esplendorosamente nas geleiras que avançavam.

Para as crianças, ainda se divertindo com os poderes de suas mentes que despertavam, as temperaturas abaixo de zero eram um desafio emocionante. Enquanto dançavam nuas sobre os montes de neve, os pés descalços chutando para cima nuvens de cristais reluzentes e secos, seus simbiontes muitas vezes tinham de avisá-las: "Não ignorem os sinais de queimadura de gelo!". Pois elas ainda não tinham idade suficiente para replicar novos membros sem a ajuda dos adultos.

O menino mais velho estava se exibindo; atacara deliberadamente o frio, anunciando com orgulho que ele era um espírito de fogo. (O Habitante anotara o termo para pesquisa posterior, a qual, mais tarde, lhe causaria muita perplexidade.) Tudo o que se podia ver do jovem exibicionista era uma coluna de chama e vapor, dançando de um lado para o outro ao longo da alvenaria antiga; as outras crianças ignoravam incisivamente aquela exibição um tanto grosseira.

Para o Habitante, no entanto, aquilo representava um paradoxo interessante. Por que aquelas pessoas tinham fugido para os planetas interiores, se podiam ter lutado contra o frio com os poderes que possuíam agora – como, na verdade, seus primos estavam fazendo em Marte? Era uma pergunta para a qual o Habitante ainda não recebera uma resposta satisfatória. Ele refletiu de novo sobre a resposta enigmática que obtivera do ARISTÓTELES, a entidade com que se comunicava com mais facilidade.

– Para tudo há um tempo certo – respondera o cérebro global. – Há um tempo para lutar contra a natureza, e um tempo para obedecer a ela. A verdadeira sabedoria consiste em fazer a escolha correta. Quando o longo inverno chegar ao fim, o Homem voltará a uma Terra renovada e revigorada.

E, assim, durante os últimos séculos, toda a população terrestre convergira às Torres equatoriais, fluindo na direção do Sol, para os jovens oceanos de Vênus e para as planícies férteis da zona temperada de Mercúrio. Dali a quinhentos anos, quando o Sol se recuperasse, os exilados retornariam. Mercúrio ficaria abandonado, com exceção das regiões polares; mas Vênus seria um segundo lar permanente. O declínio da força do Sol havia proporcionado o incentivo, e a oportunidade, para a domesticação daquele mundo infernal.

Por mais importantes que fossem, essas questões só interessavam ao Habitante indiretamente; seu interesse concentrava-se em aspectos mais sutis da cultura e da sociedade humana. Todas as espécies eram únicas, com suas próprias surpresas, suas próprias idiossincrasias. Aquela havia apresentado ao Habitante do Lar Estelar o conceito desconcertante de informação negativa – ou, na terminologia local, Humor, Fantasia, Mito.

Quando se debruçava sobre esses estranhos fenômenos, o Habitante às vezes dizia a si mesmo, desesperado: *nunca* iremos entender os seres humanos. Ocasionalmente, ele ficava tão frustrado que temia uma conjugação involuntária, com todos os riscos que isso acarretava. Agora, porém, havia feito um progresso real; ainda se lembrava de sua satisfação quando contou uma piada pela primeira vez e todas as crianças riram.

Trabalhar com as crianças tinha sido a chave, mais uma vez fornecida por ARISTÓTELES:

– Há um antigo ditado; a criança é o pai do homem. Embora o conceito biológico de "pai" seja igualmente estranho a nós dois, nesse contexto a palavra tem um duplo sentido...

Portanto, ali estava ele, esperando que as crianças lhe permitissem compreender os adultos nos quais elas, no devido tempo, se metamorfoseariam. Às vezes, elas diziam a verdade; mas, mesmo quando estavam brincando (outro conceito difícil) e forneciam informações negativas, o Habitante já era capaz de reconhecer os sinais.

No entanto, havia ocasiões em que nem as crianças, nem os adultos, nem mesmo ARISTÓTELES sabiam a verdade. Parecia existir um espectro contínuo entre a fantasia absoluta e o fato histórico concreto, com todas as graduações possíveis entre um e outro. Num extremo, estavam figuras como Colombo, Leonardo da Vinci, Einstein, Lênin, Newton e Washington, cujas vozes e imagens muitas vezes tinham sido preservadas. No outro extremo, estavam Zeus, Alice, King Kong, Gulliver, Siegfried e Merlin, que *não poderiam* ter existido no mundo real. Mas como explicar Robin Hood, Tarzan, Cristo, Sherlock Holmes, Ulisses ou Frankenstein? Admitindo uma certa dose de exagero, poderiam muito bem ter sido personagens reais.

O Trono do Elefante pouco havia mudado em três mil anos, mas jamais recebera um visitante tão alienígena. Quando o Habitante olhou para o sul, comparou a coluna de meio quilômetro de largura que se elevava do pico da montanha com os feitos de engenharia que ele tinha visto em outros mundos. Para uma raça tão jovem, aquilo era realmente impressionante. Embora desse a impressão de estar prestes a despencar do céu, já durava quinze séculos.

Não, é claro, em sua forma atual. Os primeiros 100 quilômetros eram agora uma cidade vertical – ainda ocupada, em alguns de seus níveis amplamente espaçados –, pelos quais os dezesseis conjuntos de trilhos tinham, com frequência, carregado milhões de passageiros por dia. Agora, apenas dois desses trilhos estavam em operação; dentro de algumas horas, o Habitante e seus acompanhantes estariam subindo rapidamente por aquela imensa coluna canelada, de volta à Cidade Circular que circundava o globo.

O Habitante revirou seus olhos para o modo de visão telescópica e lentamente perscrutou o zênite. Sim, lá estava ela – difícil de ver de dia, mas fácil à noite, quando a luz solar que passava pela sombra da Terra ainda jorrava sobre ela. A faixa fina e brilhante que dividia o céu em dois hemisférios era, em si, um mundo inteiro, onde meio bilhão de seres humanos havia optado por uma vida em gravidade zero.

E, lá em cima, ao lado da Cidade Circular, estava a nave estelar que havia transportado o enviado e todos os demais Companheiros da Colmeia pelas vastidões interestelares. Naquele mesmo instante, estava sendo preparada para a partida – sem urgência alguma, mas com vários anos de antecedência, preparando-se para a próxima etapa, de seiscentos anos, de sua jornada. Isso não representaria nada para o Habitante, naturalmente, pois ele só se reconjugaria ao fim da viagem, mas, então, poderia ter de enfrentar o maior desafio de sua longa carreira. Pela primeira vez, uma Sonda Estelar havia sido destruída – ou pelo menos silenciada – logo após seu ingresso num sistema solar. Talvez ela finalmente tivesse feito contato com os misteriosos Caçadores da Alvorada, que tinham deixado suas marcas em tantos planetas, tão inexplicavelmente perto do próprio Início. Se o Habitante fosse capaz de reverência, ou medo, teria sentido as duas coisas, enquanto previa seu futuro, dali a seiscentos anos.

Agora, porém, ele estava no cume nevado da Yakkagala, diante da estrada dos humanos para as estrelas. Chamou as crianças para junto de si (elas sempre entendiam quando ele queria *realmente* ser obedecido) e apontou para a montanha no sul.

– Vocês sabem perfeitamente bem – ele disse, com uma exasperação que só em parte era simulada – que o Terraporto Um foi construído dois mil anos *depois* deste palácio em ruínas. – As crianças balançaram a cabeça, concordando solenemente. – Então, por que – perguntou o Habitante do Lar Estelar, traçando uma linha do zênite ao topo da montanha –, *por que* vocês chamam aquela coluna de... a Torre de Kalidasa?

Posfácio

FONTES E AGRADECIMENTOS

O escritor de ficção histórica tem uma peculiar responsabilidade para com os leitores, sobretudo quando escreve sobre épocas e lugares pouco conhecidos. Ele não deve distorcer fatos ou acontecimentos, quando são conhecidos; e, quando os inventa, como muitas vezes é obrigado a fazer, é seu dever indicar a linha divisória entre a imaginação e a realidade.

O escritor de ficção científica tem a mesma responsabilidade, ao quadrado. Espero que estas notas sirvam não apenas para cumprir essa obrigação, mas também para aumentar a satisfação da leitura.

Taprobana e Ceilão

Por motivos dramáticos, fiz três pequenas mudanças na geografia do Ceilão (atual Sri Lanka). Movi a ilha 800 quilômetros para o sul, para que ficasse sobre a linha do equador – como realmente ficava há vinte milhões de anos e talvez volte a ficar algum dia. No momento, ela se localiza entre seis e dez graus ao norte.

Além disso, dobrei a altura da Montanha Sagrada e a levei um pouco mais para perto de "Yakkagala". Pois ambos os lugares existem, quase exatamente como os descrevi.

A Sri Pada, ou o Pico de Adão, é uma extraordinária montanha cônica, sagrada para budistas, muçulmanos, hindus e cristãos, e que possui um pequeno templo em seu topo. No interior do templo, há uma laje de pedra com uma depressão que, embora tenha dois metros de comprimento, é tida como a pegada do Buda.

Todo ano, há muitos séculos, milhares de peregrinos fazem a longa escalada até o topo de 2.240 metros. A subida já não é perigosa, pois há duas escadarias (que devem ser as mais longas do mundo) que levam até o cume. Fiz a escalada certa vez, instigado por Jeremy Berostein, do *New Yorker* (vejam o seu livro *Experiencing Science* –[Experimentando Ciência]), e, depois disso, minhas pernas ficaram paralisadas por vários dias. Mas valeu o esforço, pois tivemos a sorte de assistir ao belo e impressionante espetáculo da sombra do pico na alvorada – um cone perfeitamente simétrico, só visível nos primeiros minutos após o nascer do sol, e que se estende quase até o horizonte sobre as nuvens lá embaixo.

Desde então, explorei a montanha com muito menos esforço, num helicóptero da Força Aérea do Sri Lanka, aproximando-me o suficiente do templo para observar as expressões resignadas nos rostos dos monges, agora acostumados a essas barulhentas intrusões.

A fortaleza de pedra de Yakkagala é, na verdade, o Sigiriya (ou o Sigiri, "Rocha do Leão"), cuja realidade é tão espantosa que não tive necessidade de modificá-la em nada. As únicas liberdades que tomei são cronológicas, pois o palácio em seu topo foi construído (segundo a crônica cingalesa *Culavamsa*) durante o reinado do parricida Kasyapa I (478-495 d.C). No entanto, parece inacreditável que uma obra tão vasta tenha sido executada em apenas dezoito anos, por um usurpador que esperava ser desafiado a qualquer momento, e é bem possível que a história real do Sigiriya remonte a muitos séculos antes dessas datas.

O caráter, a motivação e o verdadeiro destino de Kasyapa têm sido objeto de muitas controvérsias, recentemente alimentadas pela publicação póstuma de *The Story of Sigiri* [A história do Sigiri] (Lake House, Colombo, 1972), pelo pesquisador cingalês Senerat Paranavitana. Tenho também uma dívida para com seu monumental estudo em dois volumes sobre as inscrições na Parede Espelhada, *Sigiri Graffiti* [Grafites de Sigiri] (Oxford University Press, 1956). Alguns dos versos que citei são autênticos; outros foram apenas ligeiramente inventados por mim.

Os afrescos, que são a maior glória do Sigiriya, estão elegantemente reproduzidos em *Ceylon: paintings from the temple, shrine and rock* [Ceilão: pinturas do templo, santuário e rocha] (New York Graphic Society/UNESCO, 1957). A gravura 5 mostra o afresco mais interessante – e o que, infelizmente, foi destruído na década de 1960 por vândalos desconhecidos. A serva está claramente *ouvindo* uma misteriosa caixa articulada, que ela segura na mão direita; a caixa continua não identificada, e os arqueólogos locais se recusam a levar a sério minha sugestão de que se trata de um primitivo rádio transistorizado cingalês.

A lenda do Sigiriya foi há pouco tempo levada à tela por Dimitri de Grunwald, em sua produção *The God King* [O Rei Deus], com Leigh Lawson no papel de Kasyapa, numa interpretação muito impressionante.

O Elevador Espacial

Esse conceito aparentemente absurdo foi apresentado ao Ocidente, pela primeira vez, numa carta publicada na edição da revista *Science* de 11 de fevereiro de 1966, "A extensão do satélite num verdadeiro 'gancho celeste'", de John D. Isaacs, Hugh Bradner e George E. Backus, do Instituto Scripps de Oceanografia, e Allyn C. Vine, do Instituto Oceanográfico de Woods Hole. Ainda que pareça estranho que oceanógrafos se envolvam com tal ideia, isso não surpreende quando se percebe que eles são praticamente as únicas pessoas (desde a grande época dos balões de barragem) que se preocupam com longos cabos suspensos sob seu próprio peso (a propósito, o nome do dr. Allyn Vine está hoje imortalizado no famoso submersível de pesquisa *Alvin*).

Descobriu-se mais tarde que o conceito já havia sido desenvolvido seis anos antes – e numa escala muito mais ambiciosa – por um engenheiro de Leningrado, Y. N. Artsutanov (*Komsomolskaya Pravda*, 31 de julho de 1960). Artsutanov imaginou um "funicular celeste", para usar o simpático termo cunhado por ele, que transportaria nada menos que doze mil toneladas diárias de carga até uma órbita estacionária. É surpreendente que essa tese tão ousada tenha recebido tão pouca publicidade; a única menção sobre isso que já vi está no belo volume de pinturas de Alexei Leonov e Sokolov, *The Stars Are Awaiting Us* [As Estrelas nos Aguardam] (Moscou, 1967). Uma gravura colorida (p. 25) mostra o "Elevador Espacial" em ação; a legenda diz: "... o satélite ficará fixo, por assim dizer, num determinado ponto do céu. Se um cabo for baixado desde o satélite até o solo, teremos uma via pronta. Um elevador 'Terra-Sputnik-Terra' para carga e passageiros poderá ser então construído, e funcionará sem qualquer propulsão a foguete".

Embora o general Leonov me tenha dado um exemplar de seu livro na conferência "Usos Pacíficos do Espaço", realizada em Viena, em 1968, eu simplesmente não registrei a ideia – apesar do fato de o elevador ser mostrado pairando exatamente sobre o Sri Lanka! Provavelmente eu tenha pensado que o cosmonauta Leonov, um notável humorista*, estivesse apenas brincando.

O elevador espacial é claramente uma ideia cuja hora chegou, como demonstra o fato de que, uma década após a carta de Isaacs,

* E também um excelente diplomata. Após a exibição de *2001 – Uma Odisseia no Espaço* em Viena, ele fez o comentário mais amável sobre o filme que já ouvi: "Agora sinto que estive no espaço *duas vezes*". Presumivelmente, após a missão Apollo-Soyuz, ele diria "três vezes". [N. do A.]

de 1966, ele foi reinventado independentemente pelo menos três vezes. Uma abordagem muito detalhada, contendo várias ideias novas, foi publicada por Jerome Pearson, da Base Wright-Patterson da Força Aérea dos EUA, na revista científica *Acta Astronautica*, de setembro-outubro de 1975 ("A Torre Orbital: um lançador de veículos espaciais que utiliza a energia rotacional da Terra"). O dr. Pearson ficou atônito ao saber dos estudos anteriores, que sua pesquisa por computador não localizara; ele os descobriu lendo meu próprio depoimento ao Comitê Espacial da Câmara dos Representantes, em julho de 1975 (ver o livro *The View From Serendip* [A Vista do Ceilão]).

Seis anos antes (no periódico *Journal of the British Interplanetary Society*, vol. 22, p. 442 457, 1969), A. R. Collar e J. W. Flower haviam chegado essencialmente às mesmas conclusões em seu ensaio "Um satélite de vinte e quatro horas em altitude (relativamente) baixa". Estavam examinando a possibilidade de suspender um satélite de comunicações estacionário muito abaixo da altitude natural de 36 mil quilômetros, e não discutiram sobre levar o cabo até a superfície da Terra, mas isso é uma óbvia extensão de seu estudo.

Agora, uma tosse de modéstia. Ainda em 1963, num trabalho encomendado pela UNESCO e publicado em *Astronautics* em fevereiro de 1964, "O mundo dos satélites de comunicações" (agora disponível no livro *Voices from the Sky* [Vozes do Céu]), escrevi: "Como possibilidade, em prazo muito mais longo, pode-se mencionar que há vários meios teóricos de se chegar a um *satélite de vinte e quatro horas, a baixa altitude;* mas eles dependem de avanços técnicos improváveis de ocorrerem neste século. Deixo essa consideração como um exercício para o estudante".

O primeiro desses "meios teóricos" era, naturalmente, o satélite suspenso discutido por Collar e Flower. Meus cálculos rudimentares, feitos no verso de um envelope e baseados na resistência dos materiais existentes, tornaram-me tão cético com relação à ideia que não me dei ao trabalho de explicitá-la em detalhes. Se eu tivesse sido um pouco menos conservador – ou se tivesse um envelope maior à mão –, eu talvez me adiantasse a todos, exceto o próprio Artsutanov.

Como este livro é – assim espero – uma obra de ficção, mais do que um tratado de engenharia, aqueles que desejarem estudar os detalhes técnicos podem recorrer à enorme literatura, que tem se expandido rapidamente, a respeito do tema. Exemplos recentes incluem "Utilizando a Torre Orbital para Lançar Cargas da Terra ao Espaço Diariamente", de Jerome Pearson (*Atas do 27º Congresso da Federação Astronáutica Internacional,* outubro de 1976), e um notável ensaio de Hans Moravec, "Um Gancho Celeste Orbital Não Estacionário" (*Reunião Anual da Sociedade Astronáutica Americana*, 18-20 de outubro de 1977).

Tenho uma grande dívida de gratidão para com os meus amigos: o falecido A. V. Cleaver, da Rolls-Royce, o dr. Harry O. Ruppe, professor de astronáutica da Universidade Técnica Lehrstuhl für Raumfahrttechnic, de Munique, e o dr. Alan Bond, dos Laboratórios Culham, por seus valiosos comentários sobre a Torre Orbital. Eles não são responsáveis por minhas modificações.

Walter L. Morgan (sem parentesco com Vannevar Morgan, até onde eu saiba) e Gary Gordon, dos Laboratórios COMSAT, bem como L. Perek, da Divisão de Assuntos de Espaço Sideral das Nações Unidas, forneceram informações muito úteis sobre as regiões estáveis da órbita geoestacionária; eles observam que forças naturais (principalmente efeitos sol-lua) causariam grandes oscilações, sobretudo nas direções norte-sul. Assim, a "Taprobana" talvez não seja uma localização ideal, como sugeri; mas ainda seria melhor que qualquer outro lugar.

A importância da grande altitude também é discutível, e sou grato a Sam Brand, do Núcleo de Pesquisa de Previsão Ambiental da Marinha, de Monterey, por informações sobre os ventos equatoriais. Se realmente a Torre *puder* ser trazida com segurança até o nível do mar, a ilha de Gan, nas Maldivas (recentemente evacuada pela Força Aérea Real Britânica), talvez venha a ser a propriedade imobiliária mais cara do século 22.

Finalmente, parece uma coincidência muito estranha – e até assustadora – o fato de que, anos antes de sequer pensar no assunto deste romance, eu próprio inconscientemente gravitei (*sic*) na direção de seu local. Pois a casa que comprei há uma década, na minha praia favorita do Sri Lanka (veja *The Treasure of the Great Reef* [O Tesouro do Grande Recife] e *The View from Serendip*), fica *exatamente* no ponto mais próximo, em qualquer grande extensão terrestre, do ponto de máxima estabilidade geoestacionária.

Assim, na minha aposentadoria, espero poder observar as outras relíquias obsoletas da Primitiva Era Espacial, reunindo-se no Mar dos Sargaços orbital, precisamente acima de minha cabeça.

Colombo, 1969-1978

E agora, uma daquelas extraordinárias coincidências que aprendi a aceitar como corriqueiras...

Enquanto corrigia as provas deste livro, recebi do dr. Jerome Pearson uma cópia do Memorando Técnico da NASA TM-75174, "Um 'Colar' Espacial em Volta da Terra", de G. Polyakov. Trata-se de uma tradução de "Kosmicheskoye 'Ozherel'ye' Zemli", publicada em *Teknika Molodezhi*, nº 4, 1977, p. 41-43.

Nesse ensaio breve mas estimulante, o dr. Polyakov, do Instituto de Ensino de Astracã, descreve, com detalhes de engenharia, a última visão de Morgan: um anel contínuo ao redor do planeta. Ele vê isso como uma extensão natural do elevador espacial, cuja construção e operação ele também discute de maneira praticamente igual à que imaginei.

Saúdo o *tovarich* Polyakov, e começo e me perguntar se, mais uma vez, não fui conservador demais. Talvez a Torre Orbital seja uma realização do século 21, não do 22.

Nossos próprios netos talvez demonstrem que, às vezes, o Gigantesco é Belo.

Colombo, 18 de setembro de 1978

Adendo ao posfácio

Durante a década que se passou desde que as notas anteriores foram escritas, muita coisa aconteceu nesse campo específico da engenharia espacial, embora a maioria seja ainda teórica. Meu discurso no 30º Congresso da Federação Astronáutica Internacional, em Munique, 1979, resumiu a situação até aquela data (veja "O Elevador Espacial: 'Experiência Imaginária' ou Chave para o Universo?", republicado no livro *Ascent to Orbit: A Scientific Autobiography* [Ascensão à Órbita: Uma Autobiografia Científica], de John Wiley & Sons, 1984).

Se o trágico desastre com a *Challenger* não tivesse ocorrido, a implantação do que agora se conhece por "cabos espaciais" teria sido tentada, utilizando o ônibus espacial para rebocar uma carga à estratosfera, na extremidade de um cabo de algumas centenas de quilômetros de comprimento.

Houve várias conferências sobre os usos de elevadores e cabos espaciais, e a literatura é hoje tão extensa que já nem tento acompanhá-la. Parece haver poucas dúvidas de que dispositivos dessa natureza podem ser utilizados para mudança de órbita, extração de energia elétrica da ionosfera e muitas outras finalidades, mas se será prático estendê-los até a superfície da Terra ainda é uma incógnita.

Houve até sugestões de que o Elevador Espacial poderia ser construído *do solo para cima*, com a ajuda de algumas ideias de engenharia de arrepiar os cabelos, muito complexas (e talvez muito confidenciais) para comentar aqui. Recentemente, deparei com uma delas num velho texto impresso (fevereiro de 1980) de uma conferência por correio eletrônico entre os doutores Robert Forward, Hans Moravec, Marvin Minsky e Lowell Wood, em que este último concluía: "A 'Ponte para as Estrelas' de Arthur Clarke pode ser erigida nas próximas décadas, dois séculos mais cedo e com um custo quatro vezes mais baixo do que ele imaginou!!!". Talvez, quando o dr. Wood terminar de testar raios X *laser* emitidos por energia nuclear para a Iniciativa de Defesa Estratégica, dos EUA, ele possa retornar a este campo de atividade mais pacífico.

Falando em *lasers*, ainda estou tentando convencer Jean-Michel Jarre a realizar um show em Sigiriya, mas temo que a hospedaria local não seja capaz de lidar com mais de cento e poucos espectadores. Quase nada, perto do mais de um milhão de pessoas que compareceram ao seu tributo à tripulação da *Challenger*, "Rendezvous", realizado em Houston, do qual tive o privilégio de participar.

O poeta irlandês Richard Murphy escreveu uma seleção de poemas livremente inspirados nos grafites de Sigiriya, intitulada *The Mirror Wall* [A Parede Espelhada] (Bloodaxe Books, Newcastle-Upon--Tyne, 1989).

Finalmente, gostaria de registrar que tive o grande prazer de conhecer o charmoso inventor do Elevador Espacial, Yuri Arstutanov, em Leningrado, durante minha visita à União Soviética em 1982 (veja o livro *1984: Spring*), e fico feliz por Yuri ter hoje o merecido reconhecimento por sua brilhante e ousada ideia.

Arthur C. Clarke
Colombo, março de 1989